Heidi Troi

Ein letztes Opfer

Thriller

Bibliografische Information der Deutschen Nationalbibliothek:
Die Deutsche Nationalbibliothek verzeichnet diese Publikation in der Deutschen Nationalbibliografie; detaillierte bibliografische Daten sind im Internet über http://dnb.d-nb.de abrufbar.

Empire-Verlag OG, Lofer 416, 5090 Lofer

Lektorat: Antje Backwinkel https://buchwinkelei.de/lektorat/
Korrektorat: Heidemarie Rabe

Cover: Chris Gilcher
http://buchcoverdesign.de/
Illustrationen: Adobe Stock ID 225540618, Adobe Stock ID 132848439, Adobe Stock ID 124573637 und freepik.com.

Satz: Ryvie Fux

Auf nassen Michaelistag ein nasser Herbst folgen mag.

Bauernregel

Prolog

Fahles Grau kriecht über den Berg auf mich zu. Bald wird die Regenwand mich erreicht haben. Mich, der sich hinter einem Fichtenstamm verbirgt. Lauert. Auf mein nächstes Opfer. Mein … letztes Opfer. Sie.

Ich habe die perfekte Stelle ausgesucht. Unter mir fällt der Hang steil ab, im Felsen klaffen tiefe Spalten und es geht gut hundert Meter in den Abgrund. Ein schneller Tod. Der Aufprall, dann wird es vorbei sein.

Man sagt, im Sturz ziehen die Bilder deines Lebens an deinem inneren Auge vorbei. Ob auch Bilder von mir sie in den Tod begleiten?

Ich habe lange mit mir gehadert. Will ich sie für meine Rache verwenden? Sie, die so unschuldig ist?

Das waren die anderen auch, flüstert das Stimmchen in meinem Kopf. Das Los ist auf sie gefallen. Die Götter haben sie erwählt. Ich muss. Muss. Muss!

Die Regenwand erreicht den Felsvorsprung. Schwere Tropfen platzen auf den Kies der Almstraße, dann höre ich ein anderes Geräusch: Schritte. Fünf, vier, drei … Jetzt sehe ich sie, sie hat die Jacke schützend über ihr Haar gezogen. Es kraust sich in feuchter Luft und das stört sie mehr als die Nässe, wie ich weiß.

Sie schaut sich um, über ihre Schulter, angstvoll und ahnt, was ihr bevorsteht. Ruhe legt sich über mich, erwartungsvoll, und ich weiß, was zu tun ist. Sie kennt die Spielregeln. Sie hat in das Spiel eingewilligt. Jetzt bin ich dran.

25. August, vormittags, Redaktion »Wochenblatt«

»Post für dich.« Anna ließ einen Stapel Briefe auf Veras Schreibtisch fallen. »

Viel Spaß mit deinen armen Poeten!«

Vera löste ihren Blick vom Bildschirm und betrachtete die zahlreichen Kuverts. Es waren etwa vierzig, und sie wusste, was sie beinhalteten.

Seit das Wochenblatt vor einigen Monaten auf Veras Betreiben eine neue Rubrik eingeführt hatte, die jungen Autoren eine erste Publikationsmöglichkeit bieten sollte, wurde sie von Zuschriften überschwemmt. Wobei die wenigsten ihre Texte analog schickten, in ihrem E-Mail-Postfach trafen innerhalb eines Tages dreimal so viele Nachrichten mit dem Betreff »*Literarische Seiten*« ein und Veras Aufgabe war es, die Texte zu sichten und zu sortieren.

»Die Guten ins Töpfchen, die Schlechten ins Kröpfchen«, hatte Heinz Wurzer, der Chefredakteur, gewitzelt, als er ihr das erste Mal »ihr« Päckchen überreicht hatte. Vera seufzte. Von dem Projekt, das sie anfangs so begeistert hatte, fühlte sie sich mittlerweile überfordert. Da die Zeitschrift den Autorinnen und Autoren auch noch ein kleines Honorar für die Veröffentlichung ihres Textes versprach, dachte jeder, dass hier leichtes Geld zu verdienen war. Doch das stimmte so nicht. Unter vielleicht hundert Texten fand sich einer, der es wert war, veröffentlicht zu werden. Einige darüber hinaus hatten durchaus Potenzial mit einem professionellen Lektorat, aber das war nicht Veras Aufgabe. Sie konnte nur annehmen, was geeignet war, und dafür hatte sie bei steigender Anzahl der Zuschriften immer weniger Zeit.

Seufzend riss sie den ersten Umschlag auf. Ein Blatt fiel ihr entgegen, das mit einer kindlichen Handschrift vollgekritzelt war. Auf den unteren Rand war eine Blümchenwiese gezeichnet. Ein Kärtchen lag dabei, das Vera überflog. *Lehrerin … hochbegabt … Schulaufsatz*, las sie und legte diesen zu den anderen der Kategorie: Gedichte und Geschichten von Schulkindern. Davon hatten sich bereits einige angesammelt, geschickt von ehrgeizigen Müttern, die für ihre Kinder nichts Geringeres als den Literaturnobelpreis im Sinn hatten. Für Veras Rubrik waren sie jedoch definitiv ungeeignet.

Sie öffnete das nächste Kuvert und war froh, dass es sich diesmal um einen maschinengeschriebenen Text handelte beziehungsweise um den Durchschlag eines maschinengeschriebenen Textes, was ein Kopfschütteln bei Vera auslöste. Gab es wirklich noch Menschen, die auf einer Schreibmaschine tippten? Mit Blaupapier?! Sie überflog den Text, fand diverse Rechtschreibfehler und legte das Blatt auf einen zweiten Stapel der Kategorie: fehlerhafte Texte.

Anna kam vorbei, stellte Veras Lieblingstasse vor sie hin, aus der ein verführerischer Duft nach frisch aufgebrühtem Kaffee hochstieg, und schnappte sich den Text des Grundschulkindes. »Ist doch süß«, sagte sie.

»Hm, aber süß ist nicht gefragt«, erwiderte Vera

missmutig, während sie den Brieföffner in das nächste Kuvert rammte. »Das ist keine Kinderrubrik, wir suchen talentierte Autoren.«

»Aber Talent hat die Kleine.« Anna grinste, schob den Stapel Kuverts zur Seite und ließ sich mit einer Pobacke auf Veras Schreibtisch nieder. »Hör mal, wie niedlich: *Im Wald steh'n die Bäume. Als ob ich träume, steh ich da. Die Rehe verhalten sich still, der Igel kann tun, was er will.* Kindlicher Naturalismus, würde ich sagen. Oh, es wird noch besser. Hör mal: *Doch da, ein Schuss! Die Tiere flieh'n! Alle irgendwo anders hin.* Jetzt wird es spannend. Vielleicht ein Krimi?«

Anna lachte, und Vera konnte nicht anders, als in ihr Lachen einzustimmen. »Das arme Kind. Es hat da sicher sein ganzes Herzblut reingesteckt und du machst dich darüber lustig.«

»Jetzt mal ernsthaft!« Anna wedelte mit dem Blatt. »Wie viele solcher Sendungen von Kindern sind dabei?«

»Viele!«, gab Vera zu.

»Dann wäre es doch eine gute Idee, in einer Ausgabe Kindertexte zu veröffentlichen.«

»Ja, vielleicht.« Vera fand den Vorschlag alles andere als gut. Es gab massenweise schreibende Kinder und noch mehr übereifrige Mütter. Nein, sie wollte, dass ihre Rubrik ernst genommen wurde. Sie wollte unbekannten Autoren eine Öffentlichkeit verschaffen und zeigen, dass es auch in Österreich Menschen gab, die literarisch etwas draufhatten.

Sie öffnete den nächsten Umschlag und ihr Herzschlag beschleunigte sich.

Er hatte wieder einen Text eingesendet.

Er … das war ein Dichter namens Wilhelm Schneider, der Vera alle paar Wochen einen Text schickte, seitdem sie diese Rubrik betreute. Es waren düstere Texte, die von der schwarzen Seele der Menschen sprachen, von Schuld und Sühne, die etwas in ihr zum Klingen brachten. Bislang hatte sie keinen dieser Texte veröffentlicht.

Irgendwie war ihr, als seien diese schönen Worte nur für sie geschrieben worden. Für sie allein. Es widerstrebte ihr, sie mit der Welt da draußen zu teilen. Sie womöglich zerreißen zu lassen von den Hyänen, die sich als Literaturkritiker aufspielten, ohne selbst auch nur einen geraden Satz zustande zu bringen. Doch das war nicht gerecht. Nicht dem Dichter gegenüber und nicht der Welt, die sich mit den Themen auseinandersetzen musste, denen Wilhelm Schneider seine Zeit und sein Talent gewidmet hatte.

Widerstrebend hielt sie ihrer Kollegin das Blatt hin. »Was hältst du von dem hier?«

»Zeig mal!« Anna ließ ihre Augen über die Zeilen wandern. Dann nickte sie. »Klingt gut. Düster, aber gut.«

»Nicht wahr?« Vera nahm das Blatt wieder an sich, legte es auf den Tisch und strich liebevoll darüber. Dieser Text klang nicht nur gut. Er *war* gut. Er war … einzigartig.

Ohne es zu wollen, vertiefte sie sich in die düsteren Beschreibungen. Beim Lesen bildeten ihre Lippen die Worte nach und in ihrem Kopf entstand ein Bild, das sie packte und nicht mehr losließ. Es war wie ein Sog, dem sie nichts entgegenzusetzen hatte. Vera nahm kaum noch wahr, dass Anna von ihrem Schreibtisch rutschte und sich entfernte. Die Geräusche in der Redaktion verhallten, und Vera tauchte ganz ein in die düstere Welt, die in ihrem Kopf entstand.

Michaels Fluch

Dunkel. Grabesgrau.
Im Schatten unter Michaels Schwingen: er.
Eingekesselt von zischelnden Zungen.
Sie schwingen die Forken.
Blicke stechen auf ihn ein.
Auf ihn, der die Schuld trägt.
Der Tod hängt in der Luft.
Und näher rücken sie. Und näher.
Mit ausgestreckten Fingern zeigen sie auf ihn.
»Du bist schuld. Du. Du. Du.«
»Nein!«, sagt er.
Und sie weichen zurück.
Nicht.
Und er …
… wacht auf. Das erlöste Lächeln auf seinem Gesicht erstirbt.
Ein Traum.

Und noch ein Traum.
Schwarz wabert die Schuld aus dem offenen Grab.
Die Anklage giftiger Qualm.
Schwarz und stumm.
Und ungreifbar.
Füße scharren im Kies.
Auf gespannten Schirmen trommelt der Regen.
Und er …

… steht unbeschirmt.
Und Regentränenbäche verwaschen seine Sicht.
Und keine Hand legt sich auf seine Schulter.
Und Michael besiegt den Drachen nicht.
Und die Zeigefinger sind unsichtbar.
Und kein »Nein!«, mit dem er …
… aus diesem Traum erwachen kann.

Die Wirklichkeit ist regentropfengrau.

Vera ließ das Blatt sinken. Ihre Gedanken waren längst nicht mehr bei dem Text, sondern bei ihrem Vater, der zu Hause gesessen hatte bei heruntergelassenen Rollläden im Dämmerdunkel, das dem Dunkel in seiner Seele entsprach. Der sich kaum gerührt hatte, nicht gegessen, nicht getrunken, nur mit steinerner Miene in die Ecke des kahlen Raums gestarrt hatte.

Erst jetzt verstand Vera, was im Kopf ihres Vaters vor sich ging, dass auch ihn zischelnde Zungen und die ausgestreckten Finger verfolgten, dass auch er den Kampf gegen seine Drachen verloren hatte, an ihnen zerbrochen war …

Wilhelm Schneider hatte in Worte gefasst, was Veras Vater nicht auszudrücken vermocht hatte und ihr damit zu verstehen geholfen, warum er dagesessen, mit niemandem gesprochen hatte, wie in einem Traum gefangen, aus dem er nie mehr erwachte.

Und das war der Grund, warum Vera diesen Dichter als den ihren empfand, seine Worte als intim, an sie gerichtet und nicht für die kalte Welt da draußen bestimmt. Er und ihr Vater wurden in ihrem Kopf zu einer Person, verschmolzen zu einem gebeugten, schuldgeplagten Menschen, der unter dem Urteil der Öffentlichkeit zerbrechen würde. Und plötzlich erwachte in ihr der Wunsch, zumindest diesen Menschen zu retten, diesen Dichter, da für ihren Vater jede Rettung zu spät kam.

»Geht es dir gut, Vera? Du bist ganz blass!« Annas Stimme holte sie aus ihren Gedanken.

»Ja, alles okay. Ich bin … mir ist ein bisschen schwindelig. Ich gehe kurz raus, frische Luft schnappen. Wenn was ist …«

»… ich halte die Stellung.« Anna lächelte ihr besorgt zu und Vera machte, dass sie aus der Redaktion kam.

Draußen wurde sie von einer Windböe empfangen, die ihr unangenehm in die Haare fuhr. Ein kalter Wind, der in ihre Wangen biss und den Herbst erahnen ließ. Vera schob die Kapuze ihres Hoodies über den Kopf und stapfte los. Einfach irgendwohin, weg von der Redaktion, fort von ihren Gedanken. Ohne den Blick zu heben, eilte sie durch die Gassen, bis sie vor dem Friedhof stand. Natürlich hatte ihr Weg sie hierhergeführt. Ihr Unterbewusstsein hatte gewusst, was sie brauchte.

Vera lenkte ihre Schritte durch das Portal, ihre Füße kannten den Weg zur letzten Ruhestätte ihrer Mutter. *Elise Profanter* stand auf dem Grabstein. Der Name ihres Vaters fehlte. Er lag nicht hier.

Vera spürte, wie sich in ihrer Kehle ein Kloß bildete, als sie sich an die Zeit nach dem Tod ihrer Mutter erinnerte. An den Vater, der mehr tot als lebendig vor sich hingestarrt hatte, an die Leere in ihrem Elternhaus. An jene Leere in ihrem Herzen, die sie auch heute noch begleitete. Hatte die Mutter bis dahin ihren Vater noch manchmal aus seinen Träumen reißen können, gab es nach ihrem Tod niemanden, der das schaffte. Veras Versuche, zu ihm durchzudringen, blieben erfolglos. Er hatte seinen Kampf verloren.

»Hi, Mami. Hi, Papi.« Vera kniete sich ins feuchte Gras. »Wie geht es euch?« Auch wenn ihr Vater nicht hier begraben worden war, fühlte sie sich ihren Eltern an diesem Ort so nah, dass sie zu beiden sprach. »Mir geht es … gut. Wirklich! Meine *Literarischen Seiten* laufen, täglich kommen mehr Zuschriften und … heute habe ich wieder einen Text von diesem Dichter bekommen. Du weißt schon, Papi, der Wilhelm Schneider, von dem ich dir erzählt habe. Seine Texte würden dir gefallen … na ja, vielleicht ist ›gefallen‹ das falsche Wort, aber ich glaube, sie würden dir helfen, über das zu sprechen, was dich …«, ins Grab gebracht hat, wollte sie den Satz beenden, aber es ging ihr nicht über die Lippen. »Magst du den Text hören?«

Vera zog das Blatt aus ihrer Jackentasche, legte es sich auf die Knie, strich es sorgfältig glatt. Dann las sie ihrem Vater den Text vor. Langsam. Wort für Wort, Satz für Satz. Sie sah ihn vor ihrem geistigen Auge, wie er auf seinem Sessel saß, den Blick starr in die Ecke gerichtet, und stellte sich vor, wie die Worte in seine Ohren drangen, von dort in sein Hirn … wie sie ihn erreichten. Wie die graue Maske von seinem Gesicht abfiel, Leben in seine Augen zurückkehrte und er den Blick auf Vera richtete. Wie Tränen sich an seinen Lidern sammelten und dann überflossen, seine Wangen hinab. Mit dem letzten Wort verblasste das Bild ihres Vaters.

Vera blieb kniend vor dem Grab.

»Was mache ich nun damit?«

Sie wartete vergeblich auf eine Antwort, doch in Vera manifestierte sich langsam ein Gedanke: Ihrem Vater konnte sie nicht mehr helfen, aber dem Dichter … vielleicht. Er wollte gehört werden. Warum sonst hatte er seinen Text an die Redaktion geschickt? Vielleicht war es ein Hilfeschrei. Ein Schrei nach Aufmerksamkeit, nach jemandem, der mit ihm sprach, der ihn zu verstehen versuchte, ihn von seiner Schuld lossprach? Vera schluckte. Konnte sie diejenige sein, die Wilhelm Schneider im Kampf gegen seine Drachen beistand?

Und plötzlich reifte ein Entschluss in ihr. Sie musste mit ihm sprechen, musste wissen, was er getan hatte, um sich von der Gesellschaft ausgeschlossen, geächtet zu fühlen. In seinem Text schwang Reue mit. Er würde es nicht abstreiten, wenn er tatsächlich Schuld auf sich geladen hatte. Vera konnte herauslesen, dass er sich das Gespräch wünschte, sich rechtfertigen wollte. Ja, Wilhelm Schneider wollte gehört werden. Und dazu konnte sie ihm verhelfen – mit ihrem Bericht im Wochenblatt, einem Porträt.

Vera sprang auf. Das Blatt mit dem Gedicht wie eine wehende Fahne vor sich herschwenkend rannte sie über den Friedhof zurück in die Redaktion.

Die Frage »Geht es dir besser?« ihrer Freundin tat sie mit einem schnellen Kopfnicken ab und stürmte an ihr vorbei auf das Büro des Chefredakteurs zu. Die aufmerksamen Blicke der Kollegen folgten ihr.

Heinz Wurzer verfügte als Einziger in der Redaktion über einen geschlossenen Raum. Als Vera ihn betrat, schob er sich seine Brille mit dem dicken schwarzen Rand hoch auf die Glatze. »Was gibt's?«

»Ich habe meinen Auswahltext für die nächste Ausgabe der *Literarischen Seiten* getroffen.«

»Gut, dann stell ihn uns doch bei der Redaktionssitzung vor.«

»Ich möchte den Text nicht nur abdrucken, ich will …«

»Okay?« Wurzer ließ das Wort wie eine Frage klingen. Er wollte also wissen, warum Vera es für nötig befand, ihn persönlich zu konsultieren. Normalerweise redigierte sie den eingesendeten Text, Wurzer überflog ihn dann noch einmal, bevor die Zeitung in Druck ging. Nicht mehr und nicht weniger. Aber heute war es anders, heute wollte sie dem ausgesuchten Autor Gehör verschaffen.

»Er ist … etwas Besonderes«, erklärte sie und legte das Blatt mit Wilhelm Schneiders Gedicht auf den Tisch.

Wurzer schob sich die Brille zurück auf seine Nase und las. Eine Weile herrschte Stille, dann hielt er Vera das Blatt wieder hin. »Passabel. Kann rein.«

»Du verstehst nicht«, blieb sie beharrlich.

»Nein?«

»Der Autor … Er muss sprechen können über das, was er getan hat.«

»Aha! Macht er das nicht mit diesem Text?«

»Das ist zu wenig.«

Wurzer schob die Brille erneut auf seine Glatze, zog die Augenbrauen hoch, was die Brille zurück an ihren Platz auf seiner Nase fallen ließ. »Zu wenig?«

»Ich will ein Porträt über ihn machen. Wilhelm Schneider hat mehr zu sagen als diese paar Zeilen.«

Der Chefredakteur musterte Vera eingehend, dann zog er das Blatt noch einmal zu sich und vertiefte sich in die Zeilen. »Hm …« Er kratzte seinen unbehaarten Schädel. »Woher willst du das wissen? Kunst ist das Abstrahieren der Wirklichkeit, sie hat die Aufgabe …«

»Ich weiß es einfach«, sagte Vera schnell, bevor Wurzer in einen seiner endlos langen Monologe verfallen konnte.

»Aha!«, wiederholte Wurzer, nahm die Brille vom Kopf und putzte sie umständlich mit seiner Krawatte.

»Bitte, Heinz! Ich … ich spüre, dass es da eine Geschichte hinter diesem Text gibt. Vielleicht sogar einen Skandal«, versuchte Vera den Chefredakteur zu locken.

»Lass mich drüber nachdenken.« Wurzer tippte mit dem Zeigefinger auf das Blatt und schob es ihr über den Schreibtisch wieder zu. »Schick mir eine Kopie davon. Ich gebe dir Bescheid.«

Vera atmete innerlich auf. Seine Bereitschaft, darüber nachzudenken, war schon die halbe Miete. Er würde sein Einverständnis geben. »Danke, Heinz«, sagte sie und verließ das Büro.

In Gedanken entwarf sie bereits eine E-Mail, die Wilhelm Schneider darüber informieren sollte, dass sein Gedicht in der nächsten Ausgabe erscheinen würde.

Als sie wieder an ihrem Schreibtisch saß, musste sie jedoch feststellen, dass der Autor keine E-Mail-Adresse angegeben hatte. Nicht mal eine Telefonnummer. Einzig die Postanschrift stand als Absender auf dem Briefumschlag: Wilhelm Schneider, Einödhof, Rabenstein.

»Und wie erreiche ich dich jetzt, du Genie?«, fragte Vera und seufzte. Sollte sie ihr Vorhaben doch aufgeben oder … Sie zögerte.

»Die kommen alle weg?« Anna griff nach den beiden aussortierten Stapeln. »Ich bin gerade auf dem Weg ins Archiv.« Sie deutete auf den Brief, der immer noch in Veras Hand auf sein Urteil wartete. »Den auch?«

»Nein, den behalte ich.« Innerhalb einer Sekunde traf Vera die Entscheidung. Sie würde den Dichter anschreiben. Per Post. Und dann würde sie auf seine Antwort warten, die hoffentlich positiv ausfiel. Warum auch nicht? Jeder aufstrebende Dichter würde doch diese Gelegenheit nutzen, durch ein Porträt etwas mehr Bekanntheit zu erlangen. Oder?

»Natürlich!«, murmelte Vera, streckte lächelnd ihre Finger und begann, den Brief an Wilhelm Schneider in Rabenstein zu tippen.

25. August, abends

Graz, Veras Wohnung, Fröbelpark

»Komm schon, es ist nur ein Wochenende!« Jakob strich zärtlich über Veras gefurchte Stirn.

Sie saßen aneinandergekuschelt auf dem Sofa. Draußen verschwamm alles in einem tristen Grau, seit dem Mittag nieselte es und immer wieder hörte Vera Autos durch Pfützen fahren. Es herrschte bereits Herbstwetter, obwohl es erst Ende August war. Nasskalt und grau. Deshalb hatten es sich die beiden in Veras kleiner Wohnung gemütlich gemacht. Leise Klaviermusik kam aus dem Lautsprecher und eine Kerze spendete warmes Licht.

Nur das Gesprächsthema passte nicht zu der romantischen Stimmung.

Jakob versuchte wie in den letzten Tagen schon öfter, Vera zu einem gemeinsamen Wochenendtrip mit seinem besten Freund Phil und dessen neuester Flamme zu bewegen.

»Weißt du, wie lang ein Wochenende sein kann? Ich mag Philipp nicht und seine blöde Freundin noch weniger. Wie heißt sie gleich noch mal? June? Wer heißt bei uns denn bitte June?!«

»Für den Namen kann sie doch nichts.«

»Aber fürs Blödsein kann sie was«, erwiderte Vera pampig.

»Was bist du heute kratzbürstig Ich denke, dafür

muss ich dich bestrafen.« Jakob nahm seinen Arm von Veras Schulter und kitzelte sie.

Sie wollte nicht, musste aber lachen.

»Ha! Schon besser!«

»Glaub nur nicht, dass du mich so rumbekommst.«

»Nein? Aber so!« Jakob verstärkte seine Bemühungen und bald lagen sie beide außer Atem auf dem Boden. »Meine kleine Kratzbürste.« Verliebt sah Jakob seiner Freundin ins Gesicht, hörte auf, sie zu kitzeln und streichelte ihre Brüste. »Wenn du nur nicht so heiß wärst.«

»Was wäre dann?«

»Dann wäre ich nicht so süchtig nach dir.«

Vera seufzte zufrieden. »Gut, dass ich so heiß bin.«

»Ja … Gut …« Jakobs Hand fuhr unter ihre dünne Bluse. »Dann sage ich Phil für das Wochenende zu?«

»Nein!« Vera erstarrte und wollte Jakob von sich schieben, doch er verstand ihre Bemühungen falsch.

»Ich liebe es, wenn du Nein sagst!« Sein Mund senkte sich auf ihre Brust, die er inzwischen freigelegt hatte, und saugte sich daran fest.

»Nein … Ich … Jakob, hör zu! Ich will nicht mit Phil und dieser June ein ganzes Wochenende verbringen. Das …« Vera keuchte, als sich seine Finger unter den Bund ihrer Jeans schoben. »Ich … Jake …« Und dann sagte sie gar nichts mehr, denn all ihr Denken wich den Empfindungen, die seine Berührungen bei ihr auslösten.

Draußen war es bereits dunkel, als ihrer beider Verlangen gestillt war.

»Ich liebe dich, Vera«, flüsterte Jakob ihr ins Ohr.

»Und ich liebe dich.« Vera küsste ihn auf die Nasenspitze. »Und deswegen lasse ich dich, Phil und June dieses Wellnesswochenende machen. Aber ich komme nicht mit.«

»Nicht mal, wenn wir dort den ganzen Tag solchen Sex haben können?«

»Nicht mal dann«, sagte Vera. »Aber ich werde kein Drama machen, wenn du allein fährst.«

»Versprochen?«

»Versprochen.«

»Und was mache ich, wenn Phil und June Sex haben?«

»Keine Ahnung … du wirst kreativ?« Neckisch biss Vera ihm ins Ohrläppchen.

»Hm, vielleicht gibt es kreative Damen in diesem Wellnesshotel«, überlegte Jakob laut und zwinkerte frech.

»Du wagst es nicht!«

»Nein?«

»Nein.«

»Sonst?«

»Sonst komme ich und hole dich.« Mit einem Knurren stürzte sich Vera auf ihren Freund und alles begann von vorn.

Es war Mitternacht, als sie in die Küche gingen, um das versäumte Abendessen nachzuholen. Vera saß auf einem der beiden Barhocker, hatte das Kinn in die Hände gestützt und sah Jakob dabei zu, wie er mit geschickten Händen Tomaten für seinen Spezial-Sugo würfelte, während das Wasser für die Pasta bereits kochte.

»Ich habe heute übrigens wieder so ein Gedicht bekommen. Für die *Literarischen Seiten*, du weißt schon.«

»Wie? Du meinst, dieser verrückte Dichter hat dir wieder geschrieben?«

Natürlich hatte Vera ihm von den Gedichten erzählt. Einmal hatte sie sogar eines mit nach Hause genommen und ihm vorgelesen. Danach war sie enttäuscht gewesen, denn Jakob hatte der Text nichts gesagt. Er war kein besonders feinsinniger Mensch – außer es ging ums Kochen. Trotzdem brachte er immerhin genügend Interesse auf, dass er ihr zuhörte, wenn sie davon erzählte, und dafür liebte sie ihn.

»Ich weiß, dass dir nicht gefällt, was er schreibt, aber …«

»Das stimmt nicht. Mir gefallen nur grundsätzlich keine Gedichte, vor allem wenn sie so düster sind. Buchstaben im Allgemeinen sind nicht meine Welt, außer es handelt sich um deine vier.« Jakob wich glucksend Veras Schlag aus. »Vielleicht fragst du ihn mal, ob er ein Gedicht über deinen Hintern schreibt. Das gefällt mir dann hundertprozentig. Obwohl … ich bin mir nicht so sicher, ob ich wirklich will, dass irgendwer Gedichte über deinen hübschen Hintern schreibt. Das wäre dann wohl noch schräger als diese Reime über den Tod.«

»Ach, da bin ich aber froh.«

»Ich könnte eventuell selbst was darüber dichten. Warte mal, das kriege ich aus dem Stegreif hin. Also … Meine Freundin hat einen sexy Arsch, ich esse gern Barsch. Das würde sie zwar verneinen, aber irgendwie muss es sich reimen. Ihr Hintern ist fest und rund und … und!« Er lachte und fing ihre Fäuste ab, als

Vera sich auf ihn stürzte. »Wenn ich dir das Gedicht schicke, druckst du es dann auch in deinen *Literarischen Seiten* ab?«

»Spinner!« Vera ließ sich zurück auf den Barhocker fallen und das Lachen verschwand aus ihrem Gesicht. »Es war wieder düster. Und traurig. Und es hat mich berührt.« Sie überlegte, wie sie Jakob beschreiben sollte, was dieses Gedicht in ihr auslöste. »Es war … Also der Schreiber muss irgendwie Schuld auf sich geladen haben und ich glaube, niemand hört ihm zu, wenn er darüber sprechen möchte. Weißt du, was ich meine? Dem Opfer hört jeder zu, aber … vielleicht ist der Täter auch ein Opfer … irgendwie.« Sie verstummte.

»Das klingt nach dir. Aber weißt du, nicht jeder, der Schuld auf sich geladen hat, ist wie dein Vater.«

Jakob war einer der wenigen Menschen, mit denen Vera die Geschichte ihres Vaters geteilt hatte. Und sie hatte es seitdem keine Sekunde lang bereut. Jakob war einfühlsam und tröstete sie, wenn es notwendig war, akzeptierte ihre Trauerphasen, in denen nicht einmal er sie erreichen konnte, und er war einfach für sie da, wenn sie ihn brauchte.

Ihr Vater hatte vor ein paar Jahren ein Kind überfahren. Er trug keine Schuld, was die Polizei später bestätigte. Das Kind, ein fünfjähriger Junge, war zwischen zwei parkenden Autos auf die Straße gerannt – direkt vor den Wagen ihres Vaters. Er hatte keine Chance gehabt. Der Junge war noch am Unfallort verstorben und die Schuld an seinem Tod hatte Veras Vater zerfressen wie ein Krebsgeschwür. Lange Zeit hatten weder Vera noch ihre Mutter gemerkt, was mit Gerd Profanter geschehen war. Er hatte sein Leben gelebt wie immer, war zur Arbeit gegangen, hatte seine Pflichten erfüllt, alles mit einem Lächeln. Doch etwas hatte gefehlt und dann war er immer öfter abgedriftet, weg von seiner Familie in eine Welt, die für niemanden zugänglich war, nicht einmal für seine Ehefrau.

Anfangs hatte Veras Mutter ihn noch unterstützt, hatte ihm Trost zugesprochen, war mit ihm zur Therapie gegangen. Dann hatte sich ein Tumor in ihrer Bauchspeicheldrüse eingenistet. Als man ihn erkannt hatte, war es schon zu spät gewesen. Nach nur drei Monaten war sie ihrer Krankheit erlegen und Veras Vater immer tiefer in Depressionen versunken.

»Es tut mir leid.« Jakob legte das Messer ab und umarmte Vera. »Entschuldige, Schatz.«

»Es gibt nichts zu entschuldigen.«

»Es macht dich traurig.«

»Damit muss ich leben.« Vera schmiegte sich in seine Arme. Sie war froh, dass sie Jakob hatte, der wusste, wann sie Trost brauchte, der sie verstand, auch ohne Worte.

Ihr Magen knurrte hörbar.

»Oh! Jetzt sehen wir lieber zu, dass da was reinkommt, sonst frisst du mich am Ende auf.«

»Das könnte ich.« Vera grinste ihren Freund frech an. »Ich hab dich nämlich zum Fressen gern.«

»Äh! Iss lieber meine Mitternachtsnudeln, die sind bekömmlicher. Und dann ab ins Bett.« Jakob löste sich aus der Umarmung und setzte ihr einen schnellen Kuss auf die Nasenspitze, bevor er wieder zu seinen Tomaten ging. »Erzähl mir mehr von deinem Dichteropfer.«

»Also erstens: Er ist kein Opfer. Oder doch … Na

ja, vielleicht ist er ein Opfer, aber nicht so, wie du es darstellst. Er ist sensibel, würde ich sagen. Und traurig und … ach, er wohnt auf einem Einödhof und ist nur per Post zu erreichen. Stell dir mal vor: So was gibt es noch.« Vera kicherte. »Wahrscheinlich kann ich von Glück reden, wenn mein Brief bei ihm ankommt und ich nicht über Rauchzeichen mit ihm kommunizieren muss. Jedenfalls … ich darf höchstwahrscheinlich ein Porträt über ihn machen, und dazu müsste ich dann wohl zu ihm in die Einöde fahren. Es sei denn, der Mann besitzt doch ein Telefon. Aber selbst wenn, ich würde diesen Wilhelm Schneider gern vor Ort interviewen. Vielleicht fahre ich nach Rabenstein, während du mit Phil und June bei diesem Wellnesswochenende bist.«

Jakob sah hoch. Seine Miene wirkte mürrisch.

»Was ist?«

»Fahr mit mir zu diesem Wellnesswochenende, bitte!«

»Das hatten wir doch schon.«

»Nein. Ich meinte: allein. Lass uns zusammen in irgendein Wellnesshotel fahren. Ohne Phil und June. Nur wir beide.«

»Aber Phil …«

»Der hat seine blöde June. Ich will nicht von dir getrennt sein.«

Vera hob die Hand und wedelte energisch mit ihrem rechten Zeigefinger. »Nein, Jake! Ich möchte, dass du fährst. Ich werde nicht die Klette sein, die sich an dich hängt, wenn du mit deinen Freunden etwas unternehmen willst, oder noch schlimmer: die dir verbietet, etwas mit deinen Freunden zu unternehmen. Und du wirst das auch nicht, so hatten wir es vereinbart.«

Jakob ließ den Kopf sinken. »Hm, das stimmt.«

»Na also!« Und damit beließen sie es für diesen Abend, doch das Thema sollte schon bald erneut auftauchen wie ein lästiger Pickel.

1. September, abends, Carabinieri-Station Rabenstein

»Schon wieder dieser Regen!«, beschwerte sich Alfred Lantschner und schaute genervt aus dem Fenster. »Man sollte meinen, in diesem Tal hört der Regen nie auf.«

»Hm.« Seine Kollegin und Vorgesetzte Marescialla Gabriella Sanna, kurz Gabi, runzelte die Stirn und hackte auf ihrer Tastatur herum. Ob bewusst oder unbewusst, sie verstärkte damit das Prasseln, das die Regentropfen auf dem Blech vor dem Fenster der Wachstube verursachten. »Was ist los mit dir?«

»Nichts. Nur dass mir der Regen auf die Nerven geht und es wieder September ist.«

»Hm.«

»Aber vor allem der Regen.« Gedankenverloren trommelte Lantschner mit seinen Fingern auf der Schreibtischplatte. »Anderswo scheint wahrscheinlich die Sonne.«

»Wahrscheinlich«, murmelte seine Kollegin und klapperte weiter auf der Computertastatur – synchron zu den Regentropfen auf dem Fensterbrett.

»Meinst, es passiert wieder?«

Gabi wusste natürlich, wovon Alfred Lantschner sprach. Er tat es nicht zum ersten Mal.

»Ich hoffe nicht.«

»Und wenn doch?«

»Mal doch den Teufel nicht an die Wand!«

»Ich mal gar nix. Aber du wirst zugeben müssen, dass der Gedanke nicht ganz aus der Luft gegriffen ist.«

»Nein.«

»Und was, wenn's wieder passiert?«

Gabi seufzte. »Dann haben wir halt wieder die Bagage am Hals.«

Von Alfred kam ein unbestimmtes Geräusch des Widerwillens. Dreimal war die *Scientifica* bereits samt Staatsanwalt und einem Massenaufgebot an fremden Beamten in Rabenstein angerückt. Dreimal in den vergangenen drei Jahren. Immer am selben Tag. In der kleinen Wachstube waren sie sich gegenseitig auf die Zehen getreten und Alfred hatte die Blicke der Wichtigtuer aushalten müssen, mit denen sie ihn von oben herab taxiert hatten.

»Hat auch nichts gebracht.«

»Nein.« Wieder seufzte Gabi. Dann nahm sie ihr Klappern wieder auf. »Vielleicht passiert auch gar nichts.«

»Vielleicht.« Aber irgendwo in seinem Inneren hatte Lantschner diese Ahnung, dieses dunkle, unheimliche Gefühl, das wie eine Wolke über ihm schwebte. Über ihnen allen! Der kleinen Carabinieri-Station und über dem Dorf, das weitab vom hektischen Leben in den Haupttälern lag und normalerweise eine Oase der Ruhe war. Ein Idyll aus Häuschen im Tiroler Stil mit Holzbalkonen und Geranien, die in leuchtendem Rot von den Fenstern lachten. Alfred hatte sich spontan verliebt, als er hierher versetzt worden war. Er liebte das Dorf mit seinen paar Häusern, die in schmucken

Reihen links und rechts an der Landesstraße Spalier standen. Er liebte es, wie sein Nachbar morgens pünktlich um sieben Uhr seine Kühe aus dem Stall trieb, die bimmelnd und muhend zur eingezäunten Weide am Ende des Dorfes trotteten, ohne dass ein Autofahrer dadurch in Stress geriet. Im Gegenteil – so manch einer stieg aus seinem Wagen und half, die Rindviecher auf ihre Weide zu treiben. Alfred liebte den Blick auf die Berge, die sich wie mächtige Riesen zu beiden Seiten des Dorfes erhoben. Was er aber am meisten liebte, war die Tatsache, dass jeder Stein, jeder Baum, alles hier ihn an seine Frau erinnerte. Seine Frau, die nicht mehr da war seit jenem September vor einem Jahr. Und jetzt näherte sich dieser Tag, an dem das Schicksal erneut seine grausame Erfüllung finden würde.

Doch keiner dieser Gedanken drang über Alfred Lantschners Lippen. Stattdessen sagte er: »Ich hasse den Regen. Er macht mich verrückt, Gabi. Total verrückt!«

»Ich weiß.« Seine Vorgesetzte schaltete den Computer aus und trat zu ihm ans Fenster. »Wenigstens haben wir gleich Feierabend.«

»Davon hört der Regen auch nicht auf.«

Gabi seufzte zum dritten Mal. »Weißt du, wie du dich anhörst? Wie meine …«

»… Schwiegermutter? Die Zirmer-Kattl und ich haben nichts gemein.«

»Mehr als du denkst. Das ständige Jammern über Sachen, die man nicht ändern kann. Das Wetter, ihr Rheuma, dem Ajax sein Bellen, wenn die Glocken läuten und das Schlimmste …«

»… eine Schwiegertochter, die mit 'ner Knarre durch die Gegend läuft«, vollendete Alfred die Aufzählung der Umstände, die der Dorfratsche Katharina Unterberger das Leben schwer machten.

»Genau.« Gabi lachte. »Und dass ihr Goldsohn eine Maresciallla geheiratet hat.« Auch daraus machte Katharina Unterberger keinen Hehl. Bei jeder sich bietenden Gelegenheit zog sie über ihre Schwiegertochter her, doch die ließ sich davon nicht unterkriegen. »Es regnet. Na und? Nach jedem Regen scheint auch wieder die Sonne. Also hör auf, Trübsal zu blasen!« Gabi stimmte irgendein Volkslied an, von denen sie einen schier unerschöpflichen Vorrat auf Lager hatte.

Alfred hielt sich die Ohren zu. »Schon gut! Schon gut! Ich höre ja auf.« Er sah auf die Uhr. Es war zehn vor sechs. Zehn Minuten bis Feierabend. Er wollte sich gerade seinem Schreibtisch zuwenden, um den Computer herunterzufahren, da erblickte er eine Gestalt, die durch den Regen die Straße entlang auf das Dorf zukam. »Da kommt er.«

Gabi sagte kein Wort. Zusammen mit Alfred beobachtete sie den Mann, der mit gesenktem Kopf durch den Regen stapfte, die Schultern hochgezogen und die Hände tief in den Hosentaschen vergraben. Langsam, schwerfällig, als läge die Last der Welt auf seinen Schultern. Und dann, als er auf der Höhe der Carabinieri-Station war, wandte er den Kopf zum Fenster und blickte Alfred an. Mit seinen eisgrauen Augen schaute er Alfred Lantschner direkt ins Gesicht, der erschrocken zurückwich und weiter über den Regen schimpfte.

1. September, zwanzig Minuten zuvor, Rabenstein, Hauptstraße 5

Max lehnte an seiner Wursttheke und starrte hinaus auf die Straße. Kein Mensch wagte sich bei diesem Sauwetter vor die Tür. Er überlegte, den Laden zu schließen. Ohne Kunden kein Umsatz – so einfach war die Rechnung.

Dieser verdammte Regen, der gefühlt seit Jahren andauerte, machte ihm das Geschäft kaputt. Max wusste, dass das nicht stimmte. Der Sommer war gerade vorbei, mit den höchsten Temperaturen seit Aufzeichnung der Wetterdaten. Demzufolge musste erst kürzlich die Sonne geschienen haben, doch für ihn regnete es seit einer Ewigkeit. Besser gesagt seit zwei Jahren, elf Monaten und zwei Tagen. Damals hatte er weggewollt aus diesem Kaff und studieren. Die Aufnahmeprüfung für seine Ausbildung zum Physiotherapeuten hatte er bestanden, die Anzahlung für seine zukünftige Studentenbude getätigt und dann – drei Tage, bevor er hatte aufbrechen wollen –, war die Mutter gefunden worden. Tot.

Es war klar gewesen, dass er zu Hause blieb, dem Studium adieu sagte, den Dorfladen übernahm und die Obhut für seine zwei jüngeren Brüder gleich mit, die damals im schlimmsten Alter waren und aus welchem Grund auch immer ihm die Schuld am Tod der Mutter gaben. Keiner hatte jemals wieder ein Wort über das

Studium verloren. Niemand hatte sich um ihn gekümmert, ihm geholfen, seine Träume zu verwirklichen. Seine Träume, die eine Wohnung mit Eva beinhaltet hatten, die trotzdem studieren gegangen war und heute – wie man so hörte – zusammen mit ihrem neuen Freund seinen Traum von einer Gemeinschaftspraxis verwirklichte.

Resigniert schaute Max aus dem Fenster des Dorfladens. Im Regen lief ein Mann. Mit schweren Schritten stapfte er die Straße entlang ohne Schirm, den Kragen seines Mantels hochgeklappt.

Max erkannte den Mann und überlegte erneut, den Laden dichtzumachen, diesmal aus einem anderen Grund.

Daher blieb Max an der Wursttheke stehen und erwartete mit verschränkten Armen und finsterem Blick seinen Kunden.

»Max?«

»Schneider?«

»Hab schon gedacht, du hast vielleicht zu.«

»Ich hab bis 19 Uhr offen. Täglich außer Sonntag.«

»Bist ein fleißiger junger Mann.«

Max presste die Lippen aufeinander. Durch Schneiders Lob fühlte er sich besudelt. »Was wünschen Sie?«, fragte er betont höflich.

»Ich such mein Zeug selber zusammen. Ein Stück Speck kannst mir abschneiden und von dem Kräuterkäse nehm ich einen Laib.«

»Hab ich nicht mehr.«

»Was hast denn?«

»Einen halben.«

»Dann nehm ich den halben.«

Während der Diskussion streifte Schneider durch die Gänge des Dorfladens und klaubte Dosen, Nudeln, Reis und Gemüse in den Einkaufskorb. Max säbelte ein daumendickes Stück von der Speckseite und wickelte es in Papier. Dann stellte er sich hinter die Kasse. »Haben Sie‘s?«

»Immer so ungeduldig.«

Wenn du den Mörder deiner Mutter bedienen müsstest, wärst du auch nicht scheißfreundlich, dachte Max und tippte schweigend die Preise in die Kasse.

»Scheißwetter!«, sagte Schneider.

Max nickte nur.

»Kommt sonst wer einkaufen?«

»Macht zweiundvierzig neunzig.«

Schneider schob einen Fünfziger über den Tresen. »Behalt den Rest.«

Doch Max zählte das Wechselgeld penibel ab und knallte es Schneider hin. »Ich brauche keine Almosen!«

1. September, abends, Rabenstein, auf der Straße zum Einödhof

Mit hochgeklapptem Kragen stapfte er durch den verdammten Regen. Der alte Jägerrucksack aus Lodenstoff drückte auf seine Schultern. Er war voller Lebensmittel wie auch die beiden schweren Taschen, die er auf beide Hände verteilt hatte. Der Vorrat sollte für die nächsten zwei Wochen reichen. Zwei Wochen, in denen er nicht mehr ins Tal musste und sich verkriechen konnte auf dem Hof seiner Schwester, der jetzt ihm gehörte.

Die Berggipfel waren von Wolken verhangen, das Tal lag in einem trüben Grau, das nichts mit der Postkartenidylle zu tun hatte, die Touristen anlocken sollte. Kein strahlend blauer Himmel über dem Wald, dahinter schneebedeckte Gipfel. Grün, Blau, Weiß – ein Ideal, das nicht der Wahrheit entsprach. Natürlich gab es Sonnentage, nur nicht für ihn. Ihm war, als hinge ständig eine schwarze Wolke über ihm. Über ihm und allen, die er liebte.

Sein Atem ging schnell. Die Last war zu groß. Das monotone Keuchen mischte sich in das Flüstern des Regens. Sonst war nichts zu hören. Kein Vogel gab einen Laut von sich. Der Lärm der über die Landstraße rauschenden Autos im Tal wurde vom

Nebel geschluckt, der wie ein mächtiges Ungetüm über Wiesen und Felder kroch, die Latschenkiefern schluckte, den Forstweg. Und er selbst musste mitten hinein in diesen Nebel. Den Berg hinauf bis dahin, wo der Einödhof lag, weit weg von jeder anderen menschlichen Behausung.

Für einen Wanderer, der sich in der Gegend nicht auskannte, wäre es nicht ratsam gewesen, bei diesem Wetter in die Berge aufzubrechen. Doch er war kein Wanderer und nicht unkundig. Er kannte die Wegmarken, wusste, wo die Straße unvermutete Kurven machte, wo der Hang abschüssig war.

Gerade eben kam er an einer solchen Stelle vorbei und ein Schauder lief über seinen Rücken, der nichts mit dem nasskalten Wetter zu tun hatte. Er vermied es, nach unten zu schauen über die Felsen, die der Nebel noch nicht geschluckt hatte, hinab zu dem kleinen Vorsprung weit unten, wo vor drei Jahren seine Schwester tot aufgefunden worden war. Ein Unfall, so hieß es. Zumindest hatten das die Nachforschungen der Polizei ergeben. Er wusste es besser, denn er hatte Gerlinde gefunden. Er hatte nach ihr gesucht, als sie nicht zur versprochenen Zeit nach Hause gekommen war. Mehrere Stunden lang hatte er nach ihr gerufen, war auf diesem Forstweg Richtung Tal gerannt, an ihr vorbei.

Da hatte sie vielleicht noch gelebt …

Erst auf dem Weg zurück zum Hof hatte er immer wieder in den Abgrund geblickt. Sicherheitshalber. Obwohl er nicht wirklich daran geglaubt hatte, dass Gerlinde irgendwo dort hinabgestürzt war. Dafür kannte sie den Weg zu gut.

Aber dann hatte er sie gesehen. Ihre leuchtend rote Jacke war ihm ins Auge gesprungen. Dann, mit ein paar Sekunden Verzögerung, hatte er ihre seltsam verdrehten Gliedmaßen registriert. Kopflos war er den Abhang hinuntergeklettert, dabei selbst beinahe seiner Schwester hinterhergestürzt, nur um festzustellen, dass sie nicht mehr atmete. Trotzdem hatte er versucht, sie wiederzubeleben. Ohne Erfolg. Ihr Körper war gebrochen, ihr Blick ebenfalls.

Mit grimmiger Miene stapfte er weiter, packte die schweren Taschen fester und passierte den großen Felsen am Forstweg. Von dort nahm er die Abkürzung durch den Wald, obwohl die Strecke steil war und er auf den nassen Wurzeln ausrutschen konnte. Während er keuchend aufstieg, ließ er den Besuch im Dorf in seiner Erinnerung ablaufen wie einen Film.

Die Straße war menschenleer gewesen, wie er es vorhergesehen hatte. Er bevorzugte es, bei strömendem Regen ins Dorf zu gehen. Noch mehr hätte er es bevorzugt, überhaupt nicht ins Dorf zu müssen, denn er hasste die Blicke der Bewohner, ihre Gedanken, die allzu deutlich in ihre Gesichter geschrieben standen. Doch manchmal ließ es sich eben nicht vermeiden, und dann ging er bei Regen, wenn die Straßen leer und die gierigen Blicke hinter den Spitzengardinen verborgen waren.

Bei Regen glich Rabenstein einem Geisterdorf. Kein Mensch war auf der Straße gewesen und doch hatte er ihre Blicke gespürt. Den Hass, die Vorwürfe … an der Carabinieri-Station überdeutlich … in den dunklen Augen des Dorfpolizisten, in der ablehnenden Haltung des Ladenbesitzers. In ihren Augen wäre immer er der Schuldige – egal, was die Nachforschungen ergaben, wie stichhaltig seine Alibis auch waren.

Er wusste, warum der junge Max ihn hasste, wieso Alfred Lantschner ihn mit Argusaugen beobachtete, er und alle anderen in Rabenstein. Denn er, Wilhelm Schneider, hatte große Schuld auf sich geladen. Auch wenn er nicht getan hatte, was ihm vorgeworfen wurde, trug er die Schuld. Er allein.

5. September, vormittags, Redaktion »Wochenblatt«

»Post für dich!«, sang Anna schadenfroh und stellte einen Karton voller Briefumschläge vor Vera ab. »So viele Literaten gibt es in unserem Land.«

»Und alle glauben, wir haben nur auf sie gewartet.« Vera seufzte. Dass dieses Projekt solche Ausmaße annehmen würde, hatte sie nicht geahnt. Und vor allem nicht damit gerechnet, wie aggressiv die Menschen reagierten, wenn ihre literarischen Ergüsse abgelehnt wurden. Man hatte ihr Vetternwirtschaft unterstellt, mang-elnden Sachverstand oder dass sie die Texte nach dem Geschmack der Massen auswählte. Ihr gut gemeintes Projekt entwickelte sich zu Veras persönlichem Albtraum. Außerdem regnete es schon wieder. Oder immer noch. Je nachdem, wie man es sehen wollte. Während in anderen Jahren der September oft ein wochenlanges Hoch mit Sonnenschein und warmer Luft bescherte, konnte man ihn in diesem nicht anders als ungemütlich beschreiben. Das Wetter drückte Vera aufs Gemüt. Und nicht nur ihr.

»Aber über einen Brief wirst du dich freuen.«

»Werde ich das?« Vera sah ihre Freundin skeptisch an.

»Wirst du.«

Veras Laune besserte sich abrupt. Sie verstand, was Anna meinte. »Er hat geantwortet?«

»Hat er.« Anna fischte einen Briefumschlag, der ganz zuoberst lag, aus dem Karton und wedelte damit herum.

»Gib her!« Vera griff ungeduldig nach dem Kuvert, öffnete es und ließ ihre Augen über das Blatt wandern.

Der Brief war handgeschrieben, in engen, schnörkellosen Lettern, die sich nach rechts neigten. Er enthielt nur ein paar Zeilen, die Vera im Handumdrehen begeisterten.

Werte Frau Profanter, ich fühle mich von Ihrem Vorschlag geehrt. Um das Interview zu machen, müssten Sie aber schon zu mir nach Rabenstein kommen. Ich verlasse den Einödhof nie und leider habe ich auch schlechte Nachrichten, was die Telefonverbindung angeht. Ich bin nicht im Besitz eines solchen Geräts. Auch über einen Internetanschluss verfüge ich nicht.

»Der letzte Steinzeitmensch auf Erden«, stellte Anna fest, die den Brief ebenfalls gelesen hatte.

Vera musste ihr beipflichten. Gab es tatsächlich noch Menschen, die nur per Post erreichbar waren? Oder nahm sie der Herr womöglich auf den Arm?

»Wenn sein Gedicht nur nicht so gut wäre.« Vera schnitt eine verzweifelte Grimasse. Sie hätte Wilhelm Schneider auch einfach absagen und sich den Aufwand sparen können. Es gab andere Zuschriften, die ebenfalls gut waren. Doch sein Gedicht brachte etwas in ihr zum Klingen. Sie wollte den Grund dafür herausfinden, und dafür musste sie nach Rabenstein. »Wenn Heinz das Portrait genehmigt, muss er wohl auch für die Spesen aufkommen.«

Sie faltete sorgsam den Brief und stand auf. »Ich frage ihn.«

»Tu das.« Anna begleitete sie ein Stück bis zum Lager neben der Teeküche. »Ich werde dann mal weiter die Post verteilen.«

Vera winkte ihrer Freundin und klopfte an Wurzers Tür. Prompt kam seine Antwort. »Herein!«

Vorsichtig streckte sie ihren Kopf in das Büro des Chefredakteurs. »Darf ich?«

»Immer, Vera.« Er klappte den Laptop zu und lehnte sich erwartungsvoll in seinem Bürosessel zurück.

»Es geht um diesen Dichter.« Vera setzte sich auf den Besucherstuhl ihm gegenüber.

»Über den du das Porträt machen willst?«

Dass Wurzer sich noch erinnerte, interpretierte Vera als gutes Zeichen. Immerhin war es beinahe zwei Wochen her, dass sie ihm das Gedicht präsentiert hatte. Es schien also auch auf ihn einen gewissen Eindruck gemacht zu haben. Sie nickte. »Genau den.«

»Er will das Porträt nicht machen?«

»Doch.« Vera schluckte. »Nur ist er nicht auf den üblichen Wegen erreichbar.«

»Er hat kein Internet?«

»Und kein Telefon. Wenn ich das Interview mit ihm führen will, muss ich wohl zu ihm fahren.«

Wurzer verzog ungläubig das Gesicht. »Er hat nicht mal Festnetz?«

»Kein Festnetz, kein Mobiltelefon, kein Internet. Er lebt mitten in den Bergen auf einem Hof, der Einödhof heißt. Ich vermute mal, das kommt nicht von ungefähr.«

Der Chefredakteur schnaubte belustigt. »Was einen Menschen wohl dazu treibt, so zu leben?«

»Eben!« Vera zeigte Wurzer zur Bestätigung den Brief des Dichters. »Genau das möchte ich herausfinden. Ich denke, es steckt eine interessante Story dahinter.«

Wurzer legte seine Finger zusammen und dachte nach. Für eine gute Story war er immer zu haben. Zumindest glaubte Vera das, bis der Chefredakteur energisch den Kopf schüttelte. »Nein.«

»Nein? Aber seine Gedichte sind gut, seine Geschichte könnte interessant sein und …«

»Nein, Vera! Ich verstehe deine Neugier und ich respektiere, dass du an dem Text und diesem Kerl einen Narren gefressen hast, aber – sei mir nicht bös – er ist es nicht wert. Wir sind kein Revolverblatt, das sich mit einer schicksalsträchtigen Geschichte bei einer sensationsheischenden Leserschaft profilieren will. Wir stehen für seriösen Journalismus … solide Storys.« Er schnitt Vera, die aufbegehren wollte, mit einer Handbewegung das Wort ab. »Wenn du das Portrait per Videokonferenz oder Telefon hättest machen können, wäre es in Ordnung gewesen. Aber die ohnehin knappen Ressourcen verschwenden, nur um einen eigenwilligen Eremiten zu interviewen und seine möglicherweise erfundene Geschichte zu bringen – nein, das ist nicht drin.«

»Aber …«

»Nein, Vera. Das kann ich der Buchhaltung unmöglich verkaufen. Veröffentliche das Gedicht meinetwegen, aber das Porträt ist hiermit gestrichen. Und bevor du gehst …« Er zog ein Blatt Papier aus seiner Schublade und streckte es Vera hin. »Das hier ist von der Tochter einer guten Freundin. Ich möchte, dass dieses Gedicht auf unseren *Literarischen Seiten* veröffentlicht wird. Schreib was Nettes dazu. Und jetzt entschuldige mich!«

Vera reichte ein Blick, um zu wissen, welches Gedicht ihr Chef meinte. »Im Wald steh'n die Bäume …« Mit einem frustrierten »Okay« wandte sie sich ab und verließ Wurzers Büro.

Vor fünf Jahren, 10. Oktober, Graz, städtischer Friedhof

Ich lehnte an einem Baum, einer Trauerweide, am städtischen Friedhof und starrte in das offene Grab. Den Baum fand ich passend für diesen Ort, genauso passend wie den Regen, der seit dem Morgen unaufhörlich vom Himmel strömte.

Der September war trocken gewesen, täglich strahlend blauer Himmel, unter dem die Schwalben flogen, als würde der Herbst dieses Jahr ausfallen. Bis heute. Der Wettergott hatte sich in Anthrazit gekleidet, genauso wie die Trauergäste, die mit bleichen Gesichtern unter Regenschirmen auf dem Gottesacker versammelt waren. Dunkle Tupfer im Grau.

Ich stand bei ihrer Familie, den Eltern, den beiden Schwestern, deren Gesichter wie Masken wirkten. Noch realisierten sie das Ausmaß des Schreckens nicht, der ihr widerfahren war. Noch waren sie gefangen im Stress, den so ein plötzlicher Todesfall mit sich bringt. Ihre Gefühle waren gedämpft von den zahlreichen Beruhigungsmitteln. Sie konnten das Loch noch nicht spüren, das sie in ihrem Leben hinterlassen hatte. Ich schon. Und ich hatte es mit Hass gefüllt. Mit rotem brennendem Hass, der mich innerlich auffraß. Ich biss die Zähne zusammen, um ihn zurückzuhalten, um nicht mit geballten Fäusten auf diesen Kerl zuzugehen, sie ihm ins Gesicht zu schmettern, bis das

Blut aus seiner Nase spritzte, aus seinen Ohren, bis er am Boden lag, im Dreck, wo er hingehörte. Er hatte es nicht verdient, weiterzuleben, da sie tot war.

Die Wut rauschte in meinen Ohren. Dankbar nahm ich die Aufforderung zum Beten wahr, verschränkte meine Finger ineinander, grub die Nägel tief ins Fleisch. Wie alle anderen senkte ich den Kopf zum Gebet und beruhigte meinen Zorn nur, weil der Rosenkranz wie ein Mantra wirkte. Ein Mantra, das alles Denken und Fühlen zäh werden ließ wie Honig.

Doch der Hass blieb. Verborgen in den Schatten.

9. September, abends, Einödhof

Auf der Bank vor dem Haus stellte er seinen Rucksack ab. Er war wieder im Dorf gewesen, die Neugier hatte ihn getrieben.

Ein Brief vom *Wochenblatt.* Am liebsten hätte er ihn gleich und sofort auf dem Postamt gelesen, aber die fragenden Blicke der Beamtin hatten ihn davon abgehalten. »Wer schreibt ihm? Wer schreibt so einem?« Er hatte sich bestens ausmalen können, was sich in ihrem Kopf abgespielt hatte.

Also hatte er den Brief ohne erkennbare Reaktion – zumindest hoffte er das – eingesteckt und sich das Lesen verboten. Bis jetzt. Jetzt war er an seinem Rückzugsort angelangt, dem Einödhof, der seinen Namen redlich verdiente. Hierher verirrte sich niemand. Zu weit weg vom Schuss … zu gefährlich.

Bei dem Gedanken an die Ängste der Dörfler schnaubte er verächtlich. Sie ahnten nicht, wo die wirkliche Gefahr lag.

Müde ließ er sich auf der Bank nieder, die unter seinem Gewicht ächzte. Er lehnte sich zurück an die weiß getünchte Wand und versuchte, zu Atem zu kommen. Zu seinen Füßen scharrten Hühner in der Erde, gackernd liefen sie Richtung Speltenzaun, der die Schafweide begrenzte. Dahinter reckte sich ein Steilhang gen Himmel, der nur spärlich mit Gras bewachsen war. Unter ihm die Wipfel der Lärchen, die sich allmählich gelb färbten, früh für die Jahreszeit. Und darüber ein unversperrter Blick auf die Berge.

Als sein Atem sich beruhigt hatte, fischte er den Brief aus seinem Rucksack und zerriss nervös das Kuvert. Er lächelte, als er ihre Handschrift sah. Sie passte zu seiner Vorstellung, seinem Bild jener Frau, die sich Zeit für ihn genommen hatte.

Lieber Herr Schneider,

leider muss ich Ihnen mitteilen, dass mein Chef mir keine Dienstreise nach Rabenstein bewilligt hat, was ich persönlich sehr schade finde. Doch vielleicht gibt es eine Lösung. Ende September wollte ich ein paar Tage Urlaub machen. Ich habe gesehen, dass es in Ihrem Tal einige Hotels gibt, und würde das Angenehme gern mit dem Nützlichen verbinden. Bitte geben Sie mir Bescheid, ob ich Sie zwischen dem 27. und 30. September antreffe.

Herzliche Grüße
Vera Profanter

Er ließ den Brief sinken und spürte dem unangenehmen Gefühl nach, das sich von seiner Magengrube aus in seinem Körper ausbreitete.

Jetzt war es also so weit.

Das Schicksal würde seinen Lauf nehmen. Ihr Schicksal. Und seines. Die Geschichte würde ein Ende finden. Kein Happy End, dafür war es zu spät. Zu viele Leben waren geopfert worden … zu viel Leid … zu viel Trauer.

»Schlechte Nachrichten?«

Schneiders Kopf fuhr herum. Er war so ins Lesen vertieft gewesen, dass er die Ankunft seines Nachbarn nicht bemerkt hatte. Erwin Reichsigl war nicht wirklich sein Nachbar. Der Zirmer-Hof lag weit weg, beinahe im Dorf. Zudem war das Verhältnis zu Erwin und seiner Frau, der Marescialla von Rabenstein, nicht sonderlich gut. Als Chefin der Carabinieri-Station stellte sie einfach zu viele Fragen. Deshalb fiel die Begrüßung eher verhalten aus. »Erwin!«

»Derselbige. Also? Schlechte Nachrichten?« Neugierig stierte der Zirmer-Bauer auf den Brief.

Schneider steckte den Brief in seine Lodenjacke. Den Kerl ging es gar nichts an, was für Post er bekam. Daher sagte er nur: »Wie man's nimmt.«

»Siehst aus, als wäre wer gestorben.«

»Vielleicht ist das so.«

»Wer denn?« Erwin Reichsigls Kopf neigte sich wie bei einem Spürhund, der Fährte aufgenommen hatte.

»Niemand ist gestorben. Ich krieg Besuch.«

Enttäuscht zog Reichsigl seinen Kopf wieder zurück und murmelte etwas in seinen nicht existenten Bart, das klang wie: »Dann wollen wir hoffen, dass der Besuch am Leben bleibt.«

»Was meinst du?«

»Nichts.« Ertappt verschloss Reichsigl seine Lippen. »Besuch ist was Schönes. Wer kommt denn?«

»Eine Journalistin.«

»Wieso denn das?«

»Sie macht eine Reportage darüber, wie gelangweilte Bergbewohner ihre Nasen in die Angelegenheiten anderer stecken.«

Schneider konnte zusehen, wie sich die Miene seines Nachbarn verfinsterte. »Depp!«

»Selber Depp!« Diesmal antwortete Schneider auf Reichsigls dahingemurmelte Beleidigung, die er auch schon beim ersten Mal verstanden hatte. »Wieso bist du wirklich hier, Erwin?«

»Ich hätt ein Angebot gehabt, aber ich weiß wirklich nicht, ob ich dir das noch unterbreiten will. Mir könnt's egal sein, ich nutze die Straße nicht so oft wie du.«

»Geht's mal wieder um den Bach?«

Im Sommer ein kleines Rinnsal, nach starkem Regen und während der Schneeschmelze jedoch ein reißender Strom, der regelmäßig die Straße überflutete und unpassierbar machte. Seit Schneider hier auf dem Einödhof lebte, diskutierte der Zirmer-Bauer mit ihm über die Instandhaltungsarbeiten einer provisorischen Brücke, die nicht mehr als ein Brett war. Von seiner Schwester wusste Schneider, dass auch in den Jahren zuvor immer wieder diskutiert worden war, ob man in einer gemeinsamen Aktion das betreffende Straßenstück untertunneln sollte.

»Ja, der Bach«, bestätigte Erwin Schneiders Vermutung.

»Und dein Vorschlag wäre?«

»Ich könnte von einem Kollegen den Bagger kriegen. Damit können wir eine Furche ausheben für ein Rohr, und da leiten wir den Bach durch. Dann schütten wir alles wieder zu und …«, er vollführte eine wedelnde Handbewegung, »das Problem ist gelöst.«

»Und wie viel will dein Kollege für den Bagger?«

»Dreihundert Euro am Tag. Ein Tag müsste reichen.«

»Ich hab kein Geld.«

»Das sagst du immer.«

»Dann schau dich um und sag mir, wo du den Goldesel stehen siehst.«

»Ich weiß genau, dass du Geld hast.«

»Nein.«

Erwin riss die Augen auf. »Was, nein?«

»Ich hab kein Interesse. Und jetzt verschwinde von meinem Hof.«

»Du bist genauso bockig, wie deine Schwester es war.«

Schneider zuckte die Schultern.

»Ich zeig dich an, wenn du dich weigerst.«

»Ach so?«

»Ja, weil du und ich zusammen Besitzer der Straße sind und wir haben die Pflicht, sie zu warten. Die Wanderer …«

»Die Wanderer sollen den Steig benutzen, dafür ist er da. Und wir beide kennen die Gefahrenstelle.«

»Das hat deine Schwester auch gemeint und die …«

»Meine Schwester kannte sich sehr gut aus.«

»Warum ist sie dann runtergefallen?«

»Sie ist nicht gefallen!«

Die Männer maßen sich mit hasserfüllten Blicken. Erwin brach den Augenkontakt als Erster ab. »Der Bagger kommt Mitte Oktober. Ich schicke dir die Rechnung.«

»Ich bezahle nicht.«

»Dann hörst du von meinem Anwalt.« Mit diesen Worten drehte sich Erwin um und marschierte die Straße hinunter Richtung Tal.

Schneider sah ihm nach. Der Kerl war ein Mistkäfer – auch wenn er immer tat, als meine er es nur gut. Mit

Gerlinde hatte er ständig im Clinch gelegen, obwohl das Leben schwer genug gewesen war, nachdem sie ihren Mann bei einem Unfall im Wald verloren hatte. Und wenn Schneider es nicht besser gewusst hätte, wäre er auf den Gedanken gekommen, den Zirmer-Bauern zu verdächtigen, bei Gerlindes Tod nachgeholfen zu haben. Damals vor drei Jahren … Doch er wusste es besser und das brachte ihn wieder zurück zu dem Brief. Welche Antwort sollte er der jungen Journalistin geben?

9. September, abends,
Graz, Veras Wohnung, Fröbelpark

»Ich denke, gestern oder spätestens heute hat er den Brief bekommen.« Vera lag auf dem Sofa, den Kopf in Jakobs Schoß, während seine Finger sanft über ihr Haar strichen. Nachdenklich schaute sie aus dem Fenster. Eine düstere Stimmung lag über dem Fröbelpark, die durch das matte Licht der Straßenlaterne verstärkt wurde. Die Dinger schalteten sich automatisch ein, wenn eine bestimmte Lumenzahl unterschritten wurde. Dass es jetzt um 18 Uhr schon so weit war, lag an den Wolken, die seit Wochen schwer über dem Himmel hingen. Mal regnete es, mal nicht, aber die Sonne hatte Vera schon eine gefühlte Ewigkeit nicht mehr gesehen.

»Was dann?«

»Dann wird er mir sagen, ob ich willkommen bin oder nicht.«

»Und dann?«

»Dann werde ich wohl nach Rabenstein fahren, denke ich, und das Interview machen.«

»Mir wäre lieber, wenn du mit uns ins Wellnesshotel fahren würdest.«

»Ich weiß.«

»Warum tust du es dann nicht?« Jakob wirkte traurig, und das versetzte Vera einen leisen Stich ins Herz.

»Du weißt, warum ich nicht mitkomme. Es sind deine Freunde, nicht meine.«

»Es wäre nur für ein paar Tage.«

»Bitte, Jake, lass es endlich gut sein!«

Jakob seufzte. »Ja, ich weiß, wir dürfen uns nicht gegenseitig unsere Freiheit beschneiden. Aber das will ich gar nicht. Ich würde mir bloß wünschen, dass …«

Vera zog seinen Kopf zu sich herunter und unterbrach diese leidige Diskussion mit einem Kuss. Als sie schwer atmend voneinander abließen, meinte sie: »Ich verspreche dir, dass ich in allernächster Zeit mit dir einen Wellnessurlaub mache, von mir aus auch im selben Hotel. Aber diesmal fährst du mit Phil und June und ich mache dieses Interview.«

»Und wenn er ein Freak ist?«

»Das ist er ganz sicher.« Vera grinste. »Was soll er sonst sein, wenn er freiwillig allein auf einem gottverlassenen Hof wohnt, weit oben auf dem Berg? Er ist ein Freak, das steht außer Frage.«

»Und wenn er dir was antut?«

Das war allerdings eine Frage, die auch Vera beschäftigte. Der Kerl hatte irgendeine Schuld auf sich geladen. Ein finsterer Schatten umgab ihn. Immer wieder flüsterte ein Stimmchen ihr das zu. Und jedes Mal versuchte sie, ihre Angst zum Schweigen zu bringen.

Er bereut, was auch immer er getan hat. Er möchte darüber reden. Er bereut. Doch die Unsicherheit blieb. Und da nutzte es auch nichts, dass sie jetzt ihrem Freund laut versicherte: »Er wird mir nichts antun, Jake. Er weiß, dass ich mich abgesichert habe und dass es Menschen gibt, die wissen, wo ich stecke.«

»Und du meinst, das reicht diesem Freak?«

»Klar! Und jetzt hoffe lieber mit mir, dass dieser Schneider mir rechtzeitig antwortet.«

»Wann hast du den Brief abgeschickt?«

»Am 6. September.«

»Dann hat er ihn schon. Wenn er gleich antwortet, bekommst du spätestens am Dienstag seine Antwort.«

Vera nickte zufrieden. »Am Dienstag. Und wenn der Termin für ihn passt, interviewe ich Wilhelm Schneider in nicht mal drei Wochen. Das ist aufregend!«

»Warum denn, ist doch nicht dein erstes Interview?«, fragte Jakob irritiert. Vera verstand seine Reaktion, weshalb sie ihm erklären wollte, was diesmal anders war gegenüber vorherigen Interviews mit Sportlern, Politikern, Feuerwehrleuten oder Kuratoren.

»Ich habe irgendwie das Gefühl, dass dieses Interview mehr sein könnte als nur ein Job. Ich weiß nicht, warum, aber es ist wichtig für mich, dass dieses Porträt gut wird. Für mich … und ich glaube, auch für Schneider.«

»Du wirst das super machen.«

»Danke.« Verliebt sah Vera ihren Freund an. »Es ist so schön, zu wissen, dass du an mich glaubst.«

»An dich glauben? Ich? Wer bist du? Eine Heilige?« Und damit begann Jakob, Vera zu kitzeln. Sie wand sich und quiekte und das Ganze endete wieder einmal so, dass sie sich nackt und schwitzend auf dem Boden wiederfanden.

»Ich liebe dich, Jake.«

»Und ich liebe dich, du kleine Verrückte.« Seine

hellbraunen Augen funkelten. »So doll, dass ich dich fressen könnte.«

»Vielleicht sollten wir besser was kochen?«

Jakob grinste. »Mitternachtsnudeln?«

»Mitternachtsnudeln.«

12. September, vormittags, Carabinieri-Station Rabenstein

»Wollen wir uns nicht langsam vorbereiten?« Alfred lümmelte in seinem Bürosessel und schaute aus dem Fenster. Es war kalt geworden. Am Wochenende hatte sich der Regen zum ersten Mal in Schnee verwandelt, der jetzt auf den Berggipfeln lag. Viel zu früh. Das Wetter spielte verrückt, und nicht nur das Wetter.

»Wie willst du dich denn vorbereiten?« Gabi schrieb wieder irgendeinen Bericht und sah nicht vom Bildschirm hoch, während sie ihm diese überflüssige Gegenfrage stellte.

»Ich weiß auch nicht. Was wäre denn ratsam? Verstärkung anfordern? Die Bevölkerung warnen?«

»Die Bevölkerung ist gewarnt, glaub mir.« Gabi sah nun doch hoch. »Denkst du, nach den letzten drei Jahren traut sich noch irgendwer allein raus?«

»Und wenn er in die Häuser geht, um sich ein Opfer zu holen?«

»Wer?«

»Er … Du weißt schon.« Unwillkürlich zog Alfred den Kopf ein, sein Blick flüchtete Richtung Berg.

»Weiß ich das?« Gabi sah ihn mit hochgezogenen Augenbrauen an. »Alfred, es ist bewiesen, dass er es nicht sein kann. Nur weil er fremd ist im Dorf …«

»Du weißt genau, dass es nicht deswegen ist.«

»Ich weiß, dass der Staatsanwalt die Anklage hat

fallen lassen. Dreimal. Er ist es nicht, Alfred.«

»Meine Frau hat sich nicht selbst umgebracht.«

»Es war ein Unfall.« Ihr mitleidiger Blick sprach Bände. Sie dachte, was alle dachten, dass Rita sich das Leben genommen hatte.

Alfred stand ruckartig von seinem Bürosessel auf und trat ans Fenster. »Meine Frau hat das Leben geliebt. Sie hat mich geliebt. Sie … Es gab keinen Grund, sich dort hinunterzustürzen.« Alfred zeigte auf den Berg, fixierte ihn, als könnte er unter dem schneebedeckten Gipfel eine Antwort finden.

»Man kann in keinen Menschen hineinschauen«, erwiderte Gabi – wie so oft. Er konnte auch nach all der Zeit nicht verstehen, warum sie mehr Energie in Ausreden und Gegenfragen investierte, statt nach Antworten zu suchen.

»Sie war meine Frau, verdammt!«

»Auch vor unseren Partnern offenbaren wir nicht alles.«

Sie blieb beharrlich. Er auch.

»Wir schon. Wir hatten keine Geheimnisse voreinander. Wir … haben uns geliebt.«

»Alfred, vielleicht solltest du sie langsam loslassen.« Gabi bedachte ihn erneut mit einem mitleidigen Blick, der keinesfalls konstruktiv zur Sache beitrug.

»Ich will sie aber nicht loslassen. Ich will … sie zurück.« Alfred biss die Zähne hart aufeinander, um den Kommentar zurückzuhalten, der ihm auf der Zunge brannte. Vermutlich war er Gabi gegenüber ungerecht, aber auch wenn seine Frau jetzt schon seit einem Jahr tot war, tat es immer noch weh, an den Tag zu denken, als man sie tot in der Kalmbachschlucht gefunden hatte. Ein Jäger hatte Rita entdeckt und den Notruf abgesetzt, der zeitgleich bei den Carabinieri und den Rettungssanitätern eingegangen war. Nichtsahnend hatte sich Alfred mit Gabi in den Streifenwagen gesetzt und war zum Unfallort gefahren. Auf dem kurzen Fußweg dorthin hatten sie gescherzt, dass es wohl wieder mal einen dummen Touristen erwischt hätte, und dann hatte er zwischen den Steinen im Bach ihren Fuß erkannt. Das winzige Tattoo einer Sonnenblume über ihrem rechten Knöchel, Ritas Knöchel … Und die Erkenntnis, dass das seine Frau war, die dort lag, war wie Eiswasser in ihn gesickert.

»Ich kann dich verstehen, Alfred. Aber es bringt Rita nicht zurück, wenn du einen Unschuldigen verfolgst.«

»Er ist nicht unschuldig. Du kennst seine Vorgeschichte.«

»Auch da konnte ihm niemand etwas nachweisen.«

»Weil sie unfähig sind, alle miteinander. Weil sie die Lügen glauben, die er ihnen auftischt.«

»Nein. Weil er es nicht war. Das sind dumme Zufälle.«

»Fünf dumme Zufälle?«

Gabi zuckte hilflos die Schultern.

»Siehst du? Jeder bei klarem Verstand würde das merkwürdig finden.«

»Aber es zählen nun mal die Fakten. Ich verlasse mich darauf, dass der Staatsanwalt gründlich gearbeitet hat.«

»Vielleicht bist du dann bald verlassen – von allen guten Geistern, vom Glück. Wer wohl in diesem Jahr das Opfer sein wird? Deine Schwiegermutter? Die neue Postbotin? Du?« Alfred war bewusst, dass er sich in Rage redete und Gabi mit unter seine ganz persönliche Gewitterwolke zog.

Aber er konnte nicht aus seiner Haut.

»Okay, wenn du darauf bestehst, fordere ich Verstärkung an.«

»Ja, ich bestehe darauf!«

»Und wenn du dich dann besser fühlst, putzt du eben Klinken und bittest die Leute, an Michaeli zu Hause zu bleiben. Obwohl ich glaube, dass sie das von selbst tun werden. Die Stimmung im Dorf ist wirklich mies.«

»Kein Wunder! Die Leute sind eben nicht dumm. Ich spreche mit allen.« Alfred hievte sich aus dem Sessel und ging zur Tür. »Und du passt auch auf dich auf, Gabi. Du bist auch eine Frau.«

»Schön, dass du das erkennst.« Die Marescialla zwinkerte. »Aber keine Angst. Um Michaeli herum werde ich keinen Schritt ohne meinen Mann unternehmen.«

Alfred nickte. Er hatte zwar bis heute keine Ahnung, was Gabi an dem grobschlächtigen Zirmer-Bauern fand, der nur auf seinen eigenen Vorteil bedacht war. Aber Erwin würde seine Frau beschützen, das war so sicher wie das Amen in der Kirche.

12. September, abends, Stube auf dem Zirmer-Hof

Gabi saß neben Erwin am großen Tisch in der getäfelten Stube des Zirmer-Hofs und löffelte Einbrennsuppe, die ihre Schwiegermutter gekocht hatte. Katharina saß ihr gegenüber. Kerzengerade, als wäre ihr Rücken mit der Stuhllehne verwachsen. Gesprochen wurde nicht am Tisch, das war das eherne Gesetz der Zirmer-Kattl, genauso wie sie darauf bestand, dass vor dem Essen gebetet wurde und der Mann im Haus – also Erwin – als Erster das Essen auf den Teller bekam.

»Schmeckt's nicht?«, fragte sie mit zusammengekniffenen Augen, als Gabi ihren Teller von sich schob, in dem noch ein winziger Rest Suppe war.

»Doch, bin nur schon satt.«

»Wieder so eine Diät, wie das modern ist bei euch jungen Dingern? Als hättest du nicht sowieso schon zu wenig auf den Rippen. Zu meiner Zeit hätte es das nicht gegeben.«

Gabi wappnete sich. Sie wusste, was nun kam, und sie sollte recht behalten.

»Kein Wunder, dass kein Nachwuchs kommt«, giftete Katharina weiter. »Bei so einem dürren Gestell würde jedes Kind verhungern. Daher lässt sich keins auf dich ein.«

Genervt knetete Gabi ihre Finger unter dem Tisch

und tauschte einen Blick mit ihrem Mann. Sie hatten es versucht, hatten unzählige Untersuchungen über sich ergehen lassen mit immer wieder demselben Ergebnis: Erwin war zeugungsunfähig, was seine Mutter natürlich nicht wahrhaben wollte. Sie hätten es mit einer Samenspende versuchen können, doch die Vorstellung, dass ein fremder Mann der biologische Vater seines Kindes sein sollte, hatte Erwin nicht gefallen. Und Katharina noch viel weniger. »Da kannst gleich fremdgehen«, hatte er gesagt und so war das Kapitel Familienplanung vom Tisch gewesen. Beinahe jedenfalls. Die Zirmer-Kattl wärmte es regelmäßig wieder auf wie ihre Einbrennsuppe.

»Das ist unsere Sache, Mama.«

Es kam selten vor, dass Erwin ein Machtwort sprach. Es war auch vergeblich, denn seine Mutter ließ nicht locker.

»Worauf wollt ihr denn noch warten? Auf bessere Zeiten? Besser werden sie nicht, das kann ich euch sagen. Der nächste Krieg steht schon vor der Tür, das spür ich in den Knochen.«

Gabi verkniff sich einen bissigen Kommentar und lächelte stattdessen ihre Schwiegermutter freundlich an. »Ich danke dir für deine Sorge, aber das machen wir untereinander aus, Mama.« Sie musste sich jedes Mal überwinden, das zeternde Weib so anzusprechen, wie es eigentlich ihrer Mutter vorbehalten war, aber die Kattl wünschte es so, und daher hielt sich Gabi daran – um des lieben Friedens willen. Überwindung kostete es sie trotzdem.

»Ich hätt eine Bitte, Mama. Wie du weißt, steht Michaeli an.« Erneut wechselte Gabi einen Blick mit

Erwin. Auch wenn sie ihre Schwiegermutter nicht leiden konnte und Alfred gegenüber so getan hatte, als würde sie sich keine Sorgen machen, wollte sie Katharina warnen. Denn sie sorgte sich. Und wie!

»Ich weiß, dass Michaeli ansteht.«

»Und du weißt auch, dass in den letzten drei Jahren Menschen ums Leben gekommen sind an Michaeli.«

»Weiß ich auch. Ein dummer Zufall. Die Weiber sind besoffen vom Patrozinium nach Hause gegangen und abgestürzt.«

»Das kann natürlich sein. Trotzdem …« Gabi flehte stumm Erwin an. Der sprang ihr sofort zur Hilfe.

»Trotzdem möchten wir, dass du an Michaeli nicht allein unterwegs bist, Mama.«

Das verächtliche Schnauben der Zirmerin zeigte deutlich, was sie von der Einschränkung ihrer Freiheit hielt. »Wenn ihr meint.«

»Danke, Mama.« Erwin tauchte seinen Löffel in die braune Flüssigkeit auf seinem Teller. »Und deine Einbrennsuppe ist die beste auf der Welt.«

Geschmeichelt vom Lob ihres Sohnes widmete sich die Alte wieder dem Essen und Gabi atmete erleichtert auf.

Vor fünf Jahren, 20. September, nachmittags, Graz, Bundesgymnasium, Kirchengasse

»Und die liebe Janine hat bereits ihre erste Klausur völlig verhauen.« Schneider fixierte seine Schülerin streng. Die Wangen der Siebzehnjährigen verfärbten sich schlagartig flammendrot.

»Ich hatte keine Zeit zum Lernen.« Die Art, wie sie ihm die Antwort hinwarf, war rotzfrech, doch Schneider konnte hinter dem Gehabe ihre Verletzlichkeit erkennen. Aber darauf konnte er keine Rücksicht nehmen. Das war die Maturaklasse, am Ende des Schuljahres legten die Schüler ihre Reifeprüfung ab und bei Janine fehlte es an allen Ecken und Enden. Wie sie es bis hierhin geschafft hatte, war ihm ein Rätsel, doch eines stand felsenfest: So unvorbereitet konnte er das Mädchen nicht zur Prüfung zulassen.

»Dann musst du dir die Zeit nehmen, Janine. Du könntest zum Beispiel weniger Zeit vor dem Spiegel verbringen.«

»Sie mögen mich nur nicht.«

Da war er wieder, dieser dumme Satz. Schneider hasste ihn. Immer kam er von Schülern, die nicht bereit waren, sich für ihre Noten zu engagieren. Wenn dann eine Sechs unter ihren Arbeiten stand, waren nie sie selbst schuld, sondern immer die persönliche Abneigung des Lehrers. Als ob es so einfach wäre.

»Fehler sind Fehler, sie haben nichts mit Sympathie zu tun.«

»Ja, klar.«

»Ich kann gern vor der Klasse auf jeden einzelnen deiner Fehler in dieser Klausur eingehen, wenn du das möchtest.«

Statt einer Antwort brummte Janine etwas in ihren Pulli, das verdächtig nach »Leck mich am Arsch« klang. Das Kichern der Schüler, die um Janine herumsaßen, bestätigte seinen Verdacht.

»Es reicht! Dieses Verhalten kann ich nicht tolerieren. Nach der Stunde bleibst du in der Klasse.«

»Wie Sie meinen.« Auch diese Bemerkung rotzte ihm Janine so frech ins Gesicht, dass Schneider tief durchatmen musste, um sich zu beruhigen.

Er wandte sich zur Tafel. Vorgeblich, um einen Beispielsatz aus dem Text der Klausur zu schreiben, der bei diversen Schülern fehlerhaft gewesen war. Eigentlich wollte er nur seine Ruhe. Der Klasse den Rücken zuzudrehen, war eine Form der Flucht, das Eingeständnis seiner Niederlage. Niemand konnte sein Gesicht sehen, die Schweißperlen auf seiner Stirn. Vor allem aber konnte niemand seine Unzufriedenheit erkennen.

Noch zehn Jahre bis zum Ruhestand.

Er zählte die Tage, die Stunden …

13. September, abends, Rabenstein, vor der Post

Diesmal hielt er es nicht aus, den Brief ungeöffnet bis zum Hof zu tragen. Kaum hatte er die Poststube verlassen, riss er den Umschlag auf und las, was sie geschrieben hatte. Als er erkannte, dass sie kommen würde, fühlte er Erleichterung in sich aufsteigen und gleichzeitig Furcht. Jetzt gab es kein Zurück mehr. Das Schicksal musste seinen Lauf nehmen und dann, wenn alles gut ging, wäre endlich Ruhe.

Sein Herz klopfte, als er sich umwandte und zurück in die Poststube trat.

»Ich brauche eine Ansichtskarte.«

Stumm wies die neue Postbeamtin auf einen Ständer. Sie wirkte grimmig wie alle im Dorf, obwohl sie erst kürzlich hierhergezogen war. »Eins zwanzig das Stück. Porto auch?« Als er nickte, löste sie eine Briefmarke von der Rolle und schob sie ihm hin. »Macht eins neunzig.«

Er fischte eine Zwei-Euro-Münze aus seiner Jackentasche und suchte nach einer Ansichtskarte ohne kitschiges Motiv. Vergeblich. »Haben Sie einen Stift?«

»Hängt.« Die Postbeamtin zeigte auf einen Plastikkugelschreiber, der mit einer Paketschnur am Tischchen befestigt war, auf dem Kunden ihre Formulare ausfüllen konnten.

Schneider packte den Kugelschreiber, kritzelte zuerst

die Adresse auf die vorgegebenen Zeilen und dann seine Antwort auf die freie Fläche. »Bin da.« Mehr schrieb er nicht. Vera Profanter würde verstehen. Zu guter Letzt klebte er die Briefmarke auf das entsprechende Feld und knallte der Postbeamtin die Karte auf den Tresen. Der neugierige Blick, den sie auf seine Botschaft warf, verursachte ihm Unbehagen. »Geht die Post heute noch raus?«

Sie löste ihren Blick von der Karte. »Morgen.«

Er nickte. Vera Profanter würde seine Antwort innerhalb einer Woche erhalten. Dann blieb ihr noch genügend Zeit für die Reisevorbereitungen. Ohne ein Wort des Grußes verließ Wilhelm Schneider die Poststube. Er hatte sich die Nettigkeiten abgewöhnt, sie waren doch nur Heuchelei. Die Straße war menschenleer, trotzdem hatte er das Gefühl, beobachtet zu werden. Und es brauchte nicht lange, bis er ein blassblaues Augenpaar entdeckte. Max. Natürlich! Er starrte durch die Scheibe seines Lebensmittelladens. Schneider versuchte, den Blickkontakt zu halten, schaffte es aber nicht. Er hasste diesen Ort. Bei jedem Schritt spürte er Max' Blicke wie Messerstiche, die ihm in den Rücken fuhren.

Und dann setzte der Regen wieder ein.

Der verdammte Regen.

13. September, abends, Carabinieri-Station

Alfred hatte sich heute etwas früher in den Feierabend verabschiedet. Gabi ahnte jedoch, dass er die Zeit nutzte, um seine Ankündigung wahr zu machen, nämlich von Haus zu Haus zu gehen und die Menschen an den bevorstehenden Michaelistag zu erinnern.

Sie selbst hatte noch einen Bericht fertig getippt, dann fuhr auch sie ihren Computer herunter und dachte nach. Wenn sie ehrlich war, machte ihr der Lostag genauso zu schaffen wie Alfred. »Auf nassen Michaelistag nasser Herbst folgen mag.« So hieß es seit dem Mittelalter und auch heute noch war dieser Tag den Bauern wichtig – sowohl für den Dienstbotenwechsel oder als Zins- und Abgabetag. An vielen Orten fand der Almabtrieb an diesem Tag statt. Die Leute wollten feiern und sich die Laune nicht von Alfred und seinen Gruselgeschichten verderben lassen. Aber auch wenn die Ermittlungen ergeben hatten, dass es sich um Unfälle handelte, glaubte nach der dritten Frauenleiche niemand mehr daran. Auch Gabi nicht.

Trotzdem würden alle im Dorf das Patrozinium, den Tag des Kirchenpatrons, am Michaelistag feiern. Die Kirche war dem heiligen Michael geweiht, dem Schutzpatron der Rabensteiner. Und Schutz konnten sie derzeit wohl gut gebrauchen. Nach der Messe fand alljährlich eine Prozession statt, anschließend ergoss sich der Strom der Feiernden auf die Festwiese etwas außerhalb am Waldrand. Auch in diesem Jahr würde eine Kapelle spielen, getanzt, gegessen und getrunken werden. Vor allem getrunken. Dieses Fest würden sich die Bewohner von Rabenstein nicht nehmen lassen. Und nicht nur … Der Kirchtag lud auch Menschen von außerhalb ein. Touristen würden kommen, Gläubige aus der Region. Das war nicht gut. Ganz und gar nicht! Sie brauchten unbedingt ein erhöhtes Polizeiaufgebot. Aber wie sollte sie das erklären, ohne Panik zu verbreiten?

Gabi seufzte. Sie musste wohl mit der Vorsitzenden des Kirchenvereins sprechen, bei der alle Fäden zusammenliefen. Vielleicht konnte sie Maria Pallhuber davon überzeugen, das Fest abzusagen.

Die Marescialla stemmte sich hoch, nahm ihren Regenschirm, der seit drei Wochen im Dauereinsatz war, und verschloss die Carabinieri-Station. Draußen wehte ihr kalter Wind entgegen, dann setzte der Regen wieder ein. Gabi verzog genervt das Gesicht und sah die Dorfstraße hinunter. Keine Menschenseele, bis auf eine Gestalt, die sie sofort erkannte. Der Einsiedler.

Schon wieder? Gabi runzelte die Stirn. Normalerweise sahen sie mehrere Wochen nichts von ihm. Was machte er in letzter Zeit so oft im Dorf? Gerade erst vor ein paar Tagen war er hier gewesen. Sie hatte ihn selbst gesehen, wie er Richtung Post marschiert war. Und heute schon wieder? Das war seltsam, und Gabi konnte nicht sagen, dass es ihr gefiel. Noch dazu, wo es auf Michaelis zuging. Sollte sie ihn ansprechen und fragen, was los war?

Du kennst die Antwort, flüsterte ein leises Stimmchen

in ihrem Kopf. *Er ist auf der Suche nach seinem nächsten Opfer, lockt es zu sich hoch auf den Einödhof und dann …*

Gabi tippte sich an die Stirn. Sie wollte diese Gedanken nicht zulassen. Sie waren falsch. Die Ermittlungen hatten ergeben, dass der Einsiedler unschuldig war. Niemand sollte sich von irgendwelchen Gerüchten leiten lassen. Trotzdem konnte sich Gabi des mulmigen Gefühls nicht erwehren, das sie beim Anblick des Mannes beschlich, der die Straße entlang stapfte. Ohne Regenschirm, als sei es ihm egal, dass es aus Kannen vom Himmel goss.

Fröstelnd zog sie den Schal enger um ihren Hals, öffnete den Regenschirm und machte sich auf den Weg. Gabi war nicht die Einzige, die den Einsiedler misstrauisch beäugte. Durch die große Scheibe des Lebensmittelgeschäfts erkannte sie Max, der an seiner Wursttheke lehnte und den einsamen Wanderer mit Blicken verfolgte, die Eis zum Schmelzen hätten bringen können.

Ihr lief ein Schauder über den Rücken.

»Gabi?«

Die Marescialla wandte unwillig den Kopf zur Poststation. In der Türöffnung stand Petra, die neue Beamtin, die den Job der Ladstätter Lies übernommen hatte. Der Ladstätter Lies, die Max' Mutter gewesen war und neben der Postfiliale auch noch den kleinen Lebensmittelladen im Dorf betrieben hatte, um sich und ihre drei Söhne durchzubringen. Der Ladstätter Lies, die mit zertrümmertem Schädel in der Schlucht gelegen hatte. Sie war Nummer zwei auf der Michaelis-Todesliste. Ein Unfall, hatte es geheißen. Keine Fremdeinwirkung. Gabi hatte den Bericht des Gerichtsmediziners gelesen, ein richterlicher Beschluss hatte bestimmt, dass der Einsiedler unschuldig war. Aber bedeutete das zwangsläufig, dass er nichts mit den ›Unfällen‹ zu tun hatte?

Jeder im Dorf hatte die erste Amtshandlung der neuen Postbeamtin Petra verstanden, als sie den Einsiedler davon in Kenntnis setzte, dass sie ihm die Post nicht mehr auf den Berg bringen würde wie ihre Vorgängerin. Sondern er sollte gefälligst von Zeit zu Zeit bei ihr vorbeischauen. Sie machte ihre Arbeit gut und bald hatten die meisten im Dorf vergessen, dass es früher die Ladstätter Lies gewesen war, die ihnen die Briefe gebracht hatte.

»Gabi?«, sagte diese noch einmal.

»Petra?«

»Hast du kurz Zeit?« Sie warf einen unbehaglichen Blick in die Richtung, wo der Einsiedler durch den Regen stapfte. Gabi verstand sofort und schlug ihr Vorhaben in den Wind, dem Mann zu folgen. Stattdessen ging sie die paar Schritte auf Petra zu, die sich nervös ein paar Locken aus dem Gesicht strich.

»Ich weiß, wir sollen keine Hexenjagd veranstalten, aber … Er kriegt viel Post in letzter Zeit. Und selber schreibt er auch viel.«

»Und das ist seltsam?«

Petra nickte. »Ich bin erst seit einem Jahr hier, aber in dieser Zeit hat er vielleicht vier Briefe gekriegt. Drei davon in den letzten Wochen. Und mindestens genauso oft hat er selbst was weggeschickt. Heute auch. Eine Karte.« Petra zögerte, bevor sie weitersprach. »Ich glaube, die geht an das nächste Opfer.«

Gabi räusperte sich unbehaglich und Petra hob abwehrend die Hände. »Ich weiß, ich weiß. Ich red auch gar nicht weiter, aber ich wollte es dir doch gesagt haben. Auf der Karte standen nur zwei Wörter: Bin da. Das bedeutet doch, dass jemand kommt, oder?«

Gabis Eingeweide verkrampften sich. »Könnte sein.«

»Ich wollte es dir nur gesagt haben, nicht dass es später heißt, dass …«

»Hast du die Karte noch?«

Petra nickte.

»Such sie raus. Ich brauche den Adressaten.«

»Hab ich schon abgeschrieben.« Verlegen steckte Petra ihre Hand in die Tasche ihrer Uniformjacke und hielt Gabi einen Zettel hin. »Sie geht an eine Vera Profanter aus Graz.«

Gabi warf einen Blick auf die Adresse. *Wochenblatt, z. H. Vera Profanter*, stand darauf. »Wochenblatt? Was ist das? Eine Zeitung?«

Petra hob die Schultern. »Keine Ahnung. Klingt so, oder?«

»Gut.« Gabi steckte die Notiz in ihre Jacke. »Ich werde das im Auge behalten. Sollte noch mal was weggehen …«

»… gebe ich dir Bescheid. Postgeheimnis hin oder her.« Petra nickte zufrieden. Dann sperrte sie die Tür ab und öffnete ihren Regenschirm. »Bis dann.«

»Bis dann«, antwortete Gabi mechanisch. »Ach, und … Petra? Schau, dass du am 29. September nicht rausgehst, ja? Mach die Post zu!«

»Erklär das mal meinem Arbeitgeber. Du kannst auch nicht einfach dichtmachen.«

»Du hast recht. Dann versprich mir, dass du an dem Tag zumindest keine Post austrägst. Das merkt niemand. Manche glauben ja, es wäre ein Feiertag. Und es wird schon nicht der Himmel herunterfallen, wenn ein Brief mal einen Tag später ankommt.«

Petra verzog das Gesicht. Sie hielt die kleine Poststube nachmittags immer offen und vormittags trug sie die Post aus, genau wie Lies es getan hatte. Also würde sie unterwegs sein an diesem Tag. »Wie wär's, wenn du dich krankmeldest?«, schlug Gabi vor, die sich ernsthaft Sorgen machte.

»Und dann nicht aufs Fest gehen? Nein, nein, das geht nicht.« Petra lachte hell auf. »Ich werde mir was einfallen lassen. Mach dir nur keine Sorgen um mich.« Damit wandte sich die Postbeamtin um, winkte Gabi zu und lief durch den Regen in die gleiche Richtung, in die der Einsiedler verschwunden war. Gabi schaute ihr nach und traf eine Entscheidung. Im Gehen zog sie ihr Telefon aus der Jackentasche. Dieser Anruf war längst überfällig.

13. September, abends, vor Marias Haus

»Maria, versteh doch, das Risiko ist einfach zu hoch. Ihr könntet das Fest doch auch eine Woche später feiern«, sagte sie eine Viertelstunde später zur Vorsitzenden des Kirchenvereins. Es hatte sich schnell herausgestellt, dass Maria am Telefon nicht zu überzeugen war, daher hatte Gabi den steilen Weg zu Marias Hof auf sich genommen, um das Problem von Angesicht zu Angesicht zu diskutieren. Bislang erfolglos.

»Da ist aber nicht mehr Patrozinium. Wie stellst du dir das vor? Das wäre, als würde ich Weihnachten verschieben!« Maria verschränkte bockig die Arme. »Gabi, ich weiß, du meinst es gut, aber wir können doch nicht ewig in Angst leben. Hast du uns nicht tausendmal erklärt, dass das Unfälle waren? Und jetzt sollen wir das Fest absagen? Warum?«

»Ich weiß, es klingt seltsam, aber … Na ja, Alfred macht mich verrückt. Der ist so besessen von seiner Mordtheorie, dass er mich jetzt angesteckt hat und … Weißt du, ich trag da ein ganz mieses Gefühl mit mir herum. Maria, ich … mir wär einfach wohler, wenn ihr das Fest absagt.«

»Nein!« Die Antwort kam wie ein Kanonenschuss daher. Gabi zuckte zusammen. »Sieh es mal anders, auf dem Fest sind so viele Menschen, die aufeinander aufpassen. Das ganze Dorf ist da. Glaubst du nicht, es würde auffallen, wenn da ein Mörder herumläuft und sich eine Frau schnappt? Statt das Fest abzusagen, würde ich sogar noch einen Schritt weitergehen und alle Menschen auffordern, dieses Jahr von morgens bis abends beim Fest zu sein. So kann niemand verlorengehen.«

Gabi fühlte Ärger in sich hochsteigen. Wie konnte man nur so borniert sein? Es war schön und gut, dass alles, was eingenommen wurde, in die Kassen der Vereine floss, aber deswegen konnte man doch keine Menschenleben aufs Spiel setzen. »Und beim Nachhauseweg?«

»Da müssen dann eben die Männer ran. Jede Frau kriegt einen Begleitschutz, der sie nach Hause bringt. Das … könnte sogar nett sein.« Ein zufriedener Ausdruck breitete sich auf Marias Gesicht aus. »Nicht nur nett … Das könnte der Anfang einer neuen Tradition sein. Verstehst du, Gabi? Oh, das gefällt mir.«

»Und wenn genau dieser Begleitschutz der Mörder ist?«, gab die Marescialla zu bedenken und erntete ein weiteres Schnaufen der Kirchenvereinsvorsitzenden.

»Du weißt genau, wer der Mörder ist, wenn es denn einen gibt.«

Gabi konnte ihr nicht widersprechen. Sie verfluchte Alfred dafür, dass er ihr diesen Floh ins Ohr gesetzt hatte. Andererseits war es ihr Job, alle Rabensteiner vor Unheil zu bewahren, auch wenn es bedeutete, dass sie die eigene Komfortzone verlassen musste. »Wir haben keine Beweise. Es könnte jeder sein.«

Maria schüttelte den Kopf. »Keiner aus dem Dorf

würde so etwas tun. Da lege ich meine Hand für ins Feuer.«

»Wenn du dir da mal nicht die Finger verbrennst« murmelte Gabi und bereute ihre Bemerkung im nächsten Moment.

Doch Maria blieb stur. »Das ist doch Blödsinn! Ich bleibe bei meinem Fest. Erstens gehe ich wie du davon aus, dass es Unfälle waren. Tragische Unfälle, die zufälligerweise am selben Tag passierten. Aber Zufälle gibt es, also muss man da niemandem einen Strick draus drehen. Und zweitens: Sollten es wirklich keine Unfälle gewesen sein, sind die Menschen nirgends sicherer als beim Fest.«

Gabi seufzte. »Dann werde ich Verstärkung anfordern.«

»Tu, was du nicht lassen kannst. Aber aufs Fest kommen mir die Carabinieri nicht. Die verderben uns sonst noch den ganzen Spaß.«

20. September, vormittags, Redaktion »Wochenblatt«

»Ich hasse diese Kindertexte.« Vera warf ein bunt bemaltes Blatt auf den Schreibtisch und vergrub ihr Gesicht in beiden Händen.

Anna saß wie jeden Morgen auf der Tischkante, wobei sie den Postkarton heute auf ihren Knien balancierte. »Da hat aber jemand schlechte Laune.«

»Das hat doch nichts mit Literatur zu tun oder mit der Förderung junger Schreibtalente. Wenn überhaupt gehört das auf die Kinderseite.«

»Nope! Ich habe genug zu tun«, ertönte es aus der Ecke, in der Vanessa saß, die die Kinderseite betreute.

»Aber doch auch nicht auf die *Literarischen Seiten*!« Vera richtete sich frustriert auf. »Das ist doch ausgemachter Schwachsinn.«

»Schwachsinn oder nicht, Wurzer will regelmäßig Kindertexte in den *Literarischen Seiten* veröffentlichen. Basta! Die geistigen Ergüsse deiner aufstrebenden Dichter können in die übrigen Ausgaben. Ist doch ganz einfach.«

Vera stand auf und knallte Vanessa das Blatt vor die Nase. »Hier, lies das mal!«

Die setzte ihre Lesebrille auf und trug laut vor. »Igeli, Pigeli, bum, der Igel ist nicht dumm. Er trägt ein stacheliges Kleid und sticht er dich, tut's ihm nicht leid. Igeli, Pigeli, bum, der Igel ist nicht dumm.« Sie kicherte. »Na ja, abgesehen davon, dass das Thema nicht wirklich weltbewegend ist, stimmt zumindest das Versmaß.«

»Eben! Das hat doch nie und nimmer ein Kind geschrieben. Da hat eine Lehrerin gedichtet und es dem Kind untergeschoben. Jede Wette!«

»Na, dann veröffentlichst du eben ein Lehrergedicht unter dem Pseudonym eines Kindes. Ich seh da kein Problem«, erwiderte Vanessa und widmete sich wieder ihrer Arbeit.

»Ich schon. Es hat fünfzehn Strophen.«

Anna lachte, sprang von der Tischkante und kramte in dem Karton mit Veras Post. »Ich sehe, du *hast* ein Problem. Na ja. Aber ich habe etwas, das dich vielleicht aufheitert. Urlaubspost. Keine Ahnung von wem, aber sieht hübsch aus da, wo sie herkommt.« Sie fischte eine bunt leuchtende Postkarte aus dem Karton und überreichte sie Vera.

Kaum dass diese die schnörkellose Schrift erblickt hatte, begann ihr Herz zu klopfen, als wäre sie bei etwas Verbotenem ertappt worden.

»Du weißt, von wem die Karte ist?«

»Von Schneider.«

»Ist das der mit dem düsteren Gedicht?«

Vera nickte.

»Und er schreibt dir, dass er da ist? Ich dachte, du darfst keine Dienstreise machen.«

»Darf ich auch nicht. Ich mache Urlaub.«

»In der Einöde?«

»Das ist keine Einöde, sondern ein nettes kleines Dorf in Südtirol. Mit blauem Himmel.« Vera deutete auf die Karte.

»Für blauen Himmel würde ich auch nach Südtirol fahren«, sagte Anna und schob ihren Postwagen weiter. »Wie lange dauert dieser Regen noch? Was meinst du?«

»Keine Ahnung. In Südtirol regnet es jedenfalls nicht.« Vera tippte auf die Karte mit der sonnigen Ansicht eines Bergidylls.

»Ich hoffe, du behältst recht.«

»Und wenn nicht: Ich habe in einem Wellnesshotel gebucht. Sollte es regnen, mache ich mein Interview und für den Rest der Zeit tauche ich im Spa ab. Sauna, Heubad, Gesichtsbehandlungen, Massagen.«

Anna stöhnte genießerisch. »Dann sollte ich dir wohl wünschen, dass das Wetter so beschissen bleibt.« Sie stützte sich auf den Handlauf ihres Postwagens und schaute zu Vera. »Ich würde am liebsten mit dir fahren.«

»Dann fahr doch mit«, sagte Vera spontan. Der Gedanke, die Tage mit Anna zu verbringen, gefiel ihr.

»Meinst du das ernst?«

»Klar doch. Wann haben wir die letzten Mädelstage gemacht?«

Anna winkte ab. »Das ist Ewigkeiten her.«

»Eben!« Vera vergaß ihren Frust über Wurzers Anweisung bezüglich des Kindergedichts und schmiedete in Gedanken bereits Pläne für ein unvergessliches Wochenende. »Ich würde mich echt freuen, wenn du mitfährst. Wir könnten mal wieder Spaß haben und Jake wäre dir sogar dankbar. Er will nicht, dass ich allein zu diesem Freak fahre, wie er ihn nennt.«

»Kann ich verstehen.« Anna knabberte an ihrem

Daumennagel und überlegte. Etwa zwei Sekunden lang. Dann klatsche sie in die Hände und schenkte Vera ein breites Grinsen. »Na dann opfere ich mich gern. Natürlich nur, damit Jake nachts wieder schlafen kann. Und ganz sicher nicht wegen der Aussicht auf ein paar lustige Tage im sonnigen Südtirol.«

»Sicher nicht!« Vera lachte ebenfalls.

»Gut. Dann ist das abgemacht. Und jetzt verteile ich mal die restliche Post und du machst Wurzer und die vermeintliche Lehrerin glücklich.«

Anna kicherte schadenfroh, als Vera bei der Erinnerung an den ungeliebten Auftrag frustriert stöhnte. »Vergiss nicht, deinen Urlaub zu beantragen!«, rief sie ihr hinterher und träumte im Stillen von einem gemütlichen Mädelswochenende mit Sekt und Sauna.

20. September, nachmittags, Einödhof

Wie so oft saß er auf der morschen Bank vor dem Haus und sah ins Tal. Der Regen hatte eine Pause eingelegt und auch sonst war heute alles anders. Eigentlich schon seit Tagen. Seit er die Karte abgeschickt hatte und damit unausweichlich geworden war, was passieren würde, trieb ihn eine allumfassende Rastlosigkeit. Nicht einmal das Schreiben beruhigte ihn mehr. Während er bisher in der Welt der Wörter versinken und den Alltag ausblenden konnte, wanderten seine Gedanken nun immer wieder zu der Journalistin, die inzwischen wohl seine Karte erhalten hatte. Er malte sich aus, wie sie sich auf die Reise vorbereitete, auf das Interview mit ihm, das nie erscheinen würde. Und mehr als einmal bereute er, dieses Gedicht abgeschickt zu haben. Dann wieder sagte er sich, dass alles gut ausgehen würde, dass dieser Michaelistag anders ablaufen und der Fluch verschwinden würde. Für immer. Und jedes Mal, wenn er sich vorstellte, wieder ein ganz normales Leben führen zu können, dachte er an Vera Profanter, die unwissend in ihr Verderben rannte.

Schneider ließ seinen Blick über das Tal wandern. Es lag so ruhig und friedlich vor ihm. Auch wenn immer noch dicke Wolken den Himmel verdeckten und ein seltsam diffuses Licht über den Bergen lag, war die Sicht gestochen scharf. Und so entging Schneider auch nicht die Bewegung zwischen den Latschenkiefern am Abhang.

Da war er wieder! Ergeben schloss Schneider die Augen. Seit vor einem Jahr Rita Lantschner tot in der Kalmbachschlucht aufgefunden worden war, versuchte er, ihm die Verbrechen anzuhängen. Niemand in Rabenstein glaubte an Unfälle oder Zufälle. Wie die Dorfbewohner gerade auf ihn kamen, war Schneider bis heute ein Rätsel. Seine eigene Schwester war tot. Rita, die Frau des Carabiniere. Und die Ladstätter Lies, dieses freundliche Wesen, das ihm immer pünktlich die Post gebracht und Schneider mit ihrer Fröhlichkeit ein bisschen an seine verstorbene Frau erinnert hatte. Vielleicht wäre mehr daraus geworden, hätten sie nur mehr Zeit gehabt. Keine Liebe – nein! Dazu waren die Gefühle für seine Frau noch zu stark, aber vielleicht Freundschaft. Die Vorstellung, dass ein netter Mensch inmitten dieser Feindseligkeit zu ihm stand, ließ Sehnsucht in Schneider aufkommen, die ihn schmerzte. Doch er hatte kein Recht auf Freundschaft. Das hatten die vergangenen Jahre allzu deutlich gezeigt. Kein Recht auf Freundschaft, kein Recht auf Zuspruch, auf Zuneigung. Er hatte Schuld auf sich geladen und jetzt musste er dafür bezahlen. Mit Einsamkeit.

Über Schneiders Gesicht huschte ein Schatten. Fünf Frauen waren gestorben und er trug die Schuld daran. Wer sich mit ihm einließ, war dem Tod geweiht. Und jetzt kam diese Journalistin. Am Michaelistag. Es würde wieder passieren und Schneider konnte es nicht verhindern.

Als er den Entschluss gefasst hatte, ein Gedicht an das »Wochenblatt« zu schicken, war Hoffnung in ihm gekeimt. Er wollte seine Schuld in Worte fassen, die Journalistin neugierig machen und eine Art Hilferuf senden. Er kannte ihre Reportagen und wusste, dass sie mit ihren Artikeln die Reputation von zu Unrecht beschuldigten Menschen wiederherstellen konnte. Er hatte das Gedicht so geschrieben, dass es sie berühren musste, und sie hatte angebissen.

Anders als in den Jahren zuvor, wollte er diesmal handeln. Ja, er setzte Vera Profanter einer Gefahr aus. Aber er konnte auch nicht tatenlos zusehen, wie die nächste Unschuldige ermordet wurde. Viel zu lange hatte er nichts getan – außer zu fliehen. Doch der Fluch hatte ihn eingeholt. Gerlinde musste sterben, dann die Ladstätter Lies, dann Rita. Wie viele noch?

Es hatte nichts gebracht, sich auf dem Einödhof zurückzuziehen und sein Leben als Einsiedler zu fristen. Die Leute machten ihn verantwortlich und vielleicht war er das auch. Spätestens nach dem Tod der Postbotin glaubte niemand mehr den Ermittlungsergebnissen der Polizei. Sie alle glaubten, dass er hinter den rätselhaften Unfällen steckte. Er, der Fremde, der nach dem Tod seiner Frau auf dem Einödhof untergetaucht war. Sie beäugten ihn skeptisch, feindselig, bekreuzigten sich hinter seinem Rücken und glaubten wie er an einen Fluch. Eines Tages würde er selbst in der Schlucht liegen mit zerschlagenen Knochen und kein Mensch würde ihn betrauern. Dabei war nicht er das Problem. Die Menschen waren blind in ihrem Glauben. Deshalb musste Vera Profanter hierherkommen. Sie musste sehen – stellvertretend für alle anderen.

Wehmütig blickte Schneider in die Ferne. Der Carabiniere streifte weiter am Waldrand herum, verschwand zwischen den hohen Stämmen der Latschenkiefern, kam wieder heraus und sah zu Schneider hoch. Er tat es offen, als wolle er, dass der Einsiedler ihn bemerkte.

Schneider stand auf, trat ein paar Schritte vor und fixierte den Eindringling mit zusammengekniffenen Augen. Am anderen Ende der Wiese tat Alfred Lantschner dasselbe. Einen Augenblick standen sie da … auf der Lauer.

Dann befestigte Lantschner etwas an einem der Baumstämme. Einen schwarzen Kasten. Schneider konnte auf die Entfernung nicht viel erkennen, doch er vermutete, dass es eine Überwachungskamera war.

Ich behalte dich im Blick, lautete wohl die stumme Botschaft, die der Carabiniere ihm sandte, als er sich noch einmal umwandte und den Einsiedler anstarrte.

Schneider nickte ihm zu. Auch wenn die Kamera eine Verletzung seiner Privatsphäre darstellte und Lantschner garantiert keine Genehmigung für eine offizielle Überwachung besaß, sollte es ihm recht sein. Sollte der Carabiniere doch jede seiner Bewegungen filmen. Vielleicht war das sogar gut.

21. September, vormittags, Carabinieri-Station Rabenstein

»Ich habe gestern eine Wildkamera angebracht, wir haben jetzt seinen Hof im Blick.« Lantschners Miene strahlte Zufriedenheit aus. Er verschränkte die Hände hinter dem Kopf, lehnte sich in seinem Bürosessel zurück und legte die Füße auf den Schreibtisch.

Gabi runzelte die Stirn. Ihr war nicht wohl bei der Sache. Sie hatten keine Befugnis. »Alfred, wenn er dir auf die Schliche kommt …«

»Er hat mir dabei zugesehen. Und genau das wollte ich auch.«

Gabi massierte müde ihre Nasenwurzel. »Wieso provozierst du ihn?«

»Schneider soll wissen, dass wir ihn im Visier haben. Er soll wissen, dass wir jeden seiner Schritte beobachten. Dieses Jahr wird er nicht ungestraft davonkommen.«

»Alfred, du warst im Fall der Ladstätter Lies bei den Ermittlungen dabei. Du weißt doch, dass Schneider ein Alibi hat.«

»Vielleicht hatte er einen Doppelgänger. Schneider ist schlau.«

»Einen Doppelgänger, der zufällig auch einen Gips am Arm hatte?«

Auch Gabi lehnte sich jetzt zurück. Sie hatte schlecht geschlafen. Diese Sache machte ihr doch mehr zu schaffen, als sie zugeben wollte. Für einen Moment schloss sie die Augen und erinnerte sich an die Ermittlungen vor zwei Jahren. Schneider hatte das perfekte Alibi gehabt. Als man damals die Postbotin fand, war er in der Landeshauptstadt zur Nachuntersuchung im Krankenhaus gewesen. Denn vier Wochen zuvor hatte er sich bei Holzarbeiten den Arm gebrochen. Zur Tatzeit war Schneider also kilometerweit entfernt gewesen.

Doch Lantschner blieb stur. »Du weißt doch, wie groß so ein Krankenhaus ist. Man wird wie am Fließband durchgeschleust und am Ende erinnert sich kein Arzt mehr an die Namen der Patienten.«

»Dafür gibt es Berichte. Und der Bericht zu Schneiders Armverletzung samt Röntgenbild und vorgeschlagener Folgebehandlung liegt uns vor.«

»Eben! Nur dieser Computerkram, aber kein richtiger Mensch, der sich daran erinnert, dass wirklich Schneider im Krankenhaus gewesen ist. So einen Bericht kann man fälschen. Wie gesagt, der Kerl ist schlau.«

Gabi schloss erneut die Augen und atmete tief durch. »Wieso bist du so erpicht darauf, ihm den Mord anzuhängen?«

»Weil er's war!«

Als Gabi nichts darauf erwiderte, setzte Lantschner noch eins drauf. »Seit Schneider hier ist, sterben Frauen. Er hat meine Rita auf dem Gewissen. Das ist so sicher wie das Amen in der Kirche.«

»Und wenn du dich irrst, Alfred?«

»Er ist es. Ich weiß es.«

Gabi hatte keine Lust, diese Diskussion fortzuführen. Sie brachte nichts.

Alfred war eisern in seiner Überzeugung.

Der Computer spuckte einen Signalton aus, worüber Gabi gleich doppelt dankbar war. Zum einen konnte sie endlich das Thema wechseln, zum anderen …

»Wir kriegen Verstärkung für den Michaelistag. Zwei Streifenwagen, vier Beamte.«

»Zu wenig«, knurrte Alfred.

»Besser als gar nichts.«

»Wir beide übernehmen den Forstweg zum Einödhof«, bestimmte Lantschner, als hätte er hier das Sagen.

»Das Kommando hab zwar ich, lieber Kollege, aber mir soll's recht sein. Und du wirst sehen: In diesem Jahr passiert nichts. Am Ende waren es wirklich nur tragische Zufälle.«

»Dein Wort in Gottes Ohr.« Alfred stand auf und schaute aus dem Fenster. Die Straße war menschenleer, der Regen war zurück.

21. September, nachmittags, Einödhof

Im Nieselregen wanderte Schneider über die Schafweide, klaubte hin und wieder einen Ast auf und schleuderte ihn Richtung Wald, hockte sich neben eines der weißen Fellknäuel und sah ihm ins Maul. Drei Jahre hatten gereicht, um ihn zum Bauern zu machen. Seine Hände waren schrundig, seine Haut wettergegerbt und sein Gang schwer. Er wusste, wann ein Schaf krank war, wann bei einem eine Geburt bevorstand, wann das Wetter umschlagen würde.

Wehmütig dachte er an seine Schwester, die am Morgen des Michaelistags vor drei Jahren durchs Stubenfenster in den Regen hinausgeschaut und lachend gemeint hatte: »Auf nassen Michaelistag ein nasser Herbst folgen mag.« Dann war sie in ihre Bergschuhe gestiegen, hatte sie energisch verschnürt und angekündigt, im Dorf Kerzen kaufen zu müssen, denn an Michaeli liege der Winter schon in der Luft. Und sie hatte recht behalten. In all der Zeit, die Schneider sich auf dem Einödhof aufhielt, waren spätestens Ende September jeden Morgen die Wiesen mit Raureif bedeckt und die Nächte so kalt, dass ein Feuer im Ofen die Stube wärmen musste.

Vier Winter hatte er schon hier oben verbracht und wusste mittlerweile, dass der Winter den Bergbewohnern einiges abverlangte. Straßen wurden unpassierbar, Stromleitungen rissen unter der Last der Schneemassen. Auch wenn seine Schwester klug genug gewesen war, eine Fotovoltaikanlage auf dem Dach zu installieren, wurden die Platten oft genug durch die weißen Massen verdeckt und konnten nur durch halsbrecherische Manöver wieder freigelegt werden – bis der nächste Schnee fiel. Strom war hier also Mangelware, weshalb Kerzen, Brennholz und funktionierende Öfen zum Überleben in der Einöde beitrugen. Auch das hatte er erst lernen müssen. In der Großstadt waren diese Dinge nicht mehr als Zierrat gewesen. Aber hier …

Während seine Schwester damals im Dorf war, um Kerzen zu kaufen, hatte er Holz gehackt und an Eva gedacht, deren Tod sich jährte. Gegen Mittag hatte er sich gefragt, was Gerlinde wohl aufhielt. Eine Stunde später war er aufgebrochen, seine Schwester zu suchen.

Bis heute verdrängte er seine Erinnerungen an die darauffolgenden Ereignisse, obwohl das kaum möglich war. Die Bilder seiner toten Schwester verfolgten ihn tags und ließen ihn nachts aus düsteren Träumen aufschrecken. Schneider wusste, dass es dem Carabiniere ähnlich ging, dass auch er den Anblick seiner toten Frau in der Kalmbachschlucht niemals vergessen würde. Sie beide waren gefangen in ihrer Trauer. Und deshalb verstand Schneider sogar, dass Alfred Lantschner ihm die Schuld am Tod seiner Frau gab. Im Grunde hatte er damit sogar recht, wenn auch auf eine andere Art, als er dachte …

Statt weiter in großen Kreisen um das Ding herumzuschleichen, das der Carabiniere tags zuvor am

Stamm der Kiefer angebracht hatte, ging er nun direkt darauf zu und fand seine Vermutung bestätigt. Ein Plastikkästchen in Camouflagemuster, das mit Panzertape befestigt war. Linse, Bewegungssensoren, Infrarotblitz … eine Wildkamera oder Fotofalle, in die er wohl hineintappen sollte.

Er hatte nicht übel Lust, diesem Carabiniere einen Strich durch die Rechnung zu machen, indem er die Speicherkarte aus dem Gerät entwendete, die Linse zuklebte oder in eine andere Richtung lenkte. Schließlich hatte Lantschner das Gerät auf seinem Grundstück angebracht, was sicher alles andere als rechtens war. Doch Schneider ließ davon ab. Vielleicht war das Gerät am Ende sogar nützlich.

Daher ließ er das Spielzeug seines Gegners, wo es war, und stapfte weiter über die Wiese, auf der seine Schafe friedlich nebeneinander weideten. Noch eine Woche, dann würde sich entscheiden, ob sein Opfer in die Falle tappen würde.

25. September, abends, Graz, Veras Wohnung, Fröbelpark

Vera saß an Jakob geschmiegt in ihrem Wohnzimmer und lauschte seinem Herzschlag, der regelmäßig war wie das Rauschen des Regens vor dem Fenster. Verträumt schaute sie in die Flamme der Duftkerze auf dem Tisch.

»Weißt du, man tut so, als wäre Regen eine Zumutung, aber ich finde ihn gemütlich.«

Er streichelte ihr Haar. »Ich auch.«

»Jetzt noch eine heiße Schokolade und mein Glück wäre perfekt.«

»Ich weiß, was du mir zwischen den Zeilen sagen willst.« Jakob kitzelte ihr Ohr.

»Das ist gut, dass du es weißt.«

»Ich kann aber keine Schokolade kochen, wenn du wie ein Mehlsack auf meiner Brust liegst.«

»Kannst du nicht?«

»Kann ich nicht. Außer …« Jakob packte Vera unter den Achseln und zog sie auf sich. Dann stemmte er sich mit ihr im Arm hoch und trug sie in die Küche. »So geht es.« Atemlos setzte er sie auf dem Herd ab.

»Und jetzt?«

»Jetzt schütte ich eine Tasse Milch in dich rein, einen Löffel Kakaopulver und dann schalte ich den Herd an und …«

»Nein!« Vera umschlang Jakob mit beiden Beinen

und klammerte sich an ihm fest. »So geht es nicht. Ich lasse dich nicht los.«

»Dann muss ich es eben anders versuchen.« Jakob beugte sich hinunter und zog die Schublade mit den Töpfen auf. Er holte einen heraus, bewegte sich samt Vera zum Kühlschrank und entnahm ihm eine Packung Milch. »Zufrieden?«

Er füllte die Milch in den Topf, setzte ihn auf die Herdplatte, rührte Kakaopulver hinein. Die Zeit, bis das Getränk heiß war, vertrieben sie sich mit Küssen, wobei Vera sich weiterhin an Jakob klammerte.

Erst als die heiße Schokolade in den Tassen war, löste sie einen Arm, um daran zu nippen. »Mmmmh!«, machte sie.

Jakob knabberte indes an ihrem Ohr. Dann gab auch er ein zufriedenes Brummen von sich. »Ja, wirklich gut.«

»Und jetzt wieder ins Wohnzimmer, ich will weiterkuscheln!«

Jakob tat, worum Vera ihn gebeten hatte. Erst vor dem Sofa löste sie sich von ihm, aber nur, um sich gleich wieder an ihn zu schmiegen. »Morgen startest du.«

Es waren nur diese drei Worte, doch schon veränderte sich die Atmosphäre zwischen ihnen.

»Ich wünschte, du wärst dabei.«

Vera dachte schon, sie müsse zum wiederholten Mal zu einer Erklärung ansetzen, da legte er ihr einen Finger auf die Lippen. »Aber ich weiß, dass du das tun musst.«

»Danke.«

»Ich liebe dich.«

»Ich dich auch.«

»Und vielleicht nerven mich Phil und June ja so sehr, dass ich meine Sachen in Bad Radkersburg packe und zu dir nach Südtirol komme.«

»Das wäre toll.«

Jakob lächelte. »Wäre es das?«

»Natürlich!« Vera bemühte sich um eine überzeugte Miene. »Du müsstest halt zwischendurch auf mich verzichten, damit ich das Interview machen kann, aber sonst ...«

»Mal sehen, was sich machen lässt.« Auf Jakobs Gesicht erschien ein mutwilliges Funkeln. »Vielleicht lege ich mir in der Therme auch einen Kurschatten zu. Wer weiß?«

»Dann verliebe ich mich in einen Waldschrat oder einen Bergtroll.«

»Die nehmen Reißaus vor dir.«

»Weil ich so hässlich bin?«

»Nein, weil sie keine Lust haben, dir jeden Tag heiße Schokolade zu kochen.« Er versetzte ihrer Nase einen sanften Stups mit seinem Zeigefinger. »Dann also morgen.«

»Ich vermisse dich jetzt schon.«

»Ich dich auch. Du startest am Mittwoch?«

»Ja, einen Tag nach dir.«

»Und was machst du morgen?«

»Arbeiten?« Vera grinste ihn an. »Ich wünschte, du würdest mitkommen.«

Vor vier Jahren, 10. Oktober, vormittags, Graz, Bundesgymnasium, Kirchengasse

Nach Janines Tod hatte sich etwas in seinem Leben verändert. War er bis dahin ein geschätztes Mitglied des Lehrerkollegiums gewesen, spürte er jetzt diese Kluft zwischen sich und seinen Kollegen. Ihre Blicke, manche waren voller Mitleid, in anderen stand ein stummer Vorwurf.

Er hatte ihnen nichts entgegenzusetzen, zog sich immer mehr zurück, wurde mürrisch. Die Schüler hielt er ebenso auf Abstand, wurde zu einer geistlosen Hülle, die die Unterrichtsinhalte herunterleierte, Arbeitsaufträge verteilte und Klausuren bewertete. Wie immer. Jener pädagogische Funke, der ihn früher beseelt hatte, schwand. Die Mienen der Schüler stumpften ab, ihre Blicke verloren sich im Nichts und am Ende der Stunden wussten sie ebenso wenig von dem, was er erzählt hatte, wie er selbst. Es fühlte sich an, als wäre etwas in ihm gestorben. Und so war es auch.

Dann, nach einem halben Jahr, geriet der Vorfall in Vergessenheit. Hier ein Gruß, der einer Kollegin in einem Moment der Unachtsamkeit über die Lippen kam, in Arbeitsgruppen oder Klassenkonferenzen richtete man wieder das Wort an ihn. Und er atmete auf. Vielleicht war es auch ihm irgendwann möglich, zu vergessen …

Das neue Schuljahr begann beinahe normal. Er ertappte sich bei einem Scherz, den er in der Maturaklasse fallen ließ, meldete sich zum Lehreressen.

Und dann starb Eva.

Das Begräbnis, Rennereien auf Banken, Ämter, Formalitäten, die man erledigen musste, wenn ein Angehöriger gestorben war, ließen ihn nicht zu Atem kommen. Er hatte keinen Kontakt zu seinen Kollegen, hatte in der Schule um Urlaub gebeten, war in seiner Blase der Trauer gefangen. Die Beileidsbekundungen drangen nicht zu ihm durch, er beantwortete sie mit der Gleichgültigkeit eines Roboters. »Ich bedanke mich für Ihre Anteilnahme. Mit freundlichen Grüßen, Wilhelm Schneider«, schrieb er Hunderte Male auf das weiße Büttenpapier, zu dem ihm der Bestatter geraten hatte, tütete die Karten ein, legte den Gedenkzettel mit dem Bild seiner Eva dazu. Neben dem Bild erinnerte ein Zitat von Goethe an die Vergänglichkeit des Augenblicks, und er klebte die Umschläge zu, meistens ohne zu registrieren, wessen Adresse es war, die er lieblos darauf kritzelte.

Dann ging er zum ersten Mal wieder in die Schule. In dem Augenblick, als er den Korridor betrat, den eigentümlichen Geruch aus Bohnerwachs, Kreide und Schweiß wahrnahm, sah er sich zwei Kolleginnen gegenüber, deren Blicke vor seinen flüchteten. Sein Gruß blieb unerwidert. Dann, als er an ihnen vorüber war, hörte er das Raunen in seinem Rücken »Mörder!«

Seine Eingeweide krampften sich zusammen und er blieb stehen, wandte sich jedoch nicht um. Er schloss die Augen, ballte seine Hände zu Fäusten, während er tief durchatmete. Dann setzte er seinen Gang fort. Mit wacher Miene diesmal. Und er erkannte in diesem seltsamen Augenblick, was die Trauer um seine Frau bis jetzt verdeckt hatte: Sie glaubten, dass er es war, der Eva getötet hatte.

»Kündige!« Seine Schwester Gerlinde war die Einzige, die noch zu ihm stand. Mit ihr teilte er seinen Kummer. »Kündige und zieh zu mir auf den Hof! Du tust mir einen Gefallen. Ich fühle mich so allein, seit Paul gestorben ist. Und dir tust du auch einen Gefallen. Kündige, Wilhelm!«

»Ich weiß nicht.«

»Was hält dich?«

»Ich weiß nicht«, sagte Schneider wieder. Es hielt ihn tatsächlich nichts in Graz. Trotzdem fühlte sich eine Kündigung an wie ein großer Schritt. Ein zu großer Schritt.

»Du hättest hier auch mehr Zeit für deine Schreibereien.«

»Ich weiß nicht.« Als er sein Zaudern zum dritten Mal mit demselben Satz zum Ausdruck brachte, lachte seine Schwester hell auf.

»Komm zu mir! Wenn du noch nicht kündigen magst, dann nimm Urlaub. Jeder wird verstehen, dass du momentan nicht den Animationskasperl für Maturanten spielen kannst. Jeder.«

»Vielleicht legt es sich wieder.«

»Und vielleicht schneit es morgen rote Rosen. Willi, wieso quälst du dich?«

Er sagte ihr nicht, dass er sich bewusst quälte, weil

er es als Strafe ansah für das, was er getan hatte. Er trug die Schuld, also musste er auch büßen.

27. September, vormittags, Graz, vor Veras Wohnung, Fröbelpark

»Das ist so eine gute Idee«, schwärmte Anna, als sie mit ihrem Rollkoffer und einem Rucksack vor Veras Wohnungstür stand. »Die könnte von mir stammen.«

»Stammt sie ja auch.« Vera lächelte ihrer Freundin zu. Sie war froh, dass ihre Reise endlich losging. Die Wohnung fühlte sich ohne Jakob so leer an, auch wenn er nach seiner Ankunft beinahe eine Stunde lang mit ihr videotelefoniert hatte. Wenn man ihm glauben konnte, sah er wenig von Phil und seiner June, dafür hörte er sie umso mehr. Das Hotel hatte offenbar Wände aus Papier. Vera schmunzelte bei dem Gedanken. »Hast du alles?«

»Ja«, sagte Anna im Brustton der Überzeugung, nur um gleich darauf zu fragen: »Was ist alles?«

»Na ja, einen Bademantel?«

»Den werden sie mir wohl hoffentlich im Hotel geben.«

»Stimmt. Zahnbürste?«

»Wer putzt sich schon die Zähne?«

Vera lachte. »Du bist eklig.«

»Alles drin. Inklusive Feuchtigkeitscreme, Shampoo, Zahnpasta und … Kondome.« Anna klopfte auf ihren Rucksack und Vera verzog das Gesicht.

»Ich will nichts hören.«

»Spaßbremse! Man sollte immer gerüstet sein. Und

wer weiß? Vielleicht wartet in diesem Kaff so ein strammer Bauernbursche auf mich. Ist ja nicht so, dass jede von uns so einen perfekten Freund hat wie du. Können wir?«

»Ja, klar. Ich warte schließlich schon seit Stunden auf dich.«

Anna zwinkerte ihrer Freundin zu. »Hast du den Herd abgeschaltet? Die Waschmaschine geleert? Alle Fenster geschlossen?«

»Du hörst dich an wie meine Großmutter.«

»Liebst du deine Großmutter?« Anna kniff Vera in die Wange.

Die tat es ihr gleich. »Nicht so sehr wie dich.«

»Gut. Können wir jetzt oder bleiben wir bis Sonntag auf deiner Türschwelle stehen, kneifen uns gegenseitig in die Wange und sagen uns Nettigkeiten. Looos! Ich brauche ein Spaaaa!«

Lachend verschloss Vera die Wohnungstür. »Alte Meckerziege. Mach, dass du in den Urlaub kommst!«

Sie folgte Anna die Treppen hinunter zu ihrem Auto, das wie üblich in einer Seitengasse geparkt war. Gemeinsam verstauten sie das Gepäck und fuhren los. »Ab in die Sonne!«, rief Vera fröhlich.

27. September, vormittags, Einödhof

Er saß auf der Bank vor dem Einödhof und sah in den Regen hinaus. Die Fotofalle hing nach wie vor an der Kiefer und Schneider fragte sich, was der Carabiniere wohl denken würde, wenn er demnächst das Material sichtete. Was für ein Bild er wohl abgab, wie er dasaß auf seiner Bank, ohne ein Glied zu rühren, während Regentropfen über sein Gesicht rannen. Würde Lantschner einen Weisen in ihm sehen, eine Art Alpen-Sadhu? Oder welche Gefühle würde er in Schneiders unbewegtes Gesicht interpretieren, um Bestätigung für seine Theorien zu bekommen?

Schneider hatte beschlossen, auf dieser Bank zu sitzen, den ganzen Michaelistag. Vom Morgen bis zum Abend, schön sichtbar für den Carabiniere. Im Regen, im Schnee, bei Sonnenschein, was allerdings relativ unwahrscheinlich war. Er wollte, dass die Kamera seine Unschuld bewies. Seine Unschuld, die keine war.

Unbeteiligte würden vermutlich nur die Ruhe sehen, die Gelassenheit, die stoische Unerschütterlichkeit. Keiner würde erkennen, welche Nervosität in ihm herrschte, wie viel Kraft es ihn kostete, nicht hin und her zu marschieren, ins Tal zu rennen und irgendwie die Telefonnummer der Journalistin herauszufinden, um sie anzuflehen, nicht hierher zu kommen in ihr Verderben.

Heute würde sie ihre Reise antreten, noch an diesem Tag würde sie in Rabenstein ankommen, und das Schicksal – ihr Schicksal – würde seinen Lauf nehmen. Etwas in ihm wusste, dass er sie davon abhalten musste, und mehrmals war er drauf und dran, es zu tun. Doch seine Sehnsucht nach einem normalen Leben hielt ihn zurück. Purer Egoismus. Aber es gab keine andere Möglichkeit. Sie war die Auserwählte. Er musste sie opfern, um dem Fluch ein Ende zu setzen. Und vielleicht – diese winzige Hoffnung hielt ihn an Ort und Stelle – vielleicht konnte er die Journalistin retten und sein Ziel dennoch erreichen.

27. September, nachmittags, Rabenstein, Landesstraße etwas vor Rabenstein

»Patente, libretto.« Auch wenn das Auto ein österreichisches Nummernschild hatte und er die beiden Frauen darin als deutschsprachig einstufte, leierte Alfred seine Aufforderung, den Führerschein und die Wagenpapiere zu zeigen, in italienischer Sprache herunter. Einerseits weil das so von ihm erwartet wurde, andererseits weil es griffiger war.

Mit großen Augen sah die junge Frau zu ihm auf. »Bin ich zu schnell gefahren?«

Er nickte ihr beruhigend zu. »Reine Routine. Haben Sie die Papiere?«

»Klar.« Sie beugte den braunen zu einem schlampigen Dutt hochgebundenen Haarschopf zur Beifahrerseite und öffnete das Handschuhfach. Ihre Begleiterin half ihr beim Suchen. Kurze Zeit später streckte sie der Fahrerin eine Mappe hin, die diese an Alfred weiterreichte. »Da müssten die Papiere drin sein und …« Mit roten Wangen holte sie ihre Handtasche von der Rückbank und wühlte darin herum. In der Geldtasche wurde sie fündig. »Und das ist der Führerschein.«

»Können Sie sich ausweisen?« Alfred beugte sich hinunter, um die andere Frau besser sehen zu können.

Sie war etwas kräftiger als die Fahrerin, hatte die blonden Haare im Nacken zusammengebunden und die Füße von ihren Schuhen befreit. Auf seine Forderung war sie nicht gefasst.

»Oh … ja … okay?«

Auch sie lehnte sich nach hinten, griff ihre Handtasche und kramte hektisch darin herum. Alfred hatte noch nie verstanden, was Frauen in diesen Dingern den lieben langen Tag mit sich herumschleppten. Bisweilen dauerte es ewig, bis zwischen diversen Utensilien endlich die geforderten Papiere gefunden wurden. Heute hingegen dauerte es nicht allzu lange. Beide Frauen waren von der ordentlichen Sorte. Die Beifahrerin reichte ihren Ausweis durch das offene Fenster.

Alfred lächelte. »Ich bin gleich wieder bei Ihnen.«

Er ging zum Streifenwagen, in dem Gabi gelangweilt mit ihrem Mobiltelefon spielte, und reichte ihr die Papiere.

Sie warf einen schnellen Blick drauf. »Alles in Ordnung.« Dann erblasste sie. »Vera Profanter?«

Gabi stieg aus und ging auf das Auto zu.

Die junge Frau sah ihr mit einem ängstlichen Blick entgegen, den die Marescialla von ihren Straßeneinsätzen sehr gut kannte. Sie wusste, dass Vera Profanter jetzt das Herz bis zum Hals hinauf schlug und sich fragte, welche von ihren Übertretungen die Marescialla kennen konnte … War sie zu schnell gefahren? Hatte sie an einer falschen Stelle überholt? Jemandem die Vorfahrt genommen?

Natürlich konnte sie nicht ahnen, dass die Gründe komplett andere waren, weshalb Gabi jetzt zu ihr trat. »Frau Vera Profanter?«

Die Fahrerin nickte.

»Sie machen Urlaub bei uns im Tal?«

Wieder war ein Nicken die Antwort. Gabi bemühte sich um ein freundliches Lächeln.

»Teilweise. Ich bin auch beruflich hier. Aber ich verbinde das Nützliche mit dem Angenehmen, wie man so schön sagt.«

»Wo sind Sie untergebracht?«

»Im Alpenrosenhof.«

Gabi bemerkte den irritierten Blick, den sich die beiden Frauen zuwarfen. »Schön da. Werden Sie wandern?«

»Eher nicht. Ich muss ein Interview führen, aber den Rest der Zeit möchten wir im Spa verbringen. Einfach entspannen, wissen Sie.«

»Das ist vernünftig. Wer wird denn interviewt?« Gabi kannte die Antwort, trotzdem musste sie fragen.

»Wilhelm Schneider. Er ist … Dichter. Kennen Sie ihn?«

Gabi verkniff sich einen Kommentar. Dichter? Vielleicht. Mörder? Möglicherweise.

»Hier kennt jeder jeden. Auch wenn ich nicht wusste, dass er dichtet. Wann haben Sie denn Ihren Termin für das Interview?«

»Morgen um 15 Uhr.«

Der Tag stimmte nicht, aber trotzdem … Hatte der Einsiedler sein nächstes Opfer zu sich gelockt? War das Interview nur ein Vorwand?

»Bei ihm auf dem Einödhof?«

»Ja, können Sie mir sagen, wie ich den finde?«

»Es wäre besser, Sie würden Herrn Schneider zu sich ins Tal bestellen.«

»Wenn er Telefon hätte, könnte ich das.«

Gabi nickte. Natürlich. Das hatte der Einsiedler fantastisch eingefädelt. »Dann müssen Sie wohl auf den Hof. Es ist der da oben.« Gabi deutete auf den Berg hoch zum Einödhof, den man von ihrem Standpunkt aus sehen konnte. »Eine Straße führt vom Dorf aus zu ihm, die ist allerdings für den Verkehr gesperrt. Aber es gibt auch einen Wandersteig. Im Hotel erklärt man Ihnen sicher, wie Sie gehen müssen.« Dann gab sie der Fahrerin die Papiere zurück. »Fahren Sie langsam bei dem Wetter und geben Sie auf sich acht!«

»Das mache ich. Versprochen.«

Vera Profanter drehte die Scheibe hoch und startete den Motor. Gabi konnte sich nicht gegen die düstere Vorahnung erwehren, dass die junge Frau nicht ihrem Urlaub entgegenfuhr, sondern dem Tod.

Sie ballte die Hände zu Fäusten. Morgen Nachmittag würde sie im Außendienst sein und den Almweg bis zum Einödhof kontrollieren.

27. September, nachmittags, Hotel Alpenrosenhof, Zimmer 206

»Ich liebe Hotelbademäntel«, schwärmte Anna und hielt sich den weißen Frottee an die Wange. »Wie schaffen die es bloß, dass die so flauschig sind und so duften.«
»Die geben bestimmt irgendein gesundheitsschädliches Zaubermittel in die Wäsche.«
Vera schnupperte ebenfalls an ihrem Bademantel und stöhnte genießerisch. »Man muss nur dran riechen und schon ist man im Urlaub.«
»Nicht wahr?« Noch einmal sog Anna die Luft ein. »Und das Zimmer riecht auch so herrlich. Womit polieren die nur das Holz, mit Orangenöl?« Strahlend ließ sie sich aufs Bett fallen. »Das war die allerbeste Idee, die du jemals hattest, Vera.«
»Na ja, mitzukommen war deine Idee.«
»Manchmal hab ich gute Ideen. Oh, ich werde das hier so genießen.« Anna richtete sich auf. »Welche Seite möchtest du?« Die beiden Frauen hatten beschlossen, sich ein Zimmer zu teilen. Einerseits weil es natürlich billiger war und andererseits, weil es am Ende eh drauf hinauslaufen würde, dass sie abends bis spät in die Nacht hinein tiefsinnige Gespräch führen und am Ende darüber einschlafen würden.
»Ich will die linke Seite. Und wenn du mir die nicht abtrittst, sind wir geschiedene Leute.« Vera

schmunzelte. »Ehrlich, Anna, mir ist es völlig egal, auf welcher Seite ich schlafe.«

»Dann schlafe ich rechts.« Anna rappelte sich hoch und hievte ihren Rollkoffer auf das Bett. Dann holte sie ein Nachthemd und einen Kulturbeutel heraus und winkte Vera demonstrativ damit zu. »Willst du kontrollieren, ob ich die Zahnbürste eingepackt habe?«

»Ich verlasse mich drauf, dass du weißt, was sich gehört.« Vera machte sich ebenfalls ans Auspacken. »Wollen wir gleich ins Spa gehen?«

»Ich denke, du willst mit deinem Einsiedler sprechen?«

»Nein, erst morgen. Allerdings muss ich noch rausfinden, wie lange ich bis hoch zum Einödhof brauche.«

»Dann hast du heute frei?«

»Korrekt. Also? Spa?«

Anna überlegte einen Moment, dann schüttelte sie den Kopf. »Nein, da können wir auch noch später hin. Nach der Autofahrt brauche ich erst mal Bewegung. Hast du Lust auf einen Spaziergang? Wir können die Gegend erkunden und fragen, wie du auf den Berg kommst. «

»Im Regen?«

»Es regnet ja gar nicht mehr.« Anna zeigte aus dem Fenster und Vera musste ihr recht geben. Da waren zwar immer noch dicke Wolken am Himmel, aber es tropfte nicht mehr unaufhörlich.

»Ich hatte mich auf Sonne gefreut. Na ja, dann lass uns los, bevor der Regen wieder anfängt.«

Vera ließ den Blick über das Tal wandern, das sich vor dem Fenster ausbreitete. Die Hänge waren von

Bäumen bedeckt bis hinauf unter die Gipfel, wo in einer ziemlich klaren Linie der Wald plötzlich aufhörte. Durch die Wiesen am Talboden schlängelte sich ein kleiner Bach, doch auch er verschwand immer wieder zwischen Baumstämmen.

»Wenn uns bloß der Wolf nicht frisst.« An der Straße hatten sie auf der Herfahrt eine Tafel entdeckt, auf der ein Wolf mit furchterregend gefletschten Zähnen abgebildet gewesen war, im Hintergrund ein gerissenes Schaf. *Schützt unsere Almen – Wölfe fressen kein Gras*, stand darauf.

»Wir sind ja nicht Rotkäppchen«, entgegnete Anna. »Und Großmütter sind wir auch nicht. Können wir?«

»Wir können.«

Sie stiegen in ihre Wanderschuhe, zogen wetterfeste Jacken über und verließen das Zimmer.

Wenig später befanden sie sich auf einem beschaulichen Pfad, der durch einen dichten Wald führte. Der Boden war nass und rutschig, von den Bäumen fielen kalte Tropfen. Es roch nach feuchtem Moos und Pilzen. Im Grunde wie in jedem anderen Wald, nur über diesem lag eine düstere Stimmung.

»Gruselig«, meinte Vera nach einer Weile.

»Findest du? Ich finde es hier magisch. Als wären wir in eine Fantasiewelt abgetaucht. Gleich kommt ein Bergtroll um die Ecke, du wirst sehen.«

»Sehr romantisch.«

Anna kicherte, die düstere Stimmung verflog und die beiden Frauen wanderten weiter, bis sich der Weg irgendwann gabelte.

»Einödhof«, las Anna auf einem verwitterten Holzschild. »Ist das der von deinem Dichter?«

»Wenn es nicht noch einen Einödhof gibt, dann ja.« Vera blieb neben Anna stehen. Auf dem Schild stand auch eine Zeitangabe. Vierzig Minuten würde sie morgen also brauchen, um da hochzulaufen. Allein. Ein mulmiges Gefühl machte sich in ihr breit. Was, wenn dieser Kerl doch ein Freak war?

»Vielleicht sollte ich im Hotel nachfragen. Denkst du, sie kennen ihn?«

»Sicher. In so einem Tal kennt jeder jeden.«

»Na ja, er lebt da oben, nicht im Tal.« Vera legte den Kopf in den Nacken und schaute zwischen den mächtigen Kiefern hindurch.

»So einen Verrückten, der ganz allein irgendwo zwischen Gemsen und Murmeltieren haust, kennen die erst recht.«

»Du machst mir echt Mut.« Vera verzog die Mundwinkel. »Hoffentlich ist morgen besseres Wetter.«

»Vierzig Minuten schaffst du.« Anna sah auf die Uhr. »Weißt du was? Vierzig Minuten schaffen wir sogar heute noch. Was meinst du? Wollen wir?«

»Ich weiß nicht.«

»Ach, komm schon! Wir sind doch keine Seniorinnen, die nur auf ebenen Wegen laufen können. Keine Großmütter – hast du schon vergessen? Komm schon, verdienen wir uns das Abendessen!«

Vera überlegte noch einen Augenblick, dann nickte sie. »Okay. Wir laufen hoch, bis wir den Hof sehen, und dann kehren wir wieder um. Ich will heute noch nicht bei ihm reinplatzen. Das wäre … irgendwie falsch.«

»Alles klar. Dann los! Bereit?«

»Bereit.«

Die beiden Frauen schlugen den steil aufwärtsführenden Pfad ein. Sie rutschten auf Wurzeln aus, die über den nassen Boden krochen wie dicke Finger. Bald waren ihre Hosen durchweicht und auch ihre Schuhe quietschten vor Feuchtigkeit. Sie gerieten außer Atem und ihre Gespräche verstummten, doch sie zwangen sich weiter nach oben Richtung Einödhof. Etwa nach der Hälfte der angegebenen Zeit traten sie auf einen breiteren Weg, der offensichtlich auch befahren wurde, denn Reifenspuren hatten sich in den Schlamm gegraben. Er war nicht mehr so steil und das Gehen fiel den beiden Frauen leichter. Trotzdem nahmen sie ihre Gespräche nicht mehr auf. Die dunkle Atmosphäre, die über dem Wald lag, drückte auf ihre Stimmung. Nebelschwaden ließen die Straße gespenstisch erscheinen und das unheimliche Gefühl nagte weiter an Veras Nerven – wie die Vorahnung eines drohenden Unheils.

»Wir sollten umkehren«, sagte sie. Ihre Stimme klang tonlos.

Anna schnaufte und schob sich eine blonde Strähne aus dem verschwitzten Gesicht. »Noch ein Stückchen, komm! Es kann nicht mehr weit sein.«

Vera fügte sich. Schweigend setzten sie ihren Weg fort. Zu beiden Seiten des Wegs standen hohe Kiefern, wo sie fehlten, hatte man eine majestätische Sicht über das Tal.

Doch Vera hatte keinen Blick dafür. Sie sah nur den Abgrund auf ihrer Rechten und gigantische Felsblöcke links, die bedrohlich wirkten.

»Wenn man da hinunterfällt, was?« Annas Stimme

klang beinahe ehrfürchtig, als sie stehen blieb und die Aussicht bewunderte.

Vera trat neben sie. Hinter einem behelfsmäßigen Zaun ging es mindestens hundert Meter in die Tiefe. Dort gab es einen Felsvorsprung, auf dem zwei Menschen nebeneinander Platz gehabt hätten, darunter fadenscheinige Leere. Der Nebel stieg weiter und trübte den Blick ins Tal. Plötzlich wirkte alles surreal. Vera spürte ein seltsames Verlangen, als würde der Abgrund eine Sogwirkung entfalten, als zöge er sie hinunter in diese Leere. Schwindel überkam sie, doch dann fühlte sie den festen Griff von Annas Hand.

»Geht's dir gut?«

Vera schüttelte den Kopf. »Lass uns zurück.«

»Nur noch ein Stückchen. Hörst du das?«

Vera lauschte. Tatsächlich. Da war ein leises Bimmeln direkt über ihnen.

Anna zog sie weiter. Sie wanderten die Waldstraße entlang unter einem Felsen hindurch, der sich wie ein Dach über die Straße spannte, passierten ein moosbewachsenes Holzbrett, wo der Bach quer über den rissigen Asphalt floss. Je weiter sie gingen, desto weniger konnte Vera sich vorstellen, dass hier oben wirklich Menschen lebten. Doch dann wich der Wald zurück und sie standen auf einer Wiese, in deren Mitte ein weißes Haus stand. Auf dem Hang darunter grasten Schafe, deren Glöckchen sie gehört hatten. Und auf der Bank vor dem Haus saß ein Mann. Unbeweglich wie ein Stein.

»Ist er das?« Annas Stimme war nicht mehr als ein Flüstern.

»Hm, vermutlich.« Vera hatte keine Ahnung, wie der Dichter aussah. Doch irgendwie war dieser Mann genauso, wie sie ihn sich vorgestellt hatte.

Eine Aura der Einsamkeit umgab ihn, der Einsamkeit und der Resignation. Wie eine Statue saß er da und blickte auf den Nebel, der mystisch über die Wiese herankroch. Diese Komposition wirkte wie eines der Ölgemälde des Malers Egger-Lienz. Ausdrucksstark, gefangen im Moment. Niedergedrückt von der Verzweiflung, die aus seinem Gedicht sprach.

Hatte ihn das Leid in die Einsamkeit verbannt?

Vera war es, als greife eine eiskalte Faust nach ihrem Herzen. Etwas drängte sie, zu ihm zu gehen, ihm das Gefühl zu schenken, dass er nicht allein war. Doch als Anna sie dazu aufforderte, schüttelte Vera den Kopf. Es wäre falsch, zu intim, als würde sie ungefragt in seine Privatsphäre eindringen. Eine Zeile seines Gedichts huschte durch ihre Gedanken.

Und Blicke stechen auf ihn ein.

Vera fühlte sich ertappt. Auch sie starrte ihn an und fragte sich, was dieser Mann, der ein Abbild der Einsamkeit darstellte, wohl verbrochen haben musste, um diese stechenden Blicke zu verdienen, von denen in seinem Gedicht die Rede war.

Von Scham und Mitleid erfüllt wandte sie den Blick ab. »Nicht heute. Es ist nicht richtig. Lass uns umkehren. Außerdem regnet es schon wieder.«

Anna schaute hinauf zum Himmel, aus dem kalte Tropfen fielen. »Okay. Dann los!« Sie gab Vera einen Klaps auf den Hintern und lachte laut. »Zurück ins warme Hotel und zu einem phänomenalen Festgelage. Ich habe einen Bärenhunger.«

Die beiden Frauen wandten sich um und liefen zurück über die Wiese Richtung Wald. Den Blick, der ihnen folgte, bemerkten sie nicht.

27. September, nachmittags, Einödhof

Zwei Frauen treten aus dem Wald. Ich erkannte sie sofort.

Sie hatte es getan. Sie war zu mir gekommen, hatte diese Entscheidung getroffen und damit ihr Schicksal besiegelt.

Die Unausweichlichkeit dessen, was in zwei Tagen passieren würde, bemächtigte sich meines Körpers. Ein unkontrollierbares Zittern schüttelte mich. Ich kämpfte dagegen an.

Nein! Nicht ich hatte sie zum Tode verurteilt. Sie war gekommen und musste die Folgen ihrer Entscheidung tragen.

Vor vier Jahren, 10. Oktober, nachmittags, städtischer Friedhof

Wieder treffen wir zu einem Begräbnis aufeinander. Dieselbe schwarz gekleidete Menge. Lichter diesmal. Ohne Schirme. Der Himmel ist bewölkt, Herbst liegt in der Luft, aber kein Regen. Auf den Gesichtern liegt Misstrauen. Vor dem aufgeworfenen Grab steht er, bleich und müde. Zu den Gebeten des Pfarrers, derselbe wie vor einem Jahr, versucht er Haltung zu bewahren. Die Träne, die über seine Wange rinnt, bemerkt niemand außer mir.

Dann sieht er auf, unsere Blicke treffen sich und für einen Augenblick gibt es nur uns beide. Während meine Miene keines der Gefühle preisgibt, die in mir brodeln, erscheint auf seiner erst Verwirrung, dann Schmerz und Erkenntnis. Er weiß, wer ich bin.

Ich halte seinem Blick stand. Er soll ihn spüren: den Schmerz und meinen Hass.

27. September, nachmittags, Einödhof

Er war da. Schneider spürte seine Anwesenheit, als säße er neben ihm. Er spürte seine Blicke, seinen Hass, der ihn zu durchbohren schien. Doch sehen konnte er ihn nicht. Sehen konnte er nur die roten Blitze in der Dämmerung. Alfred Lantschners Fotofalle, die hoffentlich im richtigen Moment zuschnappen würde.

Erschöpft schloss er die Augen, wollte wenigstens für eine Sekunde die düstere Präsenz seines Verfolgers ausblenden. Der Regen hatte aufgehört und auch wenn dieser Zustand nicht von Dauer sein würde, war es wie ein Aufatmen. Die Luft roch frisch und sauber, von der Schafweide drang das vertraute leise Bimmeln herauf. Es wirkte friedlich.

Als er der Einladung seiner Schwester gefolgt und zu ihr auf den Berg gekommen war, hatte er nicht geglaubt, die Einsamkeit aushalten zu können. Mitten in der Einöde. Weitab von Menschen, der Zivilisation, von jeglichem Luxus. Keine Theaterabende, kein Kino, keine gemütlichen Büchereien oder Restaurants. Anfangs war es tatsächlich eine Herausforderung gewesen. Er hatte unter dem Mangel an kulturellen und kulinarischen Annehmlichkeiten gelitten wie ein Drogenabhängiger auf Entzug, hatte die entstandene Leere mit Arbeit zu füllen versucht, den Hof renoviert, Holz gehackt, Schafe geschoren ... kräftezehrend, aber nicht erquicklich. Wie sehr hatte er seine Schwester beneidet, die mit einem selbstzufriedenen Lächeln in der getäfelten Stube gesessen und gestrickt hatte, während der Abendhimmel draußen in allen Farben leuchtete. Und dann hatte er irgendwann gespürt, wie dieselbe Ruhe sich langsam auch über ihn legte, wie der Berg ihn erdete. Und dann endlich hatte er angefangen zu schreiben. Mit der Hand, ein Computer gehörte nicht auf den Berg. Planlos hatte er drauflos geschrieben, Hunderte Seiten mit Gedanken gefüllt, mit seinen Erinnerungen an Eva, an ihren Tod, mit Erfahrungen, wie sich die Beziehung zu den Menschen um ihn herum verändert hatte, wie er plötzlich nicht mehr einer von ihnen war. Manisch hatte er sich seine Trauer, seinen Zorn, seine Verzweiflung von der Seele geschrieben. Geheilt wurde er nicht. Es war ihm nicht möglich, die Leere in seinem Inneren mit Worten zu füllen. Und sein eifrigster Begleiter blieb der Hass.

Jetzt saß er allein auf der Bank unter demselben Himmel, wo er früher mit seiner Schwester gesessen hatte. Allein. Einsam. Verlassen vom Glück und der Hoffnung. Er wartete darauf, dass die Zeit verging, dass es Abend wurde. Er würde hier sitzen bleiben – für Alfred Lantschner und seine Fotofalle. Schlafen konnte er sowieso nicht. Noch zwei Tage bis Michaeli. Was waren schon zwei Tage im Fegefeuer?

Ein Lachen erklang von links. Schneider unterdrückte den Impuls, seinen Kopf zu drehen. Touristen. Bei jedem Wetter kamen sie hier vorbei, störten seine Ruhe und glotzten ihn an, als wäre er irgendein Objekt im Museum, ein Tier im Zoo. Er hasste sie.

Wenn der Zirmer-Bauer die Straße mit seinem blöden Bagger instand setzte, würden noch mehr Touristen kommen, auf seinen Wiesen Picknicke veranstalten und ihren Müll zurücklassen.

Wieder ertönte ein Lachen und diesmal gab er dem Impuls nach. Zwei Frauen hatten ihm gerade den Rücken zugewandt, um wieder ins Tal abzusteigen. Sie waren ohne Rucksäcke unterwegs, auch ihre Kleidung war nicht wirklich für den Berg geeignet. Typische Städter!

Er sah zum Himmel auf. Der Regen hatte wieder eingesetzt, die Dämmerung schritt voran. Für Ortsunkundige war es keinesfalls ratsam, sich um diese Zeit hier aufzuhalten. Unwillig stemmte er sich hoch. Er musste ihnen nach, um sie vor ihrer eigenen Dummheit zu retten.

Schneider warf einen letzten mürrischen Blick in die Fotofalle, dann verschwand er ins Hausinnere, um seinen Autoschlüssel zu holen.

27. September in der Dämmerung, Forstweg

»Der Wald ist noch gruseliger als vorhin.« Fröstelnd stapfte Vera neben Anna den Forstweg entlang. Talwärts war es leichter, doch mit zunehmender Dunkelheit wurde es kälter … und bedrohlicher. Das Licht war vorhin schon diffus gewesen, aber jetzt verwandelte die Abenddämmerung den Wald in eine unwirtliche Finsternis.

»Der Wald tut uns nichts.« Anna schritt unbekümmert weiter. Konnte es sein, dass sie nicht empfänglich für diese geisterhafte Stimmung war, oder tat sie nur so, als wäre es ihr egal?

Vera beobachtete ihre Freundin von der Seite, konnte jedoch keine Angst in ihrem Gesicht erkennen. »Wenn nur der Regen nicht wäre«, sagte sie.

»Wenn meine Katz eine Henne wär, dann würd sie Eier legen.« Anna kicherte. »Sorry, den Spruch lässt meine Oma immer ab, wenn ich mit diesem Würde-hätte-könnte-Zeugs daherkomme. Der Regen ist halt da. Wir haben gewusst, worauf wir uns einlassen, als wir gestartet sind. Also hör auf zu jammern, Vera! Du bist doch nicht aus Zucker. Denk an ein deftiges Abendessen. Und in der Sauna tauen wir schon wieder auf.«

»Du hast ja recht.«

Vera setzte einen Fuß vor den anderen und bewunderte Anna für ihre positive Art. Ja, ihre Freundin hatte recht. Das hier war nur ein Wald. Wovor sollte sie sich fürchten? Und als sie gerade dabei war, über sich selbst und ihre Kleinmädchenallüren zu lächeln, ertönte ein Donnern über ihren Köpfen.

»Was war das?«

»Ein Gewitter?«, sagte Anna und lief unbeeindruckt weiter.

»Jetzt? Ende September?«

»Ja. Warum nicht? Okay, ein Gewitter fände ich jetzt auch nicht so knusprig, aber …« Ein Blitz zuckte durch die Baumwipfel, gleich darauf knallte es direkt über ihnen. Anna und Vera fuhren erschrocken zusammen. Wie auf Kommando begannen sie zu rennen. Sie rannten die Straße talwärts, ihre Herzen klopften zu den Donnerschlägen, die nun einer auf den nächsten folgten.

»Da! Da drunter!«, schrie Anna durch den Lärm des prasselnden Regens. Sie deutete auf den Felsvorsprung, der sich über die Almstraße spannte.

Die beiden liefen noch schneller, bis sie den Vorsprung erreicht hatten, unter dem es tatsächlich zumindest halbwegs trocken war.

»Und jetzt?«, keuchte Vera. Sie fühlte sich hilflos im Angesicht der um sie herum tobenden Naturgewalten.

»Jetzt warten wir, dass es vorübergeht.«

»Und wenn es nicht vorübergeht?«

»Dann werden wir hier oben versauern müssen.« Anna kicherte. »So ängstlich kenne ich dich gar nicht. Also, ich würde sagen, wir geben im Hotel Bescheid.« Sie zog ihr Handy aus der Hosentasche und das Display leuchtete auf. »Mist, kein Empfang.«

»Na toll!« Vera verdrehte die Augen himmelwärts. »War klar, dass hier kein Empfang ist.« Sie warf einen Kontrollblick auf ihr eigenes Handy. Jakob hatte versprochen, sie gegen Abend anzurufen. Wenn er sie nicht erreichte, war er bestimmt sauer. »Weißt du was? Gewitter hin oder her – ich gehe jetzt. Ich will ins Warme.«

»Warte, Vera. Das …« Anna brach ab und auch Vera hielt in der Bewegung inne. Vom Tal näherten sich Lichter.

»Unsere Rettung!« Die beiden Frauen stellten sich mitten auf die Straße und winkten dem Fahrzeug zu.

Als der Geländewagen neben ihnen zum Stehen kam, schossen Vera Tränen der Erleichterung in die Augen. »Dürfen wir mitfahren?«

Der dunkelblonde Mann in den Vierzigern nickte. »Springt rein!«

Vera und Anna ließen sich das nicht zweimal sagen und machten, dass sie ins Wageninnere kamen. Sofort beschlugen die Scheiben und ihr Retter drehte fluchend die Heizung hoch. »Was macht ihr bei diesem Wetter auf dem Berg, ihr unvernünftigen Weiber?«

»Wandern?«, schlug Anna vor und erntete einen vernichtenden Blick des Fahrers.

»Wir waren auf der Suche nach dem Einödhof«, erklärte Vera schnell. Das fehlte noch, dass sie ihren Retter wütend machten.

Doch ihre Auskunft hatte nicht die gewünschte Wirkung. Er bremste ab und sah scharf in Veras Richtung. »Den Einödhof? Was habt's ihr dort oben zu suchen?«

»Ich bin hier wegen eines Interviews mit Wilhelm Schneider. Wieso? Stimmt was nicht mit ihm?«

Ihr Retter schüttelte den Kopf. »Lasst die Finger von dem, Gitschn! Der Kerl ist gefährlich. Und Michaeli ist auch bald.«

Vera und Anna wechselten einen fragenden Blick. Waren sie an einen Verrückten geraten?

»Wieso ist Wilhelm Schneider gefährlich?«, hakte Vera nach.

»Mehr sag ich nicht, sonst schimpft mich nur wieder meine Frau. Aber ich sag euch eins: Geht nicht zu ihm, schon gar nicht an Michaeli!«

»Frisst er da junge Frauen, oder was?«

Vera stöhnte innerlich. Annas Sarkasmus brachte sie noch in Teufels Küche. Der Typ faselte rätselhaftes Zeug und Grammatik war auch nicht unbedingt seine Stärke, aber wenigstens saßen sie im Trocknen.

»Fressen tut er sie nicht«, sagte er. »Und jung müssen sie auch nicht sein. Aber sterben tun sie trotzdem.«

»Wer stirbt?«

»Frauen. Seine Schwester. Die Frau vom Carabiniere. Die Ladstätter Lies. Allesamt tot. Alle an Michaeli. Und alle, weil sie ihm zu nahe gekommen sind. Bleibt weg von ihm, wenn euch euer Leben lieb ist!«

Vera schürzte die Lippen. Da war sie: ihre Story. Wilhelm Schneider hatte also tatsächlich gute Gründe für seine düsteren Gedichte. Sie rief sich die Zeilen in Erinnerung.

Und um ihn ein Kreis zischelnder Zungen.
Die Zornesfunken schleudern sie ihm entgegen.

Da waren sie, die zischelnden Zungen und Zornesfunken. Plötzlich verstand sie auch den Zusammenhang mit Michael, der den Drachen nicht bezwang. Der Erzengel war es, der Satan samt seinen dunklen Engeln gestürzt hatte. An Michaeli würde der Teufel auferstehen ….

Ein Schauer rieselte über Veras Rücken. Der Dichter wusste, dass wieder etwas geschehen würde. Etwas Furchtbares. Er hatte sie mit diesem Interview geködert, zu sich in die Berge gelockt, um … was … sie zu ermorden? Aber wieso? Sie lebte in Graz, das hier war eine andere Welt. Warum sollte er ausgerechnet sie auswählen?

Vera schüttelte den Kopf. Das ergab doch keinen Sinn. Nein, das war völlig unlogisch. Vermutlich war das Gefasel des Einheimischen nicht mehr als ein Ammenmärchen. Bergbewohner hatten ein Faible für Gruselgeschichten, oder? Kein Wunder in dieser Einöde. Und wenn doch was dran war?

Nein! Sie war einfach nur nass und durchgefroren, da konnte man schon mal dünnhäutig werden und den miesen Scherzen eines Bergmenschen auf den Leim gehen. Morgen würde sie Wilhelm Schneider interviewen und objektiv Licht ins Dunkel bringen.

»Wann ist Michaeli?«

»Zwei Tage noch.«

27. September, abends, Zirmer-Hof

»Und ich sag's dir noch einmal: Ich lass mich nicht entmündigen.« Die Zirmer-Kattl stand mit hochrotem Kopf in der Küche und brüllte ihre Schwiegertochter zornig an. »So weit kommt's noch, dass eine Walsche anfängt, mir Vorschriften zu machen. Nur weil du dir meinen Sohn gekrallt hast, heißt das noch lang nicht, dass du mich auch um den kleinen Finger wickeln kannst. Ich hab nämlich meinen eigenen Kopf, und der funktioniert.«

Gabi zählte innerlich bis zehn. Sie verkniff sich einen zynischen Kommentar. ›Walsche‹ lautete die abfällige Bezeichnung für Italiener und war alles andere als politisch korrekt. Zudem waren ihre Eltern beide deutsche Muttersprachler, aber das interessierte Katharina Unterberger nicht die Bohne. Trotzdem übte sich Gabi in Geduld. Ihr Mann liebte seine Mutter und darum hatte die Sicherheit der Zirmer-Kattl Vorrang. »Wir wollen dich doch nicht für immer wegschicken. Nur bis Michaeli vorbei ist. Du weißt schon …«

Doch die Zirmerin wollte nichts davon wissen.

Gabi hätte wissen müssen, dass es besser war, auf Erwin zu warten. Zu allem Übel machte sie sich Sorgen um ihn. Er war beim ersten Donner auf den Berg gefahren, um das verdammte Wehr zu öffnen, damit der anschwellende Bach die Straße nicht komplett zerstörte. Aber sie hatte keine Zeit, darauf zu warten, bis Erwin zurück war. Morgen früh würde der Wagen draußen stehen, der die Zirmerin für ihren »Urlaub« abholen sollte. Gabi hatte zumindest ihren Mann davon überzeugen können, die Alte im Bürgerheim unterzubringen, bis Michaeli vorbei war.

»Es ist doch nur für drei Tage«, wiederholte sie zum x-ten Mal.

»Und du meinst, dass ich dir das glaub? Nein, ich weiß es besser. Ihr habt das genauso geplant wie die Kinder von meiner Freundin, der Thurn-Nandl. Nur für ein paar Tage, haben sie gesagt. Und im Heim haben sie der Ärmsten dann irgendwas gespritzt, von dem sie blöd geworden ist. Nicht mal mehr reden hat man mit ihr können, so deppert war sie. Und aus den paar Tagen sind drei Jahre geworden, bis sie endlich tot war, die Nandl. Aber mit mir nicht! Ich sterb auf dem Zirmer-Hof, nicht Heim.«

Gabi seufzte. Wieso kam Erwin nicht? So lange konnte es doch nicht dauern, dieses Wehr zu öffnen. »Mama, bitte!« Mit größter Kraft zwang sie sich den Kosenamen auf die Lippen, den diese Frau nie verdienen würde. »Ich schwöre dir, dass es nur für drei Tage ist. Da draußen läuft ein Mörder herum, das weißt du selbst. Übermorgen ist wieder Michaeli und wir haben einfach Angst, der Erwin und ich.«

Und das aus gutem Grunde. Die Zirmerin mit ihrem Dickschädel würde unter Garantie genau am Michaelistag im Wald herumstreunen, nur um Gabi zu ärgern und unter Beweis zu stellen, dass sie selbst über ihr Leben bestimmte. Doch damit lief die Alte Gefahr, dem Mörder direkt in die Arme zu laufen.

»Du hast hier gar nichts zu melden!« Damit drehte sich die Zirmerin um und verschwand in ihrem Zimmer.

Gabi rührte wütend in ihrem Tee. Wieso verdammt noch einmal, war Erwin nicht da, um seiner Mutter klarzumachen, dass sie sich zu fügen hatte?

Warum war er bei diesem Sauwetter losgefahren, als sei der Teufel hinter ihm her? Sonst interessierten ihn das Wehr und die Straße zum Einödhof doch auch nicht? Gabi beschlich ein Gedanke, der ihr nicht gefiel.

Vor vier Jahren, 29. September, nachmittags, Graz, Schneiders Wohnung, Hackhofergasse

Schneider saß über den Lateinarbeiten seiner Maturaklasse und geizte nicht mit roter Farbe. Sein Blutdruck war erhöht, und das hatte nichts mit dem Kaffee zu tun, der in einer großen Tasse vor ihm auf dem Schreibtisch stand, sondern damit, dass seine Schüler Fehler machten, die sich nicht einmal ein Lateinanfänger leisten durfte. Was taten sie bloß, während er sich an der Tafel abmühte.

Mit schwungvoller Geste strich er den nächsten Fehler an, als die Hausglocke schrillte. Unwillig erhob er sich von seinem Arbeitsplatz und ging zum Eingang. Hatte Eva wieder den Schlüssel vergessen? Mit einem Ruck riss er die Tür auf und wollte schon zu einer genervten Bemerkung ansetzen, da erblickte er die beiden Beamten. Eine böse Vorahnung sauste durch sein Hirn, wo eben noch Lateinvokabeln waberten.

»Sind Sie Wilhelm Schneider?«

Er nickte. Zu mehr war er nicht imstande.

»Dürfen wir reinkommen?«

Wieder nickte er, trat zurück und ließ die Beamten

ein. Dann ging er ihnen voraus ins Wohnzimmer.

»Vielleicht setzen Sie sich lieber«, meinte der Ältere der beiden, in dessen Haaren schon ein paar silbrige Strähnen zu sehen waren.

Schneider tat, was der Beamte vorschlug. Er nahm auf dem Sofa Platz und während die beiden Männer seinem Beispiel folgten, wappnete er sich gegen das, was unweigerlich folgen musste.

»Herr Schneider, wir haben leider eine traurige Nachricht für Sie. Ihre Frau …«, der Polizist wechselte einen Blick mit seinem jüngeren Kollegen, »… Ihre Frau ist ums Leben gekommen.«

Seine Vorahnung wurde zur Gewissheit. Schneider starrte vor sich hin. Unfähig, die Beamten anzusehen. Unfähig, auch nur mit einem Nicken zu bestätigen, dass diese Gewissheit zu ihm durchgedrungen war.

Der ältere Beamte räusperte sich. »Sie wurde vor einer halben Stunde aus den Bäumen unter der Autobrücke beim Talübergang Lavant geborgen.«

Schneider zuckte zusammen. »Lavant?« Etwa dieselbe Stelle … dieselbe Stelle, an der auch Janine in den Tod gestürzt war? Das konnte nicht sein.

»Das Auto ist auf dem Pannenstreifen geparkt … Wir müssen Sie leider fragen …« Dem Beamten fiel es sichtlich schwer, weiterzusprechen. »Hat Ihre Frau jemals über Selbstmord gesprochen?«

Schneider löste sich aus der Starre. »Eva ist nicht … sie hat nicht. Nicht Eva, nein!«

»Wissen Sie, was Ihre Frau in der Gegend wollte?«

Seine Gedanken überschlugen sich. Eva war Lehrerin wie er. Sie hatte nachmittags eine Konferenz gehabt, aber ihre Schule lag wie seine in der Innenstadt.

Was hatte sie gut siebzig Kilometer von Graz entfernt zu suchen? Was hatte sie genau an der Stelle zu suchen, an der Janine sich in den Tod gestürzt hatte? Er fühlte seine Kehle eng werden. Das war kein Zufall. Das konnte kein Zufall sein.

»Brauchen Sie Hilfe, Herr Schneider? Sollen wir einen Notfallseelsorger bestellen?«

Er ignorierte die Frage, sie war absurd. »Sie verstehen nicht. Eva würde nie … hätte nie … Sie war glücklich, immer optimistisch. Sie hat das Leben geliebt. Sie würde nie …« Er brach ab.

»Wir wissen nicht, was in unseren Mitmenschen vorgeht. Manchmal wohnt eine schwarze Seele in der Brust unserer Lieben, Herr Schneider. Haben Sie vielleicht einen Brief Ihrer Frau gefunden?«

Warum sollte sie einen Brief geschrieben haben?

Es dauerte etwa fünf Sekunden, bis er verstand.

»Sie meinen einen Abschiedsbrief?«, fragte er und stand vom Sofa auf. »Eva hat sich nicht umgebracht. Welchen Teil davon kapieren Sie eigentlich nicht?«

Der grauhaarige Beamte senkte den Blick. »Herr Schneider, es tut mir leid.«

»Was haben Sie in den letzten vier Stunden getan, Herr Schneider?«, mischte sich plötzlich sein jüngerer Kollege ein, der bisher noch keinen Ton gesagt hatte.

Schneider sah ihn verwirrt an. »Warum?«

Der Beamte seufzte ungeduldig.

»Ich habe Lateinklausuren korrigiert.«

»Wo?«

»Hier!« Er zeigte zum Schreibtisch, wo der Kaffee in der großen Tasse mittlerweile kalt geworden war.

»Den ganzen Nachmittag?«

Schneider nickte.

»Gibt es dafür Zeugen?«

»Sagen Sie mal, haben Sie keine Kinderstube genossen? Vor drei Minuten haben Sie mir erklärt, dass meine Frau tot ist. Und jetzt verdächtigen Sie mich?«

»Haben Sie Ihre Frau getötet?«, fragte der jüngere Beamte penetrant.

Es dauerte einen Augenblick, bis der Inhalt dieser Frage zu Schneider durchsickerte. Dann riss er den Arm hoch und zeigte zur Tür. »Raus!«

Die beiden Beamten wechselten einen Blick, dann räusperte sich der Ältere. »Herr Schneider, wir haben einen Hinweis erhalten, einen anonymen Hinweis, dem wir aber trotzdem nachgehen müssen. Demzufolge gab es Probleme zwischen Ihnen und Ihrer Frau.«

»Das stimmt nicht. Wir haben uns geliebt.«

Wer behauptete so einen Unsinn? Wer legte es darauf an, ihm zu schaden? Wer?

Doch der Beamte ließ Schneider keine Zeit, weiter darüber nachzudenken. »Sie hatten häufig lautstarke Auseinandersetzungen, ist das richtig?«

»Die gibt es in jeder Ehe. Aber häufig waren sie nicht. Hören Sie, ich habe Eva nicht getötet. Ich …« Kraftlos sank er zurück auf das Sofa, als hätte ihn jemand k. o. geschlagen.

»Wenn Sie sich stellen, könnte das positive Auswirkungen auf Ihr Strafmaß haben«, bemerkte der Jüngere so emotionslos wie ein Stein.

Schneider bemerkte den Blick, den die beiden Beamten wechselten, sah die Ablehnung darin. Sie glaubten ihm nicht.

»Ihre Nachbarin hat gesehen, dass Sie zwischen 14:00 und 15:30 Uhr nicht zu Hause waren.«

»Ich … ich war spazieren«, murmelte Schneider.

»Warum haben Sie das nicht gleich gesagt?«

Ungläubig zog der Grauhaarige die Augenbrauen hoch.

Schneider schwieg.

»Halten Sie sich zu unserer Verfügung, Schneider!«, knurrte der Jüngere und erhob sich.

Das »Herr« war aus der Anrede verschwunden.

Sie hatten ihn schon verurteilt.

»Wir schicken den Seelsorger.« Der Ältere hielt Schneider die Hand hin, der sie automatisch ergriff, ohne dabei etwas zu fühlen.

Eva war tot.

Wie ein nasser Sack hockte er auf dem Sofa. Registrierte, dass die Polizisten ihn allein ließen. Irgendwann schaute er auf die Uhr. Es war 17 Uhr.

Wann war Eva gestorben?

Warum hatte er nichts gefühlt?

Wieso fühlte er jetzt nichts?

Er stand auf, ging in die Küche.

Um 17 Uhr hatte er mit Eva immer Tee getrunken.

Teatime.

Ein Ritual, das sie seit Beginn ihrer Ehe pflegten. Eva hatte neuen Tee besorgen wollen. Als er die Büchse öffnete und nur ein paar letzte Krümel darin fand, spürte er plötzlich die Leere.

Eine dunkle Leere, die alles einnahm wie ein Schwarzes Loch.

Eva wollte Tee mitbringen. »Sonst müssen wir heute Nachmittag bei der Nachbarin betteln«, hatte sie am

Morgen gesagt, ihm einen Kuss auf die Nasenspitze gegeben und sich verabschiedet.

Ihren letzten Kuss.

Die Teedose fiel scheppernd zu Boden, seine Beine gaben nach. Ihr letzter Kuss. Und er hatte ihm so wenig Bedeutung beigemessen, hatte kaum den Blick vom Handy erhoben, auf dem er die Nachrichten überflogen hatte.

Warum hatte er sie nicht richtig geküsst?

Wann hatte er sie überhaupt zum letzten Mal richtig geküsst? Sie umarmt?

Er würde es nie wieder tun.

Ein schmerzhafter Knoten bildete sich in seiner Kehle. Eva war nicht mehr da.

Wie in Trance lief er ins Schlafzimmer, legte sich aufs Bett. Auf ihre Seite.

Er drückte sein Gesicht in Evas Kissen, atmete ihren Duft. Bald würde er verschwunden sein. Er gab sich dem Schmerz hin, doch dann wurde die Frage nach dem Warum übermächtig. Und er suchte nach Hinweisen, nach irgendetwas, das ihren Tod erklären konnte. Unter dem Kissen, der Matratze, in ihrem Nachttisch.

Er fand ein Tagebuch. Seit wann hatte Eva Tagebuch geschrieben?

Zwischen seinen zitternden Fingern hielt er den Kalender, in den sie täglich ein paar Zeilen eingetragen hatte. Im Jahr drauf kamen die nächsten Zeilen dazu und so hatte sie einen Überblick darüber, was sie an ein und demselben Tag in den verschiedenen Jahren erlebt hatten. Ohne zu wollen, musste Schneider lächeln als er sich an ihre Ausbrüche erinnerte, jedes Mal, wenn sie wieder einen Vermerk zu ihrem Gewicht entdeckte. »82,4« und daneben ein trauriges Gesicht. »Wenn ich die Zahl heute hier hinschreiben könnte, würde ich jubeln vor Freude.«

Er blätterte in dem Tagebuch, aber es waren nur lauter positive Ereignisse vermerkt. Dinge, über die sich Eva gefreut hatte. Das Treffen mit ihrer Freundin, dass er ihr eine Rose geschenkt hatte, der gemeinsame Spaziergang. Nirgends fand er einen Hinweis darauf, dass sie an Selbstmord gedacht hätte.

Der letzte Eintrag stammte vom 28. September.

Mit Willi im Theater gewesen. Danach sind wir noch was trinken gegangen. Ein schöner Abend.

Am 29. September stand in diesem Jahr noch nichts. Vor einem Jahr hatten sie sich einen Spa-Tag gegönnt, vor zwei Jahren hatte Eva eine Konferenz gehabt. Der Eintrag daneben: *Zum Glück nur kurz.*

Was hätte sie wohl an diesem Tag eingetragen? Wie von fremder Hand gelenkt, schrieb er unter den 29. September: *Tee gekauft, Klassenkonferenz überlebt, bei Lavant in den Tod gestürzt. Kein schöner Tag.*

Eine erste Träne tropfte auf das Papier. Er wischte sie weg. Die folgenden Tränen konnte er nicht zurückhalten und weinte wie ein Kind – die ganze Nacht, bis in den Morgen.

27. September, abends, Hotel Alpenrosenhof

Der Bauer war mit ihnen den Berg hochgefahren bis zu der Stelle, wo die Straße vom Bach überflutet wurde. Dort war er aus dem Wagen gestiegen und hatte sich an einer Stahlvorrichtung zu schaffen gemacht. Draußen hatte der Donner gekracht, als würde die Welt untergehen. Vera war froh gewesen, dass sie und Anna in dem Geländewagen saßen. Während der Regen auf das Auto prasselte, hatte der Mann draußen ihr leidgetan. Allerdings nicht allzu lange. Irgendwann war er wieder eingestiegen und hatte wüste Beschimpfungen über den Einsiedler ausgestoßen und damit wohl Wilhelm Schneider gemeint. Der Rest seiner Tirade war im Lärm der Donnerschläge und des Regenprasselns untergegangen.

Sehr beliebt schien der Dichter nicht zu sein. Zumindest nicht bei diesem grantigen Bergmenschen, der in einem halsbrecherischen Manöver auf der engen Forststraße gewendet und talwärts gerast war.

Vera hatte Todesängste ausgestanden. Der krönende Höhepunkt der Höllenfahrt war eine Vollbremsung gewesen, als ein Rudel Hirsche über die Straße galoppierte, das Auto und die Scheinwerfer ignorierte und im Wald unter der Straße verschwand.

Jetzt dankte sie Gott und stieg mit zitternden Knien aus dem Wagen.

»Danke für die Mitfahrgelegenheit«, sagte Anna, während Vera keinen einzigen Ton herausbekam.

Kaum verschwanden die Rücklichter des Geländewagens Richtung Berg, knickten ihre Knie ein. »Ein Wahnsinniger!«

»Das kannst du laut sagen. Den sollte dieser Dorfsheriff mal aufhalten, nicht uns.« Anna stemmte ihre Hände in die Hüften. »Weißt du, was ich jetzt brauche?«

»Einen Eimer, in den ich kotzen kann?«

»Eine Sauna. Du wirst schon sehen, eine halbe Stunde mit mir im Solebecken und du bist wie neu.«

Das klang nach einem guten Plan. Jedenfalls einem besseren, als bei Regen den Berg hochzukraxeln. Vera sehnte sich nach Wärme, dem Geruch ätherischer Öle und der ruhigen Atmosphäre, die wohl in jeder Sauna herrschte. »Hoffentlich haben die in ihrer Werbung nicht zu viel versprochen.«

Sie betraten das Hotel und wurden von einer blonden Frau im Dirndlkleid freundlich empfangen. »Na, hat euch der Zirmer aufgeklaubt? Da habt ihr Glück gehabt, dass der bei diesem Sauwetter im Wald unterwegs war. So ein Gewitter kann hier bei uns ganz schön heftig sein.« Ihr rot geschminkter Mund schloss sich, über dem künstlichen Lächeln fügten ihre Augen still hinzu: Ich hoffe, ihr dummen Städter habt das gelernt!

»Zirmer heißt der Verrückte?« Anna schaute durch die Glastür nach draußen, wo von dem Bauern natürlich nichts mehr zu sehen war. »Der fährt wie eine Wildsau. Dieser Herr Zirmer kann von Glück reden, dass im Wald keine Carabinieri Streife fahren.«

»Das wäre egal«, kommentierte die Gastwirtin

und lachte. »Dem seine Frau ist die Marescialla von Rabenstein. Die drückt nicht nur ein Auge, sondern auch noch alle Hühneraugen zu, wenn ihr Erwin zu schnell fährt.«

Die Marescialla … wiederholte Vera in Gedanken. Auch die war seltsam gewesen. Nur zu gut erinnerte sich Vera an ihren Kommentar zu dem morgigen Interview: »Es wäre besser, Sie würden ihn zu sich ins Tal bestellen.« In der Aufregung um Führerschein und Autopapiere hatte sie vergessen, die Marescialla zu fragen. Aber jetzt bei der Erinnerung überlegte Vera, was diese Bemerkung zu bedeuten hatte. »Die Marescialla haben wir bereits kennengelernt. Sie hat uns heute Nachmittag bei unserer Ankunft im Tal kontrolliert.«

»Das glaub ich. Die Polizei sitzt auf Nadeln, wegen …« Die Gastwirtin verstummte.

»Warum sitzt die Polizei auf Nadeln? Ist was passiert?«, fragte Anna mit ihrer typisch unverblümten Neugier.

Die Gastwirtin war alles andere als begeistert und stammelte herum. »Nein. Nichts. Alles gut. Genießen Sie Ihren Aufenthalt.« Das künstliche Lächeln der Frau hatte etwas von seiner Falschheit eingebüßt und Vera fragte sich wieso. Weswegen war die Polizei in Alarmbereitschaft und warum waren alle so seltsam in Rabenstein?

Sie wechselte einen fragenden Blick mit Anna, die ratlos wirkte. Also hatte auch ihre sonst so positiv gestimmte Freundin bemerkt, dass da etwas faul war.

27. September, abends, Rabenstein

Ich stehe im Regen, verborgen im Dunkel des Waldes, und sehe zum Hotel hinüber. Ein Zimmerfenster nach dem anderen leuchtet auf, die Gäste haben wohl das Abendessen beendet. Welches wohl ihr Fenster ist?

Unsinnigerweise versuche ich, meine Augen anzustrengen, die Gestalten hinter den Scheiben zu erkennen, doch natürlich nehme ich außer Schemen nichts wahr.

Dann öffnet sich eine der Balkontüren und zwei Frauengestalten treten heraus. Ich erkenne sie sofort und halte den Atem an. Sie tritt an die Balkonbrüstung, lehnt sich darüber, die Hände locker aufgelegt, und sieht in den Regen.

Ihre Freundin ist bei ihr. Ich kann auf die Entfernung nicht verstehen, was die beiden sagen, aber kurz darauf verschwindet die Freundin wieder im Zimmer, um mit einer Flasche und zwei Gläsern wiederzukommen.

Ja, feiert!, denke ich. Ein letztes Mal.

Dann trete ich zurück in den Wald und verschmelze mit der Dunkelheit.

Vor fünf Jahren, 29. September, nachmittags, Graz, Schneiders Wohnung, Hackhofergasse

»Was wollen Sie?« Die Siebzehnjährige stand mit verschränkten Armen und blitzenden Augen vor ihm. Wider Willen musste er ihren Mut bewundern. Wie sie da so vor ihm stand scheinbar furchtlos, ihn herausforderte, obwohl er deutlich erkennen konnte, wie unsicher sie war. Niemals hätte er sich das in ihrem Alter getraut.

»Ich möchte mit dir über deine Noten sprechen, Janine.«

»Was wollen Sie da besprechen?«

Kaum merklich veränderte sie ihre Position und sein Blick fiel auf ihren Oberkörper. Unter ihrem engen T-Shirt zeichneten sich ihre Brustwarzen ab, der schmale Streifen zwischen T-Shirt und Hosenbund ließ den Nabel frei.

Schneider schluckte. Er zwang seinen Blick weg von dem Anblick, sah in ihr Gesicht und bereute es sofort, denn ihre Zungenspitze stahl sich aus ihrem Mund, strich einmal schnell über die Lippen, um dann gleich wieder zu verschwinden.

Wissend sah sie ihn an.

»Lass das!«

»Was denn?«

Sie verschränkte ihre Arme und drückte dadurch ihre Brüste weiter nach oben. Kokett. Provokant.

Schneider schluckte erneut. »Das hier … Hör auf, dich so zu benehmen!«

»Wie denn?«

»So!« Er machte eine ausholende Geste. Und weil sie genau in dem Moment noch einen Schritt näherkam, streifte seine Hand ihre Brust. Ihm stockte der Atem.

»Herr Schneider!« Die gespielte Entrüstung in ihrer Stimme verwirrte ihn. Mehr jedoch seine Reaktion auf diese absurde Aktion einer Schülerin, die auf so billige

Weise ihre Noten verbessern wollte. Und obwohl Schneider das wusste, reagierte er wie ein Mann. Ein Mann, der von einer Siebzehnjährigen umgarnt wurde.

Unter Aufbietung seiner ganzen Willenskraft schüttelte Schneider den Kopf. »Hör auf, Janine!«

»Ich habe nichts getan! Sie haben doch …«

»Nein, es war ein Versehen. Du bist in dem Moment, als ich … Du weißt genau, was du hier tust. Aber es wird dir nichts bringen.«

Wieder schob Janine ihre Zungenspitze über die weichen Lippen. War sie es oder machte er den nächsten Schritt? Rückblickend konnte Schneider es nicht mehr sagen, denn sein Hirn hatte das Denken in jenem Moment aufgegeben, als sein Körper instinktiv handelte. Auf jeden Fall fehlten zwischen ihnen plötzlich nur ein paar Zentimeter, und die schienen mit Strom aufgeladen zu sein.

Verzweifelt wollte sich Schneider daran erinnern, dass er Janine abgewiesen hatte. Aber so war es nicht gewesen. Er hatte auf ihre harten Nippel gestarrt, auf ihren weichen Mund … und davon geträumt, was er alles mit diesem jungen Körper hätte anstellen können.

Er wollte sie von sich schieben, Abstand zwischen sie bringen, sagen, was er zu sagen hatte, doch sein Körper hatte ihm nicht mehr gehorcht. Wie fremdgesteuert legten sich seine Hände auf ihre Brüste. Er hatte die harten Nippel gefühlt, fester zugepackt, das pralle Fleisch geknetet.

Und Janine hatte geschrien: »Nein! Hilfe! Bitte lassen Sie mich! Ich will das nicht! Hiiilfe!«

Natürlich hatte sie geschrien. Nicht etwa, weil sie erschrocken über sein Verhalten gewesen war. Nein, sie hatte es provoziert. Und er war dumm und geil genug gewesen, auf ihre billige Tour reinzufallen.

»Sie dreckiges Schwein!« Ein junger Mann hatte sein Handgelenk gepackt, ihn von Janine weggerissen und gegen die Tafel gestoßen. »Sie dreckiges Schwein! Das werden Sie büßen!«

Ja, er hatte gebüßt. Und Janine ebenfalls.

Sie war tot. Tot wie Eva.

Aber warum?

27. September, abends,
Alpenrosenhof, Zimmer 206, Balkon

»Wie still es hier ist«, raunte Anna leise, beinahe andächtig.

Vera musste ihrer Freundin recht geben. So eine Stille hatte sie noch nie erlebt. In Graz fuhr immer irgendwo ein Auto, heulte eine Sirene, machten Menschen Geräusche. Nie war es ganz still. Hier aber hörte man nur das leise Flüstern des Regens. Kein Auto, keine Musik, keinen Lärm. »Schön.«

»Der Wahnsinn.« Anna beugte sich neben Vera über die Balkonbrüstung. »Und so dunkel. Unheimlich, oder?«

Da das Dorf auf der anderen Seite des Hotels lag, sahen sie nur auf den sogenannten Talschluss. Ab hier ging es bergauf. Nur ein einziges Licht war zu sehen, weit oben. Wahrscheinlich auf einem der Bauernhöfe wie dem des Einsiedlers.

Veras' Gedanken wanderten zu dem Dichter. Wie er dagesessen hatte auf dieser verwitterten Holzbank – so starr und stumm. Dieses Bild eines trügerischen Friedens hatte Vera schmerzvoll an ihren Vater erinnert. Dieses starre Dasitzen, stumm und stundenlang wie eine Statue, wie ein Abbild der Einsamkeit.

»Hey, ich habe gefragt, ob es dir nicht auch unheimlich vorkommt.« Anna hielt ihr ein volles Weinglas hin, das Vera entgegennahm.

»Wie meinst du das?«

»Ich weiß auch nicht … Der Wald, der Regen … das ist alles irgendwie unheimlich.«

Dieser Ort machte etwas mit ihnen. Nicht nur mit Vera, auch Anna war längst nicht mehr so positiv und quirlig wie sonst.

»Egal. Wir lassen es uns gut gehen. Cheers!« Anna ließ ihr Glas an Veras klirren. Nach dem Abendessen hatte sie vorsorglich eine Flasche Weißwein und zwei passende Gläser an der Bar geordert und mit aufs Zimmer genommen.

»Also, morgen hast du dein Date?«

»Wenn man so was Date nennen kann …« Vera grinste schief. »Du hast ihn ja gesehen.«

»Von Weitem, ja. Vielleicht ist er aus der Nähe betrachtet ein fescher Tiroler mit strammen Wadeln.«

Vera ließ sich von Annas Kichern anstecken. »Vielleicht. Vielleicht stelle ich auch fest, dass ihm ein Horn aus der Stirn wächst. Dann habe ich das einzig lebende Einhorn entdeckt und werde berühmt.«

»Das könnte natürlich auch sein. Vielleicht hat er auch einen Knackarsch, dass du von deinem Jakob nichts mehr wissen willst, hier in den Bergen bleibst und fortan Ziegen hütest.«

Vera lachte laut. Anna hatte bisweilen eine verflucht schräge Fantasie. »Kannst du dich an das weiße Schäfchen erinnern? Wie das über die Wiese gesprungen ist? Total übermütig? Alle viere hat es von sich geworfen. Also das würde ich gern bis ans Ende meiner Tage hüten.«

»Ha! Du spinnst doch. Ich weiß genau, dass du eingehen würdest auf so einem Hof. Keine

Sozialprojekte beim Wochenblatt mehr, keine *Literarischen Seiten* ... Du würdest verkümmern.«

»Würde ich«, gab Vera zu.

»Also ernsthaft jetzt: Du sollst um drei bei ihm sein, richtig? Wenn du magst, begleite ich dich hoch und erkunde die Gegend. Vielleicht schaffe ich es bis zur Knappenkapelle, die auf den Schildern ausgewiesen ist.«

»Bei dem Wetter?«

»Es gibt kein schlechtes Wetter, nur schlechte Ausrüstung.«

Vera verzog zweifelnd das Gesicht. »Dann hast du einen Blitzableiter im Gepäck?«

»Ach, gedonnert hat es ja schon heute. Du wirst sehen, morgen herrscht hellster Sonnenschein.«

»Dein Wort in Gottes Ohr.«

»Und dort soll es zu einem Tinnitus werden.« Anna hob ihr Weinglas und schaute hinauf in den schwarzen Himmel, als würde sie zu Petrus persönlich sprechen wollen. »Es reicht jetzt mal mit dem Regen! Ich bin in Südtirol, verdammt noch mal! Hier soll es dreihundertfünfzig Sonnentage pro Jahr geben.«

»Vielleicht solltest du dich bei der Kurverwaltung beschweren. Oder morgen in der Knappenkapelle beim Chef da oben.« Vera grinste. Ihre Freundin war eine Naturgewalt. Sie stieß mit ihrem gegen Annas Glas und horchte dem hell klingenden Ton nach, der durch den Regen in die Nacht schwebte.

»Auf unseren Mädelsurlaub!«

»Darauf, dass es nicht wieder so lange dauert, bis wir das nächste Mal fahren!«

28. September, morgens, Alpenrosenhof, Zimmer 206

Sie träumte von der wilden Fahrt über diese Waldstraße. Als wäre sie wieder im Auto, sah sie unzählige Baumstämme, die im flackernden Licht der Blitze aufleuchteten. Sie fühlte das Schütteln des Wagens, der von dem Bauern gnadenlos durch Schlaglöcher gejagt wurde. Dann plötzlich kam da diese Kurve auf sie zu, der behelfsmäßige Balken, der die einzige Begrenzung zum Abgrund darstellte, der dem Aufprall des Wagens nie standhalten konnte. Und er hielt nicht stand. Der Wagen raste darauf zu, Vera hörte das Krachen, als er den Balken durchbrach. Und dann fühlte sie Schwerelosigkeit. Der Wagen schwebte in der Luft, unter ihr der Abgrund, Felswände, an denen er gleich zerschellen würde wie eine Eierschale. Sie klammerte sich an den Türgriff, jeder Muskel in ihrem Körper verspannte sich in dem Wissen, was unweigerlich kommen musste. Und dann sackte ihr Magen ab, Vera konnte nicht schreien. Das einzige Geräusch, das ihrer Kehle entwich, war ein scharfes Keuchen, von dem sie endlich aufwachte.

Nur mit Mühe kam sie in der richtigen Welt an, in der von ihrem schrecklichen Albtraum nur dieses kalte Entsetzen übrig blieb, das sich in ihren Eingeweiden festklammerte.

Sie sah auf die Uhr. Gleich sieben, auch wenn es

viel zu dunkel dafür war. Vera gab den hohen Bergen die Schuld und der dicken Wolkendecke, die nach wie vor über dem Tal lag. Leise, um die neben ihr vor sich hin schnarchende Anna nicht zu wecken, rutschte sie aus dem Bett und hätte beinahe geschrien. Der Boden war eiskalt. Über Nacht hatten sie die Balkontür offen gelassen, denn Anna hatte behauptet, nicht bei geschlossenem Fenster schlafen zu können. Jetzt war das Zimmer völlig ausgekühlt.

Schnell schlüpfte Vera in die flauschigen Spa-Pantoffeln, die das Hotel bereitgestellt hatte, und warf sich den Bademantel über. Er war noch feucht vom Saunagang am Abend zuvor und roch nach Kräutern. Bisher war ihr Wochenendtrip eigentlich ganz schön gewesen. Bis auf das Wetter natürlich und dieses bedrückende Gefühl, das die Gedanken an den Einsiedler mit sich brachten. Aber heute würde sie ihm gegenüberstehen und Licht ins Dunkel bringen. Angst war doch letztlich nichts anderes als Unwissenheit.

Entschlossen zog Vera den Bademantel enger um sich und trat hinaus auf den Balkon. Die Aussicht war atemberaubend, auch wenn kein einziger Sonnenstrahl durch die massive Wolkendecke drang. Wenigstens regnete es nicht. Tief atmete sie die würzige Bergluft ein und ließ den Blick über Felsen und Bäume wandern.

Was war das?

Zwischen den Bäumen nahm Vera eine Bewegung wahr. Stand da jemand? Sie beugte sich vor und kniff die Augen zusammen, um im diffusen Licht besser sehen zu können.

Du siehst Gespenster, schimpfte sie sich selbst.

Trotzdem suchte sie die Bäume ab, lauerte auf eine Bewegung. Aber da war nichts. Fröstelnd wandte sich Vera ab und ging ins Zimmer zurück. Sie musste sich auf andere Gedanken bringen.

Da Anna noch schlief, zog Vera leise ihren Laptop aus der Handtasche, klappte ihn auf und ging die Fragen durch, die sie dem Dichter am Nachmittag stellen wollte.

28. September, morgens, Zirmerhof

»Sie ist weg.«

»Wie weg?« Erwin war im Gegensatz zu Gabi kein Morgenmensch. Verschlafen und mit verstrubbeltem Haar blinzelte er ihr entgegen, beide Hände um eine Emailletasse geklammert, als gäbe ihm der Milchkaffee ›mit Bröcke‹ Halt. Gabi mochte die harten Brotstückchen im Kaffee nicht, doch Erwin schwor drauf. Allerdings war das gerade nebensächlich.

»Deine Mutter ist weg. Das sture Biest ist abgehauen.« Genau das hatten sie verhindern wollen, dass die Zirmerin allein durch die Gegend streifte. Einen Tag vor dem Lostag, und auf eine Frau in ihrem Alter lauerten in diesem Tal weiß Gott noch ganz andere Gefahren als dieser Michaelismörder.

»Hast überall gesucht?«, fragte Erwin, zu dem nun doch langsam durchsickerte, dass seine Mutter verschwunden war und er sich Sorgen machen sollte.

»Wenn du mit ›überall‹ überall auf dem Hof meinst, dann ja. Ich war im Stall, in allen Zimmern, im Keller … Und das Taxi vom Heim wartet draußen. Was soll ich denen jetzt sagen?«

»Dass die Mutter abgehauen ist.« Erwin knallte seine Kaffeetasse auf den Küchentisch. »Dass sie ein *damisches* Weib ist und in Ketten gelegt gehört.«

»Das kannst *du* ihnen sagen.«

Erwin seufzte, stemmte sich hoch und verschwand hinaus. Gabi sah ihm nach. Das beklemmende Gefühl in ihrem Magen verstärkte sich. Durchs Fenster sah sie ihren Mann, der mit dem Taxifahrer diskutierte. Dahinter lag die Wiese, über die Nebelschwaden zogen. Der Wald, der unter der Wiese begann, war vom Nebel bereits geschluckt worden. Was, wenn ihre Schwiegermutter sich darin verirrte?

»Als würd ich mich verirren wegen so'm bisschen Dunst«, hörte Gabi die Stimme der Zirmerin in Gedanken. Genauso würde die alte Hexe argumentieren. Nie würde die sich zugestehen, dass es auch für Einheimische gefährlich werden konnte, bei so einem Wetter draußen herumzuspazieren. Egal, ob man die Gegend kannte oder nicht: Wegmarken sahen plötzlich ganz anders aus, Straßen verloren sich im Nichts und schneller, als man denken konnte, stand man im Nichts und hatte keine Ahnung, wo lang es nach Hause ging. Gabis Gedanken flogen. Wo konnte sie sein?

Als Erwin wieder in die Küche kam, war sein Haar mit winzigen Wassertropfen bedeckt. »Ich hab gesagt, dass wir Mutter selbst ins Heim bringen, sobald sie wieder auftaucht.«

»Sie taucht nicht wieder auf, Erwin. Nicht von allein. Das weißt du genau. Du kennst deine Mutter.«

Als hätte man die Luft aus ihm gelassen, sank Erwin auf einem der Stühle zusammen. »Ja. Hast recht. Was soll ich nur tun?«

»Als Erstes fragen wir bei den Weibern nach, mit denen deine Mutter ständig herumhängt. Vielleicht hat eine von denen ihr einen Unterschlupf geboten.«

»Als ob sie's mit denen auf Dauer aushalten würd.«

Gabi dachte ähnlich. Erwins Mutter hatte zwar ein paar Frauen in ihrem Alter, mit denen sie sich über die Sünder des Dorfes austauschte, aber maximal für ein paar Stunden bei Kaffee und Kuchen. Im Grunde verachtete die Zirmer-Kattl alle, auch ihre vermeintlichen Freundinnen, die hinter jedem Rücken tratschten. Ein längerer Aufenthalt bei einer von ihnen wäre für Erwins Mutter eine größere Strafe als drei Tage im Heim.

»Glaubst, sie ist zu deiner Schwester gefahren?«

»In die Hauptstadt?« Erwin sah seine Frau zweifelnd an. »Allein?« Doch plötzlich stand er auf und zog seine Jacke vom Garderobenhaken. »Aber der erste Bus fährt um acht.«

»Lass mich an der Haltestelle nachschauen«, sagte Gabi und drückte Erwin seine Kaffeetasse in die Hand. »Ich muss jetzt sowieso zur Arbeit. Ruf du deine Schwester an und bleib hier für den Fall, dass deine verrückte Mutter zurückkommt. Sie könnte ärztliche Hilfe brauchen.«

»Mach ich.« Erwin sah besorgt aus dem Fenster. »Es hat neun Grad heute.«

»Ja.« Gabi wusste, was Erwin damit sagen wollte. Es war kalt. Eine Nacht im Freien würde die Zirmerin bei diesen Temperaturen möglicherweise nicht überleben.

»Wenn sie ausrutscht auf dem nassen Boden, ist's das gewesen.«

»Ja.« Auch das stimmte und Gabis Unruhe wuchs. Doch plötzlich erkannte sie eine Regung in der Miene ihres Mannes, die dort nichts zu suchen hatte: Erleichterung. Wäre er froh, wenn seine Mutter …?

Ohne dass sie es wollte, formte sich ein zweiter Gedanke in ihrem Kopf. War die Zirmerin etwa gar nicht von selbst abgehauen?

»Erwin?«

Er sah hoch. »Ja?«

»Du *suchst* nach deiner Mutter, oder?«

»Natürlich. Was denkst denn du, dass ich sie erfrieren lass?«

»Nein, nein.« Gabi betrachtete forschend die Miene ihres Mannes. Die Erleichterung war verschwunden. Dafür stand echte Sorge in seinem Gesicht. Wie kam sie nur darauf, dass Erwin seine Mutter womöglich aus dem Haus gezerrt hatte, um sie im Nebel irgendwo zwischen dem Zirmer- und dem Einödhof über einen der Felsen zu stürzen? Das war doch absurd! Erwin würde so etwas nie tun. Sie schenkte ihrem Mann ein Lächeln und griff nach den Autoschlüsseln. »Ruf deine Schwester an. Vielleicht ist die Kattl wirklich unterwegs nach Graz. Ein Pendler könnte sie mitgenommen haben. Man weiß nie.«

»Ich ruf an.«

»Gut. Ich start jetzt.«

»Pass auf bei dem Nebel. In der Kurve unten. Du weißt schon …«

28. September, morgens, Hotel Alpenrosenhof, Frühstücksraum

»Hast du nicht gesagt, dass heute strahlender Sonnenschein herrscht?«, fragte Vera, als sie beide mit überladenen Tellern vom Frühstücksbuffet kamen und sich an ihren Tisch setzten, auf dem zwei dampfende Cappuccini standen.

»Man kann sich ja mal irren, nicht?«

»Mir wäre lieber gewesen, du hättest dich nicht geirrt.« Vera schob sich einen Traubenkern in den Mund. »Mmh, lecker!«

»Tja. Das Leben ist nicht immer eitel Sonnenschein. Die Wanderung gestern hat mir eine fiese Blase beschert.«

Anna hatte ihr nach dem Aufstehen die Blase gezeigt. Sah gemein aus.

»Ich gehe nachher in den Dorfladen. Die Wirtin hat gemeint, dass sie dort vielleicht Blasenpflaster haben. Kommst du mit?«

»Natürlich. Dieses opulente Frühstück schreit förmlich nach einem Spaziergang.«

Anna kicherte und griff zur Gabel. Sie gönnte sich einen großen Stapel Pancakes. »Zum Glück haben wir ein Schlechtwetterprogramm …«

»… das auch unser Schönwetterprogramm gewesen wäre«, ergänzte Vera lachend. »Also Spa?«

»Unbedingt! Ich hab gesehen, die bieten irgendwelche

Quarzkuren an. Keine Ahnung, ob man da Sand essen muss, aber das werden wir herausfinden. Ich habe uns für 10 Uhr zwei Behandlungen gebucht.«

»Klingt super. Danke.« Vera stocherte verhalten in ihrem Rührei. »Denkst du, es ist ratsam, wenn ich vor dem Interview so eine Behandlung mache?«

»Nö. Wieso?«

»Na ja, weil ich dann vielleicht so entspannt bin, dass mir die Fragen nicht mehr einfallen.«

»So entspannt kannst du gar nicht sein. Außerdem wachst du auf dem Weg hoch zum Einödhof sicher wieder auf.«

Vera wollte gar nicht daran denken, zumal sie wohl ohne Anna gehen musste. Sie hatten zwar gestern nicht wirklich die angegebenen vierzig Minuten gebraucht, aber es war doch ein ordentliches Stück. Dazu der Regen …

»Meinst du, ich kann mit dem Auto hochfahren?«

»Ich denke nicht. Da war doch so eine Schranke, wo der Bauer aussteigen musste, um sie zu entsperren. Außerdem … willst du wirklich auf dieser Straße fahren?«

Allein beim Gedanken an den holprigen Asphalt, die Felsen zur einen Seite und den Abgrund zur anderen wurde Vera übel. Das Gefühl des Fallens aus ihrem Traum war sofort wieder da. Nein, es war definitiv keine gute Idee, mit dem Auto hoch zum Einödhof zu fahren.

»Außerdem tut uns eine Wanderung ganz gut nach der Völlerei. Auch wenn mein Fuß schreien wird.«

»Ach, du kommst mit? Ich dachte, wegen deiner Blase bleibst du lieber hier.«

Anna tat entrüstet. »Was wäre ich für eine Freundin, wenn ich dich allein auf den Berg lasse? Natürlich komme ich mit.«

»Vielleicht kommt die Sonne doch noch raus«, sagte Vera erleichtert. Die Übelkeit war verschwunden. Mit der unerschütterlichen Anna würde dieser Höllentrip zum Abenteuer werden.

»Und vielleicht kommt gleich die Zuckerfee und bringt uns fliegend zum Einödhof.« Anna grinste schief. »Ich weiß, als Wetterhexe tauge ich nicht, aber das da draußen sieht nicht so aus, als wäre es gleich vorbei, oder?«

Sie deutete zum Fenster. Hinter gehäkelten Spitzenvorhängen war buchstäblich nichts zu sehen. Der Nebel hatte alles verschluckt.

»Wie Fantasia«, murmelte Vera und musste unweigerlich an dieses Nichts aus ›Die unendliche Geschichte‹ denken, das von allen Seiten dahergekrochen war, um Atreju und Bastian Balthasar Bux zu verschlingen. Als Kind hatte sie mit klopfendem Herzen die Geschichte gelesen. Seltsam, dass sie gerade jetzt daran dachte.

»Quatsch, Fantasia! Es ist allerhöchste Zeit, dass wir in den Spa-Bereich kommen. Den Nebel in der Sauna mag ich definitiv lieber als die Suppe da draußen. Lass uns das Frühstück und diesen unerfreulichen Anblick hinter uns bringen, ja?«

Nichts war Vera lieber. Sie rückte sich so, dass ihr Blick nicht automatisch auf die Nebelwand vor dem Fenster fiel, wenn sie Anna ansah, und machte sich über ihr Rührei her.

28. September, vormittags, Wald unterm Einödhof

Sie streifte durch den Wald, der im Herbstnebel gespenstisch wirkte. All die Sagen, die sie in ihrer Kindheit gehört hatte, kamen ihr in den Sinn von Weißen Frauen, Nörggelen und Trollen, bei denen ihr früher, als die Großmutter vor dem Kaminfeuer davon erzählt hatte, ein wohliger Schauer über den Rücken gelaufen war. Ein Schauer lief ihr auch jetzt über den Rücken, doch der hatte nichts mit den Sagengestalten zu tun. Sie glaubte nicht mehr an Märchen. Dazu hatte sie viel zu viel vom wirklichen Leben mitbekommen. Die Kriegsjahre, in denen die Frauen plötzlich unter Beweis stellen mussten, dass ihr Alltag auch ohne Männer funktionierte, die Jahre danach, die von Entbehrungen gekennzeichnet waren, der Aufschwung bis hin zur heutigen Wegwerfgesellschaft. Da war kein Platz mehr für Märchen.

Dafür zunehmend Geschichten über Alte, die von ihrem Nachwuchs aufs Abstellgleis verfrachtet wurden, in anonymen Heimen eingesperrt, mit Medikamenten ruhiggestellt. Ihr machte niemand etwas vor. Sie hatte die Blicke gesehen, die ihr Sohn mit seiner Frau gewechselt hatte. Sie wusste Bescheid.

Ins Fäustchen hatte sie sich gelacht, als sie heute in aller Frühe mit einem Bündel in der Hand aufgebrochen war und sich am Waldrand noch einmal umgeschaut hatte. Die Lichter des Taxis, mit dem sie ins Altersheim gebracht werden sollte, hatten schwach durch den Nebel geleuchtet. Langsam war das Auto hoch zum Hof gefahren, hatte vor dem Haus gewartet und nach einer Weile gewendet. Dann waren die roten Bremslichter vom Nebel geschluckt worden. Wer dem Taxifahrer wohl Bescheid gegeben hatte, dass sich die Gefangene nicht mehr im Käfig befand, der Vogel ausgeflogen war? Sie kicherte bei der Vorstellung an die entgeisterten Gesichter, die ihr Sohn und seine Frau sicher gemacht hatten.

Ob sie nach ihr suchten? Nun, sie würden sie nicht finden. Sie kannte die Schlupflöcher im Wald, wusste, wo man sich vor Feinden – denn dazu gehörten Erwin und seine Frau jetzt – verbergen konnte, wo man vor Regen geschützt war. Dazu musste sie nicht weit gehen. Genau auf Halbweg zwischen dem Zirmer- und dem Einödhof war die Höhle, die ihnen damals im Krieg als Bunker gedient hatte. Als die Flugzeuge von Süden kamen und auf dem Weg über die Alpen ihre Bomben abwarfen, um Ballast loszuwerden. In dem Bunker würde sie ein Feuer machen und ein Lager bereiten. Mit den mitgebrachten Lebensmitteln konnte sie gute fünf Tage überstehen. Dann würde man weitersehen.

Wieder kicherte die Alte, zog ihr wollenes Schultertuch enger um die Brust und stapfte weiter. Der schmale Pfad führte steil bergauf. Markierungen gab es nicht. Hierher verirrten sich nur Tiere und bisweilen Jäger. Schritt für Schritt gewann sie an Höhe, ihr Atem war ruhig und gleichmäßig. Seine kleine Bergziege hatte Peppi, ihr Mann – Gott hab ihn selig – sie immer genannt und sie war stolz auf ihre Leichtfüßigkeit gewesen. Trotzdem blieb sie vorsichtig. Ein falscher Schritt, und sie würde auf einer der glitschigen Wurzeln ausrutschen, was in ihrem Alter einem Todesurteil gleichkam. Daher hielt sie den Blick achtsam auf den Boden gerichtet und setzte mit Bedacht einen Fuß vor den anderen, bis ein Paar fremde Schuhe ihren Weg kreuzte.

Ihr Herz machte einen Satz, ihre Augen wanderten an den Beinen hoch bis zu dem Gesicht, den Augen, die sie skeptisch musterten.

»Du?«

»Was machst du im Wald, Zirmerin?«

»Dasselbe könnt ich dich fragen.«

Die beiden maßen sich mit Blicken, bis der Alten das Warten zu viel wurde. Ihr war kalt. »Die missratene Brut hat mich einsperren wollen.«

Der Einsiedler nickte. »Und du hast mit deinem Sturschädel nicht auf sie hören wollen.«

»Ich lass mich nicht einsperren.« Herausfordernd reckte sie ihm das Kinn entgegen.

»Manchmal ist es gesünder, sich einsperren zu lassen.«

»Ich entscheid immer noch selber, was gesünder ist für mich.«

»Ja, dann.« Der Einsiedler wandte sich zum Gehen. »Verlierst dich halt nicht in dem Nebel.«

»Zu Mittag klart es schon auf.«

»Wenn du das sagst.«

Er hatte sich schon ein paar Schritte von ihr entfernt, da rief sie ihm nach: »Ich glaub nicht, was sie über dich sagen.«

Langsam wandte er sich um. »Was sagen sie denn über mich?«

»Dass du die Frauen umgebracht hast.«

Etwas Dunkles huschte über seine Züge. »Glaub, was du willst.« Dann setzte er seinen Weg fort und ließ die Zirmerin allein zurück.

28. September, vormittags, Rabenstein, Dorfladen

»Blasenpflaster? Da habt ihr Glück, dass von der Wandersaison noch welche da sind.« Der junge Mann zwinkerte Vera und Anna zu, kam hinter dem Tresen hervor und ging den engen Gang des Dorfladens hinunter, zwischen Regalen hindurch, in denen sich alles Mögliche von der Kernseife bis zur Weingummipackung stapelte.

Eine Mischung aus verschiedenen Gerüchen stieg Vera in die Nase. Ein bisschen nach Waschmittel, ein bisschen nach dem Schinken, der hinter der Glasvitrine hing und von Fliegen attackiert wurde, und nach Dielenwachs. Es roch einzigartig, fand sie, nach vergangenen Zeiten.

Der Verkäufer kam zurück. »Eine blöde Zeit habt's ihr euch für euren Urlaub ausgesucht. Soll die ganze Woche nicht mehr schön werden.«

»Ist egal.« Anna lächelte kokett. »Wir genießen das Spa im Alpenrosenhof. Zumindest ich. Meine Freundin muss arbeiten.« Sie zeigte auf Vera, die in einer Kiste mit Kühlschrankmagneten stöberte.

»Arbeiten?« Der Verkäufer zog die Augenbrauen hoch. »Zum Arbeiten kommst nach Rabenstein?«

»Na ja, nicht wirklich arbeiten. Ich … muss ein Interview führen. Den Rest der Zeit verbringe ich schon auch im Spa.«

»Ein Interview?« Der Verkäufer warf einen Blick auf die Packung der Blasenpflaster, dann tippte er einen Betrag in die hochmoderne Kasse, die so gar nicht zum Rest des Dorfladens passen wollte. »Wer in Rabenstein ist denn so berühmt, dass er von einer Österreicherin interviewt würde?«

Vera zögerte. Sie hatte Angst davor, dass der Verkäufer ebenso abwehrend reagierte wie die Carabiniera und der Bauer, der sie gestern Abend gerettet hatte. Sie suchte nach den passenden Worten, doch Anna kam ihr zuvor.

»Der Mann, der auf dem Einödhof lebt.«

Es war faszinierend, wie der offene Ausdruck aus dem Gesicht des Verkäufers verschwand und sich seine Miene verfinsterte.

Anna schaute verwirrt zu Vera. »Was ist mit ihm?«, fragte sie unschuldig.

»Vierzehn neunzig. Tüte?« Es war offensichtlich, dass er nicht mit ihnen über den Einsiedler sprechen wollte.

Vera zählte das Geld heraus, dann fasste sie sich ein Herz und wiederholte die Frage ihrer Freundin. »Was ist mit dem Einsiedler?«

Der Verkäufer rang mit sich, dann meinte er: »Vergesst das Interview!«

»Wieso?«

»Er … Lasst es einfach bleiben. Genießt die Tage im Spa und bleibt im Hotel. Der Kerl ist gefährlich.«

Und wieder lief Vera ein Frösteln über den Rücken und sie schämte sich dabei.

28. September, vormittags, Rabenstein

»Schließt noch die Geräte an, dann seid ihr für heut entlassen.« Maria wischte sich eine Haarsträhne aus der Stirn, die sich aus ihrem Haarkranz gelöst hatte. Als Vorsitzende des Kirchenvereins und Alleinorganisatorin des Patroziniumsfestes hatte sie alle Hände voll zu tun und wegen des scheußlichen Wetters noch mehr als sonst.

Weil die Wettervorhersage auch für das Wochenende nicht besonders günstig war, hatte sie alle verfügbaren Männer des Dorfes für den Bau einer Überdachung eingespannt. Diese bot Platz für etwa zweihundert Leute. Mehr würden bei diesem Sauwetter auch nicht am Fest teilnehmen. Nach dem Mittagessen kämen die anderen Mitglieder des Kirchenvereins. Dann würden die Bänke aufgestellt und der Festbereich dekoriert werden. Morgen in aller Frühe fiel dann hoffentlich pünktlich eine Schwadron Frauen ein, die Krapfenteig kneteten, Tirtln – frittierte Teigtaschen mit Spinatfüllung – buken und Knödel rollten. Der Rest würde von allein laufen. Am Ende zählte doch nur, dass genügend Schnaps vorrätig war.

Während Maria ihre To-do-Liste durchging, um sicherzugehen, dass sie nichts Wichtiges vergessen hatte, hörte sie den Streifenwagen der Carabinieri den schmalen Feldweg herankommen. Sie legte ihr

Klemmbrett zur Seite. Was wollte die Carabiniera schon wieder von ihr? Hatte sie nicht unmissverständlich gesagt, dass sich keine Uniform auf dem Festplatz blicken lassen sollte? Mit vor der Brust verschränkten Armen lief sie Gabi entgegen.

»Maria.«

»Ich sag das Fest nicht ab.«

Gabi seufzte. »Ich weiß. Ich komme wegen was anderem. Meine Schwiegermutter ist weg. Hast du sie vielleicht gesehen?«

»Die Zirmerin?«

Maria schüttelte den Kopf. »Sie hat aber doch nicht das *›Rennate‹*, oder?« Viele alte Menschen mit Demenz begannen auf ihre alten Tage umtriebig zu werden und hauten ihren Betreuungspersonen ständig ab, doch die Zirmerin war im Kopf noch völlig in Ordnung, soweit sie wusste.

»Wir haben sie für drei Tage ins Heim geben wollen. Wegen … du weißt schon.« Hilflos sah sie Maria an. »Das hat sie falsch verstanden.«

Diese lachte auf. »Das hätt ich an ihrer Stelle genauso falsch verstanden.«

»Meinst?«

»Ja, klar. Kein Wunder, dass sie euch abgehauen ist. Aber nein, bei mir ist die Kattl nicht aufgetaucht.«

»Wenn sie auftauchen sollte, rufst mich an, gell?«

»Mach ich.« Maria hob den Zeigefinger. »Dafür lässt du mir mein Fest in Ruhe! Ich will keine einzige Uniform hier sehen.«

Gabi seufzte. »Ich wünschte, du würdest es abblasen.«

»Nein.«

»Die Kollegen kommen heute Nachmittag an.«

»Keine Uniform! Von mir aus in Zivil. Aber die sollen sich benehmen. Du weißt schon, wie normale Leute.«

»Maria, bitte!«

»Nein. Von mir aus sollen sie oben beim Einödhof kampieren. Dann können sie ihn gleich fassen, wenn er das Haus verlässt.«

»Woher willst du wissen, dass er's ist?«

»Wer sonst?« Maria konnte an dem leichten Zögern in der Miene der Carabiniera sehen, dass auch sie Zweifel an der Unschuld des Einsiedlers hegte. Und noch etwas anderes stand darin. Schuld. Und diese Schuld war neu.

Doch bevor sie nachhaken konnte, nickte ihr die Carabiniera zu. »Meld dich, wenn meine Schwiegermutter auftauchen sollte.« Dann stieg sie zurück in den Streifenwagen, wendete und holperte damit über den Feldweg davon.

28. September, vormittags, Einödhof

Heute würde er Vera Profanter zum ersten Mal gegenüberstehen. Sie würde ihre Fragen stellen und er würde erzählen – lang und ausschweifend. Natürlich würde die Zeit nicht ausreichen und darum müsste sie morgen wiederkehren.

Am Lostag.

Würde sie sterben? Würde sie überleben?

Er hatte Angst.

Wenn sie starb, trüge er die Schuld daran. So wie er die Schuld am Tod all der anderen Frauen trug, die an den Michaelistagen zu Tode gekommen waren.

Seine Eingeweide verkrampften sich. Er wollte nicht, dass noch jemand starb. Er wollte, dass es aufhörte. Doch dafür musste er Vera Profanter als mögliches Michaelisopfer präsentieren. Nur mit ihr hatte er im vergangenen Jahr Kontakt gehabt, deshalb musste sie hier sein.

Müde wischte sich Schneider über das Gesicht. Noch ein Tag, dann würde sich entscheiden, ob er den Fluch brechen konnte oder nicht.

Bis dahin wollte er vorbereitet sein. Es gab noch einiges zu tun. Seine Idee, bis zum Ende des Michaelistags auf seiner Bank zu sitzen, hatte er verworfen. Noch nie war es ihm gelungen, lange still zu sitzen. Deshalb streifte er seit dem frühen Morgen durch den

Wald unter dem Einödhof. Die Zirmerin war ihm begegnet. In den Augen der verrückten Alten hatte sich seine Angst gespiegelt.

»Ich glaub nicht, was sie über dich sagen«, hatte sie ihm nachgeschrien. Pure Heuchelei. Katharina Unterberger war die größte Klatschtante in Rabenstein. Sie hatte die Gerüchte über ihn in die Welt gesetzt und erhielt diese Märchen am Leben. Nur deshalb hatte er ihr nicht geraten, schleunigst den Wald zu verlassen. Nein, er war einfach weitergegangen und hatte die Alte sich selbst und ihrem Schicksal überlassen. Sollte sie sich doch in ihrer unsäglichen Dummheit im Nebel verlaufen. Schneider hoffte sogar, dass sie dem Mörder begegnete. Nicht weil er ihr den Tod wünschte, sondern damit endlich die Wahrheit ans Licht kam.

28. September, vormittags, Carabinieri-Station Rabenstein

»Guten Morgen.«

»Ein beschissener Morgen ist das.« Gabi pfefferte ihre Jacke auf den Schreibtisch und ließ sich in ihren Bürosessel fallen.

Alfred sah sie verwundert an. »Was ist los?«

»Meine Schwiegermutter ist abgehauen.«

»Wieso? Ist sie etwa auf ihre alten Tage …«

»Nein, sie ist nicht dement, nur halsstarrig und von blühender Fantasie. Sie ist abgehauen, weil wir sie für die nächsten drei Tage in einem Heim unterbringen wollten. Weit weg vom Schuss.«

»Wegen …?«

»Ja, *wegen*. Und ich weiß selbst, dass ich seit Wochen sage, du sollst den Teufel nicht an die Wand malen, aber …« Gabi warf die Hände in die Luft. »Sie ist nun mal meine Schwiegermutter und immer dort, wo sie am wenigsten hingehört. Und man weiß ja nie … Auf unseren Rat hört sie nicht. Und da dachten wir …«

»… dass es gut wäre, wenn die Kattl weit weg vom Schuss ist, während du Rabenstein rettest.«

»So was in der Art, ja.« Gabi legte frustriert den Kopf zurück. »Und jetzt muss ich auch noch dieses dickköpfige Weibsbild suchen lassen. Nur gut, dass heute die Kollegen aus der Landeshauptstadt kommen.«

Alfred nickte. »Hast du ein Bild von ihr?«

»Du weißt doch, wie sie aussieht.« Gabi sah ihn verständnislos an, aber dann verstand sie. »Natürlich! Die Kollegen aber nicht. Wart mal …« Sie zog ihr Mobiltelefon aus der Tasche und scrollte durch ihre Foto-App. »Da! Gut getroffen, oder?« Sie hielt Alfred das Handy hin und der musste unwillkürlich grinsen.

»Hm, spiegelt genau ihren Charakter wider.«

Gabi verkniff sich ein Grinsen. »So kann man es auch formulieren.« Sie betrachtete das Bild ihrer Schwiegermutter. Ja, freundlich wirkte die Zirmer-Kattl nicht unbedingt. Im Gegenteil, sie sah richtig bösartig aus.

»Mach dir keine Sorgen, Gabi. Du weißt doch: Eine Moidl hält dem Haus Verbrecher fern, eine Nandl sorgt dafür, dass es in der Nachbarschaft sicher bleibt. Und eine Kattl …«

»… schützt ein ganzes Dorf vor dem Bösen. Eigentlich müsste der Michaelismörder vor ihr Reißaus nehmen.«

»Vielleicht ist ja sie der Michaelismörder.«

»Dann wären die Frauen nicht zu Tode gestürzt, sondern zu Tode gekeift worden.« Gabis Mundwinkel verzogen sich jetzt doch zu einem Grinsen. »Na ja, das Foto warnt in jedem Fall die Kollegen. Sobald die Kattl auch nur eine Uniform sieht, zieht sie die Mistgabel hervor und geht auf den bösen Walschen los.«

»Ich frage mich jeden Tag, wie du's mit ihr aushältst.«

»Na ja …« Gabi wollte nicht ausschweifend darüber lamentieren, wie sehr sie unter ihrer Schwiegermutter litt. Jetzt ging es erst einmal darum, sie zu finden. Und das möglichst noch, bevor die Nacht hereinbrach. »Ich frage mal nach, ob sie die Verstärkung auch schon früher schicken können. Vielleicht sage ich einfach, dass die Kattl doch dement ist. Könnte die Sache beschleunigen, oder?«

»Einen Versuch ist es wert«, erwiderte Alfred und hievte sich hoch. »Ich mache den Wagen klar. Wir starten wohl besser sofort.« Er verschwand nach draußen und Gabi schickte ihre E-Mail an die Landeszentrale ab, bevor sie sich einen schnellen Anruf bei Erwin erlaubte.

»Hast du sie?«

»Nein.«

»Und bei dir?«

»Auch nichts. Aber meine Schwester hat sich heute freigenommen und bleibt im Haus. Sollte die Mutter dort erscheinen, ruft sie mich sofort an.«

»Gut. Ich habe Verstärkung angefordert, aber vielleicht …«

»Ich gehe sie jetzt suchen. Vielleicht wollte Mutter auch nur in die Pilze.«

»Um die Zeit?«

»Ich weiß …« Erwin schien ehrlich zerknirscht. Doch Gabi konnte den miesen Verdacht nicht zur Seite schieben, der seit dem Morgen in ihrem Kopf kreiste.

»Erwin?«

»Ja?«

»Du hast nichts damit zu tun, oder?«

Schweigen trat am anderen Ende der Leitung ein.

»Erwin?«

Statt einer Antwort ertönte das Freizeichen. Gabi ließ das Telefon sinken. Na, bravo! Das hatte sie toll hingekriegt. Die Schwiegermutter verschwunden, der Lostag stand kurz bevor und jetzt war auch noch Erwin beleidigt.

Im Hinausgehen tippte sie eine Nachricht an ihn.

Tut mir leid. Ich musste fragen.

28. September, vormittags, Wald unter dem Einödhof

Verdammt! Was macht die alte Hexe hier? Und wieso sieht es aus, als würde sie zum Kampieren in meinen Bunker gehen? Wieso geht sie überhaupt in den Bunker? Ich dachte, dass niemand außer mir davon weiß. Kein Mensch ist jemals hier aufgekreuzt. Der Bunkereingang ist halb eingestürzt. Keiner hat jemals daran gedacht, ihn aufzurichten. Bis ich gekommen bin.

Und jetzt stört mich diese verrückte Alte. Ich verstecke mich hinter dem Baum, wohin ich mich zum Pissen verzogen habe, und beobachte den Bunkereingang. Sie wird bald wissen, dass ich hier bin. Dort drinnen brennt die Gaslampe neben meinem Schlafsack. Sie wird die Tasche mit den Vorräten finden. Verdammt!

Ich gebe ihr zehn Sekunden, um sich von dem Schrecken zu erholen, dass da im Bunker jemand lagert, in dem sie weiß Gott was vorhat. Zehn Sekunden, dann komme ich hinter dem Baum hervor und greife mir die Hexe ...

Heute wirkt ein anderer deine Zauber.

Vor vier Jahren, 29. September, später Nachmittag,

Graz, Klostergasse 17

»Ja?«

»Ich bin's. Wilhelm. Iris, darf ich um ein kurzes Gespräch bitten?« Schneiders Stimme klang atemlos, gepresst. Genauso, wie er sich fühlte. Er musste mit jemandem reden. Iris war nicht unbedingt seine erste Wahl, aber sie kannte gegebenenfalls die Zusammenhänge.

»Kann das nicht bis morgen warten?«

»Nein, bitte! Iris, es ist was vorgefallen. Ich … brauche deine Hilfe.«

Der Summer ertönte. »Komm rauf!«

Wenig später stand Schneider in der Wohnung seiner Vorgesetzten, die ihm in einem schlabbrigen Hausanzug die Tür geöffnet hatte. »Schau dich nicht um, mach keinen Kommentar zu dem Chaos. Sag einfach, was du zu sagen hast.«

Schneider hatte nicht vorgehabt, irgendwelche Kommentare zu machen. Schon gar nicht zu dem Chaos in der Wohnung, das tatsächlich beträchtlich war, ihn aber nichts anging. Der Grund für seinen unangemeldeten Besuch war weitaus gravierender als das bisschen Unordnung. Er setzte zum Reden an, brachte aber kein Wort heraus. Seine Kehle war wie ausgedörrt.

»Wasser?«

Schneider nickte, stürzte das Wasser hinunter, das Iris ihm kurz darauf reichte. »Eva ist tot«, flüsterte er und ließ sich auf einen der Stühle am Küchentisch fallen. Die drei Worte fühlten sich unwirklich an, doch jetzt waren sie ausgesprochen.

Iris hielt das leere Glas in der Hand und starrte ihn entgeistert an. »Was … was ist passiert?«

»Die Polizei war vorhin da. Eva ist beim Talübergang Lavant von der Autobahnbrücke gestürzt.«

»Wie bitte?«

Das Wasserglas knallte auf die Fliesen, zerschellte in tausend Teile. Iris kümmerte sich nicht darum, sondern setzte sich zu Schneider an den Küchentisch.

»An derselben Stelle wie vor einem Jahr Janine«, murmelte Schneider und blickte auf. »Ich wusste nicht, mit wem ich sonst darüber sprechen soll. Das kann doch kein Zufall sein.«

Iris war leichenblass geworden. »Nein, ganz sicher nicht.«

Schneider vergrub sein Gesicht in den Händen. Am liebsten hätte er wieder geweint, sich irgendwo verkrochen. Aber das durfte er nicht. Nicht jetzt. »Die Polizisten haben mich nach einem Alibi gefragt. Die glauben, dass ich Eva getötet habe. Und wenn sie erst darauf kommen, dass es dieselbe Autobahnbrücke ist, werden sie bald feststellen, dass Janine nicht freiwillig gesprungen ist.«

»Wilhelm, ich … Das ist doch alles Irrsinn!« Iris sprang auf und holte eine Flasche aus dem Kühlschrank. »Ich brauche jetzt einen Schnaps.«

Ohne zu fragen, stellte sie zwei Gläser auf den Tisch, daneben die Flasche. Sie war bereits zur Hälfte leer.

Ist Iris zur Säuferin geworden? Das Chaos in ihrer Wohnung würde dazu passen, dachte Schneider, rügte sich aber im nächsten Moment. Wer war er, um über Iris zu urteilen? Er hatte sie doch selbst mit in den Abgrund gezogen. Vor genau einem Jahr.

Er wusste damals nicht, was er von der Direktorin zu erwarten hatte, als er nach der Sache mit Janine zu ihr gekommen war. Vielleicht, dass sie ihn suspendierte, als widerlichen Verführer beschimpfte, als Pädophilen, der sich an Minderjährigen vergriff und den Ruf der Lehrerschaft in den Schmutz zog. Vor einem Jahr hatte Schneider geglaubt, dass sich der schwarze Schatten, der über jedem Mann hing, der mit Jugendlichen zu tun hatte, nun auf ihn gesenkt hatte. Doch dann war die Reaktion seiner Chefin so ganz anders ausgefallen.

28. September, mittags, Hotel Alpenrosenhof

»Ihr habt's ja ein Glück. Seit sechs Wochen regnet's bei uns und kaum dass ihr da seid's, reißt der Himmel auf. Und was das für ein schöner Anblick ist, oder?« Die Gastwirtin, die in ihrem Dirndl hinter dem Empfangstresen stand, sah richtig glücklich aus.

»Bei uns hat's auch ständig nur geregnet in den letzten Wochen.« Vera verdrehte die Augen. »Schön, dass Rabenstein für uns ein paar Sonnenstrahlen auf Lager hat.«

»Wir tun unser Möglichstes für unsere Gäste.« Die Blondine präsentierte eine schier endlose Reihe weißer Zähne. »Dann? Wo soll's denn hingehen heute?«

»Also ich will die Knappenkapelle sehen, die in dem Prospekt abgebildet ist.« Anna deutete auf den Tresen, wo diverse Prospekte für Touristen bereitlagen.

»Und ich hab ein Interview mit einem hiesigen Dichter.«

Die Gastwirtin riss die Augen auf. »Wir haben einen Dichter in Rabenstein?«

»Sogar einen guten. Sein Text wird im Grazer Wochenblatt abgedruckt. In den *Literarischen Seiten.* Und vor diesem Hintergrund mache ich ein Porträt von ihm.«

»Gibt's das?« Die Gastwirtin schüttelte ungläubig ihre blonden Locken. »Und darf man fragen, wer dieser ominöse Dichter ist? Vielleicht will er mal eine Lesung in unserer *Künstlerstubm* machen? Wir haben immer wieder Veranstaltungen für unsere Gäste dort. Muss ja nicht immer nur Musik sein.«

»Ich kann ihn fragen«, bot Vera an. »Aber Sie kennen ihn sicher besser. Es ist Wilhelm Schneider, der oben auf dem Einödhof wohnt.«

In dem Moment, als Vera den Namen des Dichters erwähnte, erbleichte die Gastwirtin und ihre Kinnpartie erschlaffte. »Jesus, Maria und alle Heiligen!«, stieß sie hervor.

Vera hatte die Reaktion kommen sehen. »Wieso?«, fragte sie trotzdem.

»Der Schneider ist der Dichter? Und Sie gehen da hoch? Zu ihm?«

»So ist es geplant.« Vera nickte, schaute die Gastwirtin aber eindringlich an. Würde sie von ihr vielleicht mehr erfahren als von allen anderen, die nur vage Andeutungen gemacht hatten? »Was ist denn mit ihm?«, hakte sie nach und hoffte auf eine Antwort.

Viel zu schnell schüttelte die Gastwirtin den Kopf. »Nein, nein. Nur … na ja, wenn ich Sie wär, würd ich da nicht hoch. Nicht heut. Und morgen schon gar nicht. Es ist … zu gefährlich.«

»Zu gefährlich?«

»Ja, alles nass. Die Wurzeln, der Waldboden, die Felsen da oben. Gehen'S lieber nicht rauf.«

Vera fühlte Enttäuschung in sich aufsteigen. Es war, wie der Dichter es beschrieben hatte. Jeder war ihm gegenüber negativ eingestellt, aber die Vorwürfe waren nicht greifbar, und so konnte er sich nicht einmal dagegen verteidigen. Der Wunsch in Vera wuchs, an seiner Stelle aufzubegehren, den Menschen einen Spiegel vorzuhalten. »Aber …«

»Wir hätten heute einen Schnitzkurs für unsere Gäste – mit einem Meisterschnitzer aus Gröden. Habt's nicht Lust mitzumachen?«

Anna drehte sich zu Vera und schnitt eine Grimasse, die so viel bedeutete wie: Total irre, die Frau.

»Nein, danke«, sagte Vera. »Aber aufs Abendessen freue ich mich schon richtig. Das war so gut. Gibt's heute wieder Fisch?«

»Ja … nein … Ich … Da müsst ich nachschauen.« Die Blondine schien völlig aus der Fassung und haderte mich sich, ob sie nach hinten in den Büroraum gehen sollte, um das Menü zu checken, oder weiter versuchen sollte, die Frauen von ihrem Vorhaben abzuhalten. Unschlüssig huschten ihre blauen Augen von rechts nach links.

»Machen Sie sich keine Sorgen. Wir sind vorsichtig und zu zweit im Wald. Sollte wirklich eine von uns so doof sein, auf den nassen Wurzeln auszurutschen, kann die andere sich um die Rettung kümmern. Da passiert nichts.«

Die Gastwirtin sah nicht so aus, als sei sie überzeugt, aber sie sagte nichts mehr. Doch als Vera und Anna das Hotel durch den Haupteingang verlassen hatten, griff sie zum Telefonhörer. »Carabinieri von Rabenstein? Ich habe ein Problem …«

28. September, kurz nach Mittag, Wald bei Rabenstein

»Die ist doch merkwürdig oder kommt nur mir das so vor?«

Anna schüttelte den Kopf. »Nö, extrem merkwürdig. Ab dem Moment, als du den Namen gesagt hast, war sie völlig fertig.«

»Ja, nicht wahr?« Vera ließ in Gedanken die Reaktion der Gastwirtin noch einmal Revue passieren. »Ich glaube, genau das ist es, was er in seinem Gedicht beschreibt. Kannst du dich erinnern?« Aus dem Gedächtnis rezitierte sie die Stelle: *»Und mit ausgestreckten Fingern zeigen sie auf ihn. ›Du bist schuld. Du. Du. Du.‹* Genau das ist es, was er gemeint hat. Er hat irgendwas angestellt, das sie ihm im Dorf einfach nicht verzeihen. Was könnte das sein?«

»Keine Ahnung. Vielleicht auch gar nichts und die Frau hat sich plötzlich erinnert, dass sie vergessen hat, das Gas in der Küche abzuschalten. Oder sie hatte mal eine Affäre mit dem Kerl. Oder weiß der Geier.«

»Das ist die Wirtin, nicht die Köchin, Anna. Und eine Affäre, echt jetzt? Dann müsste das halbe Dorf mit diesem Schneider geschlafen haben. Nein … es muss etwas Gravierendes sein, was man ihm vorwirft. Sie und das ganze Dorf. Und ich werde herausbekommen, was es ist.« Anders als bei ihrem

Vater hoffte Vera, mit Wilhelm Schneider sprechen zu können, zu ihm durchdringen zu können. Er hatte sein Gedicht nicht ohne Grund eingereicht. Er wollte, dass sie die Wahrheit erfuhr und die Zeitung darüber berichtete. Oder?

»Ich bin nicht so sicher, ob ich dir die Daumen drücken soll, dass du eine krasse Story findest. Entweder ist dieser Schneider durchgeknallt oder aber das gesamte Dorf.« Anna sah ihre Freundin wachsam an. »Wär's dir lieber, ich bin bei dem Interview dabei? Du weißt doch, in jedem Gerücht steckt auch ein Fünkchen Wahrheit.«

Vera winkte ab und lief weiter. »Nein. Sei mir nicht böse, Anna, aber ich glaube, das würde mich stören. Und den Dichter gegebenenfalls auch. Wenn er wirklich eine brisante Geschichte zu erzählen hat, dann muss ich mit ihm allein sein. Verstehst du? Ich bin sicher, dass er nicht böse oder durchgeknallt ist. Wer so einfühlsam schreiben kann, hat ein gutes Herz.«

»Wenn du meinst …« Anna wirkte nicht überzeugt. »Ich könnte auch nur auf der Bank vor dem Haus sitzen und auf dich warten. In Rufweite sozusagen.«

Vera lächelte ihre Freundin dankbar an. »Du bist lieb. Aber lass nur. Lass es uns so machen, wie wir es geplant haben. Du wanderst zu dieser Knappenkapelle, machst ein paar tolle Bilder und holst mich auf dem Rückweg ab.«

»Alles klar. Du bist der Boss.« Anna grinste und machte einen Ausfallschritt. Der Waldweg war tatsächlich glitschig und wo die Sonnenstrahlen die Baumkronen durchbrachen, stieg Dunst auf und kräuselte sich im Licht.

»Der Wald ist so romantisch«, schwärmte Vera. »Riech mal, wie es hier duftet.«

Auch Anna sog genussvoll die Luft ein. »Herrlich!«

Sie erreichten die Stelle, wo der Pfad in die Forststraße mündete. Ab hier ging es zügiger voran. Die beiden Frauen gönnten sich ein paar Minuten Stille, um die Atmosphäre in sich aufzunehmen. Der Wald wirkte, als erwache er gerade aus einem Zauberschlaf. Die Sonne schickte ihre Strahlen durch die Baumkronen. Myriaden Regentropfen glitzerten an den Nadeln der Kiefern wie funkelnde Diamanten. Einzelne Lärchen leuchteten wie goldene Tupfer über sattem Moosgrün. Der blaue Himmel bildete das Highlight auf der imaginären Postkarte aus dem Märchenland.

Als sie den Felsen erreichten, wo der Bauer sie am Abend zuvor aufgelesen hatte, hörten sie vom Tal her ein Motorengeräusch und staunten nicht schlecht, als wenig später ein Streifenwagen der Polizei neben ihnen zum Stehen kam.

»Patente, Libretto?« Anna grinste den Carabiniere an, der die Scheibe in der Fahrertür herunterließ. Er war derselbe wie am Tag zuvor.

»Ah, man kennt sich.« Alfred grinste aus dem Wagen.

»Fahren in Rabenstein die Carabinieri auch Streife auf dem Berg?«

»Manchmal.« Alfred würgte den Motor ab und stieg aus. Auf der anderen Seite tauchte der Kopf der Beamtin auf, die tags zuvor im Streifenwagen gesessen und die Papiere kontrolliert hatte. Sie sah besorgt aus.

»Kleine Wanderung?«

Vera und Anna nickten.

»Das Interview?«

Vera nickte, während Anna erklärte: »Nur sie. Ich geh hinauf zur Knappenkapelle.«

Die beiden Beamten wechselten einen Blick.

»Möchten Sie eine Mitfahrgelegenheit?« Der Carabiniere deutete auf den Streifenwagen.

»Hui, das wäre super! Ich wollte schon immer mal in einem Polizeiwagen sitzen«, meinte Anna begeistert. »Legen Sie uns auch Handschellen an?«

»Natürlich nicht.«

»Och, schade.«

Vera hielt ihre Freundin zurück, die schon im Begriff war, in den Streifenwagen zu steigen. »Wolltest du nicht wandern?«

»Ja klar, aber ich lass mir doch nicht die Gelegenheit entgehen, mit Tatütata da hochzufahren. Wandern kann ich immer noch.«

Alfred zog eine Augenbraue nach oben. Er mochte ganz offensichtlich keine Touristen. »Wir können nur bis zum Einödhof fahren. Von dort aus gibt es lediglich einen Ochsenkarrenweg. Da müssen Sie dann schon selbst …«

»Ist klar. Also … Vera, gib dir einen Ruck!« Und schon kletterte Anna in den Wagen.

Widerwillig folgte Vera ihrer Freundin. Erstens konnte sie einer Fahrt im Streifenwagen nicht so viel abgewinnen wie Anna, und zweitens würde sie so viel zu früh beim Einödhof sein. Dem Dichter wäre das vielleicht nicht recht. Womöglich machte er gerade sein Mittagsschläfchen oder hatte im Stall zu tun … Man wusste ja nie.

»Warum sind Sie auf dem Berg unterwegs«, fragte Anna, die sich im Fond des Wagens neugierig umschaute. »Sie wollen mir doch nicht ernsthaft weismachen, dass da oben ein Verbrechen passiert ist, oder?«

Die beiden Beamten wechselten stumm einen Blick, bevor die Frau zögerlich meinte. »Nein. Kein Verbrechen. Wir … suchen eine Seniorin, die abgängig ist.«

»Oh, das ist ja schrecklich.«

»Ja. Sie lebt auf dem Zirmer-Hof etwas weiter unten im Tal. Da sie im Dorf nirgends gesehen wurde, suchen wir jetzt hier am Berg. Also wenn Sie eine alte Dame sehen …«

»Dann haken wir sie unter und bringen sie mit«, versprach Anna. »Wie sieht sie denn aus?«

Die Carabiniera zog ihr Mobiltelefon heraus, wischte darauf herum und zeigte den beiden Frauen ein Foto.

»Hui! Eine von der freundlichen Sorte.« Anna schnitt eine Grimasse.

»Ja, ein Sonnenschein ist sie nicht. Auf jeden Fall müssen wir sie vor Einbruch der Dunkelheit finden, sonst …« Die Carabiniera unterbrach sich, fuhr dann aber hastig fort. »Sonst könnte sie erfrieren. Es wird ein Kälteeinbruch erwartet und neuer Niederschlag.«

»Aber heute Nachmittag hält das Wetter, oder?« Anna warf einen besorgten Blick Richtung Himmel. Über dem Gipfel war das Blau des Herbsthimmels schon wieder durch dunkle Wolken verdeckt.

Der Carabiniere seufzte. »Als wäre es damit nicht schon genug … Zu weit würde ich heut nicht gehen.«

»Ist die Knappenkapelle zu weit?«

»Na ja …«

»Dann bleibe ich wohl doch lieber auf der Bank vor dem Haus sitzen«, meinte Anna eingeschüchtert.

Vera überlegte, was der Polizist gemeint haben könnte. Nicht nur den Regen, oder? »Ich beeile mich«, sagte sie zu Anna, die traurig auf die herannahenden Regenwolken blickte.

»So, meine Damen. Endstation. Ich werde mit dem Einsiedler sprechen. Vielleicht hat er unsere Flüchtige gesehen.« Während der Polizist ausstieg, nickte seine Kollegin kaum merklich.

»Zur Knappenkapelle geht's da lang.« Der Carabiniere deutete Richtung Gipfel, über dem ein düsteres Licht lag.

»Äh, nein. Ich glaube, ich warte lieber hier … Oder ich fahre mit Ihnen ins Tal hinunter.«

»Wir lassen den Wagen hier stehen und sehen uns ein bisschen im Wald um«, erklärte der Polizist. »Später können Sie dann gern wieder mit zurück.«

»Okay, dann warte ich … hier.« Anna sprang aus dem Wagen und steuerte auf die Holzbank zu, auf der tags zuvor der Dichter gesessen und in den Nebel gestarrt hatte. Dort ließ sie sich nieder und reckte ihr Gesicht gen Himmel. »Das ist gut.«

»Na dann …« Der Carabiniere sah auffordernd zu Vera. »Kommen Sie, gehen wir rein!«

Vera passte es gar nicht, von einem Uniformierten begleitet zu werden. Was würde Schneider denken, wenn sie mit der Kavallerie ankam? Mit einem Blick zu ihrer Freundin meinte sie: »Bis gleich.« Sie wusste jetzt schon, dass sie die Eile bereuen würde. Missmutig folgte sie dem Carabiniere. Die Situation lief aus dem Ruder. Sie hatte allein kommen und sich Zeit nehmen wollen. Stattdessen war sie jetzt viel zu früh hier und überfiel den Dichter förmlich.

Ein entspanntes Interview begann definitiv anders.

Gemeinsam mit dem Polizisten umrundete Vera das Gebäude. Auf der Westseite gab es einen kleinen Vorbau, unter dem Holzscheite bis zum Dach gestapelt waren, daneben eine grün lackierte Holztür. Die Fensterläden waren in derselben Farbe gestrichen. Die für die Gegend üblichen Geranienkästen fehlten, dafür standen knöchelhohe Gummistiefel auf einem robusten Fußabtreter und an der Wand lehnte ein stilechter Reisigbesen.

Der Carabiniere klopfte an die Tür, die sich Sekunden später öffnete. Vera war gespannt gewesen auf ihren Dichter und hatte sich ein gewisses Bild gemacht. Sie hatte sich vorgestellt, dass ihn eine Aura der Melancholie umgab, traurige Augen, in denen die Sehnsucht nach Erlösung stand. Als sie ihn gestern aus der Entfernung gesehen hatte, umgeben von Einsamkeit, mit diesem entrückten Blick, der sich im Nebel verlor, war es wie eine Bestätigung für sie gewesen, dass dieser Mann nichts dringlicher wollte, als von der Gemeinschaft akzeptiert zu werden, die ihn warum auch immer ausschloss.

Jetzt erhielt sie jedoch ein komplett anderes Bild. Wilhelm Schneider funkelte seine Besucher mit glühenden Blicken an und brummte: »Was willst du hier, Karpf?«

»Ich liefere nur deine Journalistin ab, damit du ihr deine Lügen auftischen kannst.«

»Kannst sie gleich wieder mitnehmen. Ich bin erst um drei mit ihr verabredet.«

»Als ob du sonst was zu tun hättest.«

Die beiden Männer maßen sich mit bösen Blicken.

»Die Carabinieri sind auf der Suche nach einer hilflosen alten Dame, Herr Schneider«, ging Vera dazwischen und hoffte, die Situation irgendwie retten zu können. »Und als sie uns auf der Straße gesehen haben, waren sie so freundlich gewesen, uns mitzunehmen. Deshalb bin ich zu früh, es tut mir leid. Bitte haben Sie Nachsicht mit einer Städterin, die gern vor dem Regen wieder im Tal sein möchte.« Sie bemühte sich um ein freundliches Lächeln und zeigte auf die heranziehenden Wolken am Himmel, der mit jeder Minute dunkler wurde. »Aber wenn Sie zu tun haben, warte ich natürlich gern. Zwischenzeitlich könnte ich ein paar Fotos machen, bevor das Licht weg ist. Und falls das auch nicht passt, komme ich Punkt 15 Uhr wieder.«

Vera hätte sich ohrfeigen können für diese Lawine an Belanglosigkeiten, die aus ihr heraussprudelte. Aber sie wollte die Aufmerksamkeit des Einsiedlers auf sich lenken, denn der Polizist vermieste ihrem Interviewpartner offensichtlich die Laune. Daher fuhr sie fort: »Der Herr Carabiniere wird auch gleich wieder gehen. Er wollte nur wegen der Frau fragen. Haben Sie eine alte Dame gesehen? Wie heißt sie noch gleich?«

»Die Zirmerin«, knurrte der Polizist und fixierte immer noch mit bösem Blick den Dichter.

»Zeigen Sie ihm das Foto«, drängte Vera den Carabiniere.

»Ich weiß, wie die Zirmerin aussieht. Und ja, ich habe sie gesehen. Am Vormittag. Da ist sie im Wald herumgeschlichen.«

»Wo?«

»Im Wald.« Schneider neigte den Kopf Richtung

Tal. »Inzwischen wird sie wohl nimmer dort sein.«

»Sehr witzig. Hat sie was gesagt?«

»Dass sie nicht glauben würde, was die Leute reden.« Schneider sah den Carabiniere auffordernd an. Vera hatte den Eindruck, dass er ihm etwas mitteilen wollte, das nicht für die Ohren einer Außenstehenden bestimmt war.

Der Polizist hielt dem Blick stand. »Die Leute reden, was die Zirmerin redet.«

»Wird wohl so sein. Wirst sie jetzt suchen gehen oder soll ich Kaffee machen?«

»Ich geh sie suchen. Und du … pass auf!« Er machte eine vage Geste Richtung Vera, die plötzlich fröstelte. »Wir lassen den Wagen beim Haus stehen. Und vor dem Haus sitzt die Freundin, also …«

»Ich werde aufpassen«, erwiderte Schneider in einer Doppeldeutigkeit, die Vera nicht gefiel.

Der Carabiniere nickte. »Dann wünsch ich ein gutes Interview.«

»Danke.« Sie zwang sich ein Lächeln auf die Lippen. Nach diesem Schlagabtausch fürchtete sich Vera beinahe davor, mit dem Einsiedler allein zu sein. Trotzdem wollte sie sich ihre Nervosität nicht anmerken lassen. Anna würde auf der Bank sitzen und die Polizisten kämen bald zurück.

»Also zu einer Tasse Kaffee sage ich nicht Nein.« Ihr Lächeln wurde breiter, ihr ungutes Gefühl stärker. Doch was sollte sie tun, schreiend weglaufen wie ein ängstliches Mädchen? Nein! Sie hatte den weiten Weg und die Unkosten nicht auf sich genommen, um wegen ein paar böser Blicke wieder umzukehren und am Montag mit leeren Händen in die Redaktion zu kommen. Schneider musterte sie eine stille Ewigkeit lang, dann zuckten seine Mundwinkel nach oben. Plötzlich wirkte er genauso, wie Vera es sich erhofft hatte. »Kommen Sie!«

28. September, nachmittags, Wald unter dem Einödhof

»Gern lass ich die zwei Frauen nicht allein da oben.« Alfred und Gabi stapften schnaufend durch den Wald unterhalb des Einödhofs.

»Wir haben den Streifenwagen nicht umsonst stehen gelassen. Falls Schneider doch der Killer ist, dient unsere Anwesenheit hoffentlich als Abschreckung.« Gabi sah sich suchend um. »Wo hat sich die alte Hexe nur versteckt?«

»Wir finden sie, keine Angst. Und natürlich ist Schneider der Killer.«

»Wenn sie nur nicht mit einer gebrochenen Hüfte irgendwo liegt.« Gabi überging Alfreds zweite Bemerkung. Sie hatte jetzt keine Lust auf Diskussionen, sondern wollte ihre Schwiegermutter finden.

»Die sitzt quietschfidel irgendwo unter einem Baum und unterhält Eichhörnchen mit Ratsch und Tratsch aus dem Dorf, wirst schon sehen.«

»Möglich wär's.« Doch Gabi hatte wenig Hoffnung, dass Alfred recht behielt. Ihr Bauchgefühl sagte etwas anderes. Mit der Befürchtung, dass hinter jedem Felsbrocken die Leiche ihrer Schwiegermutter liegen konnte, wanderte sie weiter über den Wildwechsel – einen schmalen Pfad, wo sonst nur Jäger unterwegs waren. Da sie hier nur hintereinandergehen konnten, war eine Unterhaltung schwierig. Alfred lief voraus und Gabi verstand kaum etwas von dem, was er in seinen nicht vorhandenen Bart grummelte, weshalb sie nichts mehr sagte und stattdessen in den Wald hineinhorchte.

Alfred ging langsamer und suchte immer wieder Halt an einem Baumstamm. Die Gegend war nichts für Spaziergänger. Bergseitig ragten nasse Felsen empor, zum Tal hin taten sich steile Abhänge auf. Wer hier nicht aufpasste, riskierte mit einem Sturz in die Tiefe sein Leben. Sie folgten dem Pfad, bis er irgendwo an einer Schlucht einfach endete. Unten rauschte ein Wildbach, über ihnen rauschten die Baumwipfel und plötzlich verschwand das Licht. Ein Blick nach oben erklärte Gabi den Grund. Dunkle Wolken, die eben noch über dem Gipfel gestanden hatten, zogen jetzt rasant Richtung Tal. Nicht mehr lange und der Regen würde wieder einsetzen.

»Wollen wir zurück?«

Gabi nickte. »Eine Wahl zwischen Pest und Cholera. Aber meine Schwiegermutter kennt sich aus, während die beiden Städterinnen keine Ahnung haben.«

»Ahnung vom Wetter oder unserem hübschen Geheimnis?«, stellte Alfred die sicherlich rhetorisch gemeinte Frage. »Wenn die Zirmer-Kattl inzwischen nicht aufgetaucht ist, verständigen wir die Bergrettung. Sollen die doch bei dem Sauwetter raus.« Er schaute ebenfalls zum Himmel. »Los, schnell zurück!«

Während über ihnen die Wolken stetig dunkler wurden, verfluchte Gabi ihre Schwiegermutter, die sie zu dieser halsbrecherischen Wanderung zwang. So war es immer. Irgendwelche egoistischen Draufgänger, zu denen Gabi die Zirmerin durchaus zählte, überschätzten ihre Fähigkeiten und mussten dann geborgen werden. Oft genug zahlten dabei die Retter mit ihrem Leben. Doch diese Genugtuung wollte sie ihrer Schwiegermutter nicht gönnen. Verbissen klammerte sie sich an Wurzeln, tastete sich Schrittchen für Schrittchen weiter, bis der Pfad wieder breiter wurde. Eine letzte ausgesetzte Stelle, bei der sie sich um eine Felsnase herumhangeln mussten, und dann …

Gabi blieb abrupt stehen. Alfred rumpelte in sie. »Was zum Henker …«, maulte er hinter ihr, verstummte dann aber. Vor ihnen auf dem Pfad lag ein regloser Körper. Der Körper einer Frau. Und ohne, dass er ein zweites Mal hinsehen musste, wusste Alfred, um wen es sich hier handelte.

28. September, nachmittags, Einödhof

Vera saß in der dunklen Stube des Einödhofs und sah sich um, während der Dichter in der Küche hantierte. Der Raum wirkte wie aus einem anderen Jahrhundert. Das einzige Zugeständnis an die moderne Zeit war eine Lampe hinter gewelltem Weißglas, die von der Decke baumelte. Wenigstens gab es Strom. Alle vier Wände waren mit dunklem Holz getäfelt, in einer Ecke der obligatorische Herrgottswinkel, allerdings ohne Blumen. Eine Pendeluhr, die nicht funktionierte. Ein Monatskalender, der den September von vor drei Jahren anzeigte. Ein großer Kachelofen, auf dem eine Flickendecke lag. Nichts hier zeugte von Leben. In der dunklen Stube roch es nach kaltem Rauch und Resignation.

Vera ließ ihren Blick durch die Fenster nach draußen wandern. Die Scheiben waren aus einfachem Glas, eine davon hatte einen Sprung. Im Winter boten sie sicher kaum Schutz vor der Kälte. Das Panorama davor war jedoch unvergleichlich. Eine Wiese mit Schafen, dahinter der Gipfel des Berges. Bei Sonne wirkte die Aussicht bestimmt romantisch. Doch der Himmel war jetzt düster und eine unheimliche Stimmung lag in der Luft.

Der Einsiedler unterbrach Veras Gedanken, als er mit zwei Tassen Tee aus der Küche kam und eine davon vor sie hinstellte. »Almkräuter. Selbst gepflückt«, sagte er.

»Danke.« Vera zog die Tasse zu sich her, trank aber nicht. Kaffee wäre ihr lieber gewesen. »Wollen wir mit dem Interview beginnen? Haben Sie etwas dagegen, wenn ich unser Gespräch aufzeichne?«

Statt einer Antwort hob Schneider seine Tasse an die Lippen. Vera deutete kein Veto als Einverständnis, legte ihr Diktiergerät auf den Tisch und schaltete es ein. »Erzählen Sie von sich. Wie sind Sie nach Rabenstein gekommen? Ihr Dialekt klingt nicht so, als wären Sie hier geboren. Eher … steirisch?«

»Sie haben ein feines Gehör.«

»Ich weiß, wie die Menschen in meiner Heimat reden. Also, Sie sind Steirer?«

»Ich stamme von hier, aber ich habe dreißig Jahre in Graz gelebt.«

»Daher auch das Wochenblatt?«

»Daher auch das Wochenblatt.«

»Was hat Sie zurück in diese Einöde verschlagen? Darf ich das fragen?«

»Sie dürfen.« Der Dichter umklammerte seine Tasse. »Vor vier Jahren ist meine Frau gestorben. Ich … war am Boden zerstört. Meine Schwester bot an, dass ich zu ihr ziehen könne. Auch sie hatte ihren Ehemann verloren und fühlte sich einsam.«

Vera ahnte, dass es da etwas gab, das er ihr nicht erzählen wollte. Doch sie hakte nicht nach. Noch nicht.

»Und Ihre Schwester?« Sie stellte ihre Frage mit leiser Stimme, beinahe als hätte sie Angst, ihn durch eine zu große Lautstärke zu vergrätzen.

»Sie wurde …« Schneider brach ab, als suchte er nach

den passenden Worten. »Sie ist zu Tode gestürzt.«

Vera hatte seinen Versprecher gehört und hakte nun doch nach. »Wurde?«

»Ist. Von der Straße abgekommen und unglücklich gestürzt … vor drei Jahren.«

»Das tut mir sehr leid.« Vera zog ihren Laptop aus der Tasche. Mehr aus Verlegenheit. Zwei Frauen im direkten Umfeld des Dichters waren kurz nacheinander gestorben. Zufällig, absichtlich? War das seine Story?

»Und Sie sind hiergeblieben.«

»Ja. Ich bin hiergeblieben. Wo sollte ich sonst hin?«

Vera fielen auf Anhieb hundert Orte ein ... Ganz sicher wäre sie nicht allein hier im Nichts geblieben, weit weg von der Zivilisation.

»Und Sie leben von der Schafzucht?«

Er schmunzelte. »Nein. Ich habe unser Haus in Graz verkauft und die Schafe meiner Schwester lediglich aus Nostalgiegründen behalten. Hier oben braucht man nicht viel zum Leben.«

»Verstehe.« Vera zögerte. »Was waren Sie von Beruf, bevor Sie …«

»Lehrer. Latein, Geschichte, Philosophie am Gymnasium in Graz. Als meine Frau starb, hatte ich nur noch ein paar Jahre bis zum Ruhestand. Den habe ich vorgezogen, insofern gibt es noch eine Pension.«

»Warum haben Sie nicht weitergearbeitet? Wäre es nicht besser gewesen, sich abzulenken, unter Menschen zu sein? Fehlt Ihnen das nicht?«

Ein Schatten legte sich über sein Gesicht. »Nein. Sie fehlen mir überhaupt nicht. Die *Menschen*.« Das letzte Wort sagte er mit so viel Verachtung in der Stimme, dass Vera zusammenfuhr.

Doch sie fasste sich schnell wieder.
»Aber mich haben Sie eingeladen.«
»Das habe ich.«
»Obwohl ich ein Mensch bin.«
»Sie sind anders.«
»Woher wollen Sie das wissen?«
»Ich habe Ihre Artikel gelesen.«
Vera fühlte, wie sich die Härchen in ihrem Nacken aufstellten, als Schneider das sagte. War er ein Stalker, der sie zu sich gelockt hatte? Stimmten die Gerüchte etwa doch?
»Und zu welchem Schluss sind Sie gekommen?«
»Dass Sie sich für andere einsetzen, für Menschen, die zu Unrecht verurteilt werden.«
»Menschen wie Sie?« Also hatte sie ihr Bauchgefühl doch nicht im Stich gelassen. Schneider wollte Gerechtigkeit. Stellte sich nur noch die Frage: Wofür?
Er musterte sie aufmerksam. »Beunruhigt Sie das jetzt?«
»Ein bisschen?« Vera suchte in seiner Miene nach Spott. Doch seine Züge spiegelten Sorge wider, ob er sie mit seiner Offenbarung verschreckt hatte.
»Das tut mir leid. Ich scheine eine beunruhigende Wirkung auf andere Menschen zu haben.«
Vera nickte. »Die Menschen geben Ihnen die Schuld am Tod Ihrer Schwester, oder?«
»Ja.«
»Und? War es Ihre Schuld?«
»Ja.«
Gänsehaut kroch über ihren Rücken. Was tat sie hier? Sie hatte den weiten Weg auf sich genommen – gegen den Willen ihres Chefs und statt mit Jakob

zusammen ein paar Tage in einem Wellnesshotel zu verbringen – und nun gab er ganz offen zu, dass er nicht unschuldig war?

»Ich trage die Schuld an ihrem Tod, weil ich hier war. Wäre ich in Graz geblieben, wäre sie noch am Leben. Vielleicht wären andere gestorben, aber sie … sie wäre noch am Leben.«

»Wie meinen Sie das?« Vera wurde schwindelig. Jeder Satz, den dieser Mann von sich gab, stellte eine Wende um hundertachtzig Grad dar. Von seinem Menschenhass zur Offenbarung, dass er sie gestalkt hatte. Und nun ein Schuldbekenntnis? Ihr Bauchgefühl war einen Scheißdreck wert!

»Ein Fluch. Wer sich mit mir abgibt, muss sterben.«

»Aha!« Vielleicht sollte sie doch von dem Tee probieren. Alpenkräuter, selbst gepflückt. Die wirkten bestimmt beruhigend auf den Magen. Oder war der Tee vergiftet? Schneider hatte seine Tasse zwar an die Lippen gesetzt, doch nichts getrunken. Vera schluckte trocken, während sie ihre nächste Frage formulierte. »Der Michaelis-Fluch?«

Schneider kratzte sich am Kinn.

»Ihr Gedicht. Es trägt diesen Titel.«

Der Ausdruck in seinem Gesicht, alles an ihm veränderte sich. Der bisher verschlossene Dichter wirkte plötzlich offen wie ein Buch. »Sie wissen es.«

»Deswegen bin ich hier.« Vera beugte sich vor. »Und ich werde Ihnen helfen, den Fluch zu brechen.«

»Das habe ich gehofft.«

28. September, nachmittags, Wald unterm Einödhof

Gabi bekam keine Luft mehr. Irgendwie war sie auf ihren Knien gelandet auf dem feuchten Waldboden, und da saß sie nun, die Finger in ihren Ausschnitt gehakt, um ihn weiter zu öffnen, nach Luft schnappend. Eine Hand klopfte auf ihren Rücken. »Atme, Gabi. Atme!« Dann presste ihr jemand etwas vor den Mund. Eine Tüte. Sie wollte sie wegschieben. Sie brauchte keine Tüte, was sie brauchte, war Luft. Doch die Hand war unerbittlich. »Atme hier rein, dann wird es besser!«

Und Gabi gehorchte. Es wurde besser, ihre Lungen füllten sich mit Luft, das Schwindelgefühl in ihrem Kopf nahm ab. Was jedoch nicht verschwand, war der leblose Körper. Es war eindeutig, wer dort lag. Das Schultertuch war unverkennbar. Ihre Schwiegermutter hatte es aus Restwollen gehäkelt. Und wäre das Wolltuch nicht gewesen, hätte sie die Zirmerin an der Kittelschürze erkannt. Jahraus, jahrein dieselbe. Oder an den grauen Wollstrümpfen, von denen Gabi wusste, dass sie bereits hundertmal geflickt worden waren. »Spare in der Zeit, so hast du in der Not«, hatte die Zirmerin immer wieder gepredigt, meistens gefolgt von »Ihr modernen Leut wisst ja nicht mehr, was sparen heißt. Kaum hat etwas einen Kratzer, schmeißt ihr es weg. Ihr müsstet's einen Krieg erleben, dann würdet ihr's schon lernen, dass die Sachen einen Wert haben.«

»Ist sie ... ist sie ...?« Gabi konnte es nicht aussprechen, dieses Wort, das so endgültig war.

»Ja.« Alfred hockte neben der Leiche. »Sie muss von da oben heruntergestürzt sein. Anders kann ich mir das Loch im Kopf nicht erklären, aber um mehr zu wissen, müssten wir einen Arzt holen.«

Gabi sah ihn verständnislos an. Erst nach ein paar Sekunden erkannte sie, dass er auf einen Befehl wartete. »Ja, ruf in der Landeszentrale an. Sie sollen auch gleich die Spurensicherung schicken. Ich ... ich brauche ...«

»Wo soll ich sie hinbestellen? Zum Einödhof?«

»Ja.« Umständlich kam Gabi auf die Beine. Ihre Knie fühlten sich wacklig an, doch die Marescialla wusste, dass jetzt keine Zeit für Befindlichkeiten war. Ihre Knie mussten funktionieren, ihr Verstand musste funktionieren. Sie atmete tief durch, wobei sie sich bewusst von der Leiche abwandte, dann streckte sie ihren Rücken und stählte sich. Etwas entfernt hörte sie Alfreds Stimme, als er mit der Landeszentrale telefonierte. Wenigstens hatte er Empfang, was hier auf dem Berg keine Selbstverständlichkeit war.

Gabi rief sich in Erinnerung, was im Fall eines Leichenfundes getan werden musste. Den Fundort vor Kontamination durch Wetter und Schaulustige sichern, die Identität der oder des Toten feststellen, Angehörige verständigen ... Die Angehörigen. Erwin! Sie musste Erwin verständigen. Schnell zog sie ihr Telefon aus der Tasche und tippte auf die Kurzwahltaste eins. Das Freizeichen ertönte, doch Erwin nahm nicht ab. Ärgerlich versuchte Gabi es noch einmal, dann noch einmal. Als er nach dem dritten Versuch wieder nicht ranging, kontrollierte sie mit der Tracker-App, wo ihr Mann sich herumtrieb. Vielleicht konnte sie jemanden in seiner Nähe erreichen. Kaum sprang jedoch die Karte mit dem Icon auf, das den Standort ihres Mannes oder vielmehr seines Handys anzeigte, drohten ihre Knie erneut nachzugeben. Er befand sich im Wald, gleich in der Nähe. Warum?

»Erwin, was hast du getan?«, flüsterte sie erstickt.

Im selben Augenblick fuhr ein Windstoß in die Baumwipfel und ein Brausen erfüllte die Luft. Dann öffnete der Himmel seine Schleusen.

28. September, nachmittags, Einödhof

»Für heute möchte ich aufhören.« Der Einsiedler lehnte sich zurück und verschränkte die Arme. Er hatte jetzt beinahe eine Stunde lang erzählt. Vom Tod einer Schülerin vor fünf Jahren, wie sehr er sich dafür bis heute hasste, weil er die Anzeichen nicht gesehen hatte. Von dem Schatten, der seit jenem Tag über ihm lag, der ihn keine Sekunde in Ruhe gelassen hatte. Vom Tod seiner Frau, wie er sich im Selbstmitleid gesuhlt hatte, statt zu verstehen, dass auch sie Hilfe benötigt hätte. Sie, Eva, die immer so stark und souverän gewesen war. Und er hatte über die Hyänen gesprochen, die sich an seinem Leid ergötzten. Wie sein Leben zur Hölle wurde, wie er gelernt hatte, die Menschen zu hassen und am meisten sich selbst. Und wie dann seine Schwester als rettender Engel ihre Hand ausgestreckt und ihn nach Rabenstein geholt hatte. Auf den Einödhof, fort von den zischelnden Zungen, fort von den ausgestreckten Fingern, den stechenden Blicken und dann … war auch sie gestorben. Durch einen Unfall, so sagte man. Auf jener Straße, die sie kannte wie ihre eigene Westentasche. Seine Geschichte war ein Trauerspiel in mehreren Akten, ein Drama, das sich niemand ausdenken konnte.

»Das respektiere ich natürlich.« Vera sah zum Fenster hinaus. Auch sie brauchte eine Pause, zumal das Wetter längst umgeschlagen war. »Ich denke, es ist höchste Zeit, ins Tal aufzubrechen. Wo bleiben eigentlich die Carabinieri?«

Der Dichter erhob sich. »Irgendwas wird sie wohl aufgehalten haben.«

»Denken Sie, die Polizisten haben diese Frau gefunden?«

»Wenn sich die Zirmerin nicht finden lassen will, dann wird sie auch nicht gefunden.«

»Sie haben eine Idee, wo sie sein könnte.«

»Da wissen Sie mehr als ich.«

Vera ignorierte seine Bemerkung und schaltete ihr Diktiergerät aus. »Gut, dann machen wir für heute Schluss. Meine Freundin wird sicherlich erfrieren da draußen.« Sie trat neben Schneider ans Fenster, durch dessen Rahmen der Wind pfiff. »Machen wir morgen weiter?«

»Gern.«

Vera konnte die Erleichterung auf dem Gesicht des Dichters erkennen. Sie griff nach seiner Hand und drückte sie. »Danke, dass Sie mit mir sprechen.«

»Danke, dass Sie mir zuhören.« Er zögerte einen Augenblick. »Und passen Sie auf sich auf … morgen.«

Vera nickte. »Mach ich. Geht auch vormittags?«

»Geht auch. Auf Wiedersehen, Frau Profanter!«

»Ja, bis morgen.«

Vera verließ das Haus. Als sie auf der Binsenmatte stand, überlegte sie, warum er seinen letzten Satz so energisch betont hatte. »Auf Wiedersehen, Frau Profanter!« Es war doch nur eine Abschiedsfloskel. Oder? Warum sollte sie auf sich aufpassen – wegen des Michaelisfluchs?

Aber Schneider hatte doch gesagt, dass Frauen starben, die ihm zu nahe kamen. Sie war ihm nicht nahe gekommen. Und was, wenn doch?

Nein, das war doch Schwachsinn! Es gab keinen Fluch.

Nachdenklich schaute sie in den Regen. Moment! Schneider hatte nicht nahekommen gesagt, sondern: » Wer sich mit mir abgibt, muss sterben.«

Fröstelnd zog sich Vera ihre Kapuze über den Kopf und lief um die Hausecke zur Bank, von der sich Anna seufzend erhob. »Na endlich! Wenn du jetzt nicht gekommen wärst, hätte ich dich geholt. Sieh mal da hoch. Das schaut um einiges schlimmer aus als gestern.« Sie deutete zum Berggipfel. Der Himmel darüber war schwarz und über der Wiese lag ein schwefeliges Licht. Die Atmosphäre war zum Fürchten, sie sollten schleunigst von hier verschwinden. Aber wie?

Der Streifenwagen stand immer noch an derselben Stelle. Vera drängte sich mit Anna schützend unter den Dachvorsprung, um nicht bis auf die Haut nass zu werden. »Wo sind denn die Carabinieri?«

»Die müssen noch im Wald sein. Verdammt! Ich habe so gehofft, dass wir mit ihnen zurück ins Tal fahren können.« Anna drängte sich zitternd an Vera, die beide Arme um sie schlang. »Da, schau! Wenn man vom Teufel spricht.«

Ein Mann rannte über die Wiese, ohne Notiz von den Schafen zu nehmen, die erschrocken zur Seite sprangen.

»Denkst du, es ist was passiert?«

»Vielleicht will er nur nicht nass werden.« Vera beschlich ein unheimliches Gefühl, als der Beamte so weit nähergekommen war, dass sie seine Miene erkannte.

»Es *ist* was passiert.« Als der Carabiniere vor ihnen über den Zaun stieg, zitterte Anna stärker in Veras Umarmung. »Haben Sie die Frau gefunden?«

»Ja.«

»Ist sie verletzt?«

»Schlimmer.«

»Ist sie etwa tot?«

Die beiden Frauen rissen entsetzt die Augen auf.

»Bitte stellen Sie keine Fragen. Ich bin nur hier, weil jemand auf die Spurensicherung und den Rechtsmediziner warten muss. Die finden sonst den Weg nicht.«

»Ihre Kollegin ist allein im Wald? Mit der Leiche?« Anna schüttelte sich. »Ich würde sterben vor Angst.«

»Sie hätte sich auch einen erfreulicheren Ausgang für diesen Tag gewünscht, glauben Sie mir.« Der Polizist schaute auf die Uhr an seinem Handgelenk. »Ich hoffe, die kommen bald. Dann bricht hier die Hölle los. Ich … ich fürchte, ich muss mein Angebot zurückziehen … wegen der Fahrt ins Tal. Es tut mir sehr leid, Sie müssen laufen oder aber im Auto warten. Doch das kann noch Stunden dauern.«

»Ach!« Anna machte eine wegwerfende Geste. »Wir packen das schon. Im schlimmsten Fall werden wir nass und vielleicht ist auch wieder der nette Bauer unterwegs und rettet uns.«

»Dann schon lieber zu Fuß«, stöhnte Vera, als sie an die Höllenfahrt am Tag zuvor dachte. »Na ja, wir schaffen das schon.«

Die beiden Frauen hakten einander unter und schritten zügig den Forstweg entlang Richtung Tal. Die Blicke, die ihnen folgten, bemerkten sie nicht.

28. September, nachmittags, Wald unter dem Einödhof

Ich sehe ihr nach, wie sie – die Kapuze ihrer Jacke über den Kopf gezogen – lachend im Wald verschwindet. Der Carabiniere tigert nervös auf dem Hof hin und her, blickt auf seine Uhr, spricht in sein Telefon. Vermutlich mit seiner Kollegin, die im Wald bei der toten Alten hockt und aufpasst, dass die Spuren nicht verwischt werden. Doch das erledigt der Regen.

Der Carabiniere sieht jetzt zum Haus, zum Fenster, hinter dem der Einsiedler steht. Unbeweglich, nur sein Blick wandert den Waldrand entlang, als wäre er auf der Suche nach etwas … nach jemandem.

Ich weiß, wen er sucht.

Mich.

Doch ich weiß auch, dass er mich nicht sehen kann. Denn der Wald ist mein Freund. Der Regen ebenfalls.

Als die Leute von der Spurensicherung auf dem Einödhof eintreffen, ist es Zeit für mich, zurück in die Schatten zu tauchen. Weit weg von der Stelle, wo die Tote liegt. Es fällt mir nicht schwer, mich zu verstecken. Ich kenne die Gegend, die Unterschlupfe – auch jene, von denen die Carabinieri nichts wissen. Höhlen, Felsüberhänge, Bäume, deren riesige Wurzeln Obdach genug für einen Körper bieten. Weiter drüben, wo der Wald in Gestein übergeht, ist eine Baumhöhle. Mein Versteck für heute. Nicht so gemütlich wie der Bunker, doch es wird reichen bis zum Einbruch der Dunkelheit, bis sich die Einsatzkräfte zurückziehen werden.

Während ich zu meinem Rückzugsort schleiche, stelle ich mir vor, wie sie dem Rabensteiner in den Wald folgen, den Steig entlang bis zur Carabiniera, die zusammengekauert und völlig verängstigt wartet. Vielleicht hat sie die Zeit genutzt, um Spuren zu sichern. Vielleicht beugt sie sich schützend über die Leiche, damit der Regen kein Haar, keine Hautschuppe wegspült, die später im Labor analysiert werden könnte. Vielleicht steht sie auch stramm neben dem leblosen Körper und hält Wache – wie es sich für eine artige Polizistin gehört. So oder so entscheide ich mich für die verängstigte Version und fantasiere weiter. Sie blickt den Männern mit großen Augen entgegen, Erleichterung steht in ihrem Gesicht. Der Arzt beugt sich über den Leichnam, stellt den Tod fest. Inzwischen beginnen die Carabinieri, rund um den Unfallort die Gegend abzusuchen – ja, noch ist es in ihren Augen ein Unfall. Denn welches Monster würde eine hilflose alte Dame wohl in den Tod stürzen? Doch dann finden sie die Schleifspuren … und ihnen wird angst und bange. Als wäre ich in ihren Köpfen, kann ich ihre ängstlichen Fragen hören.

»War es der Michaelismörder?«

»Aber ist das nicht einen Tag zu früh?«

»War … er es?«

Sie verdächtigen den Einsiedler und ich verziehe die Lippen zu einem spöttischen Grinsen, denn gleich müssen sie zu dem Schluss kommen, dass es der Einsiedler nicht gewesen sein kann. Nein, er hat ein Alibi. Also kann er morgen nicht in Untersuchungshaft sitzen. Morgen … am Michaelistag. Sie werden sich fragen, ob es noch eine Leiche geben wird. Wie jedes Jahr am 29. September. Und irgendwann werden sie wissen, dass dieses verrückte Weib nicht zum Plan gehört, dass die Alte schon vor ihrem Sturz in die Tiefe tot war. Aber dann wird es zu spät sein. Ich brauche nur noch einen Tag. Einen verdammten Tag, um mein Werk zu vollenden.

28. September, später Nachmittag, Wald unterm Einödhof

Gabi war erleichtert, als endlich die Kollegen da waren und übernahmen. So konnte sie ihren Gedanken freien Lauf lassen. Und sie war froh, dass Alfred sich aus der Tatortsicherung heraushielt. Stattdessen saß er neben ihr auf einer Wurzel neben dem Steig und hatte den Arm um sie gelegt. Tröstend und lange Zeit in Schweigen versunken, bis er irgendwann meinte: »Denkst du, das war der Michaelismörder?«

»Könnte sein.« Doch Gabi wusste, dass es anders war. Sie wusste, dass sich der Punkt auf der Tracker-App ihres Mobiltelefons weiter näherte, dass Erwin auf sie zukam, und zwar mit einer Zielstrebigkeit, die ihr Sorgen bereitete. Und sie wusste, dass der Michaelismörder noch nie den Tag verfehlt hatte.

Alfred erriet ihre Gedanken. »Du glaubst es nicht.«

»Nein, ich glaube es nicht.«

»Denkst du, es war der Einsiedler?«

Langsam schüttelte Gabi den Kopf. Ihre Gedanken flogen. Sie musste aufpassen, was sie sagte. Mit keiner Silbe durfte sie ihren Verdacht äußern, ihren schrecklichen Verdacht … Und sie musste verhindern, dass Erwin die Einsatzkräfte erreichte. Nur wie?

Alfred dachte laut weiter. »Eigentlich geht das gar nicht. Als wir vorhin an dieser Stelle vorbeigekommen sind, war deine Schwiegermutter noch nicht hier. Und die ganze Zeit über war diese Journalistin bei dem Einsiedler. Als ich beim Streifenwagen ankam, hatte sie das Interview gerade abgeschlossen. Er hat also ein Alibi.«

»Vielleicht ist sie einfach nur gestürzt. Du weißt, der Waldboden ist rutschig und die Kattl ist … war nicht mehr die Jüngste.«

Alfred nickte. »So wird es sein.«

Plötzlich wurden über ihnen Stimmen laut. Sie blickten nach oben. Die Kollegen hatten jene Stelle auf dem Felsen erklommen, von wo die Zirmer-Kattl vermeintlich in den Tod gestürzt war.

»Was ist?« Alfred war aufgestanden und sah fragend zu ihnen hoch. »Habt ihr was entdeckt?«

»Schleifspuren. Eindeutig Schleifspuren.«

Gabis Herz sackte in ihre Magengrube. Das letzte bisschen Hoffnung, das sie in sich getragen hatte, wurde in diesem Moment zerstört. Ihre Schwiegermutter war nicht zufällig gestürzt. Jemand hatte nachgeholfen. Denn wenn es Schleifspuren gab, konnte es gut möglich sein, dass sie schon vor ihrem Sturz tot oder zumindest bewusstlos gewesen war. Hektisch schaute Gabi auf ihr Mobiltelefon. Erwin würde die Gruppe in Kürze erreichen. Sie musste ihn abfangen. Doch es war zu spät. Sein dunkelblonder Haarschopf tauchte weiter unten am Hang auf.

Gabis Herzschlag beschleunigte sich. Ohne eine Erklärung schlitterte sie ihrem Mann entgegen, den Abhang hinunter, ohne Rücksicht auf die Verletzungsgefahr. Kaum dass sie ihn erreicht hatte, fiel sie ihm um den Hals. »Deine Mutter ist tot, wahrscheinlich ermordet.« Sie spürte sofort, wie er sich versteifte, wie er sie von sich schieben wollte, um seine Fragen zu stellen. Doch sie hielt Erwin fest umklammert und raunte ihm ins Ohr: »Ich hoffe, du hast ein gutes Alibi. Wenn die Kollegen dich fragen: Du bist hier, weil ich dich verständigt habe – was ich auch getan hätte, wenn du dein bescheuertes Telefon nicht immer auf lautlos stellen würdest.« Mit einem energischen Blick, der keinen Widerspruch zuließ, löste sie sich von ihm.

»Sie ist tot?«

Gabi nickte knapp. Erleichtert erkannte sie, wie Blässe sein Gesicht überzog. Die Nachricht war neu für ihn. Erwin war sichtlich schockiert.

»Du hast nichts damit zu tun?«

»Spinnst du?«

»Nein, ich halte mich an Indizien.«

»Ich bring doch nicht meine Mutter um!«

»In den allermeisten Fällen sind es die nächsten Angehörigen, die das tun.« Gabi wusste, dass diese Sachlichkeit, mit der sie sprach, für ihren Mann wie ein Messerstich ins Herz sein musste. Trotzdem blieb sie ihrer Rolle treu. An diesem Tatort war sie keine Privatperson, sondern Polizistin. Und diese fragte sich gerade, wieso Erwin davon ausging, dass seine Mutter ermordet worden war, und was zur Hölle er hier suchte.

»Sie werden wissen wollen, ob du ein Alibi hast.«

»Ich war den ganzen Tag auf der Suche nach ihr.«

»Allein.«

»Natürlich allein. Du warst ja bei der Arbeit.« Plötzlich hielt er inne. »Moment mal, und dich fragen sie nicht? Wenn jemand ein Motiv hatte, sie zu töten, dann doch wohl du. So wie sie immer auf dir herumgehackt hat und überhaupt …«

Zum zweiten Mal an diesem Tag war es Gabi, als würde der Boden unter ihren Füßen weggezogen. Ihr Mann verdächtigte sie, ihr eigener Mann? Sie atmete tief durch, bevor sie scheinbar unbeteiligt antwortete: »Die Kollegen werden auch mich befragen, nur war Alfred seit heute Morgen an meiner Seite.«

»Ach, war er das?« Plötzlich blitzte etwas in Erwins Augen auf. Gabi erkannte Eifersucht. Wann war es passiert, dass sich solche Gefühle in ihre Beziehung geschlichen hatten? Ihr Misstrauen. Seine Eifersucht. Was lief da falsch zwischen ihnen?

Ihre Miene wurde weicher. Sie legte ihre Arme um ihn. »Es wird alles gut ausgehen, Erwin. Wir stehen das durch. Gemeinsam. Ja?«

Auch sein Körper entspannte sich und er lehnte seine Stirn an ihre. »Glaubst du mir, wenn ich sage, dass ich es nicht war?«

»Natürlich. Und glaubst du mir?«

»Natürlich.« Sie gaben sich noch einem Moment der Zweisamkeit hin, dann löste sich Erwin aus der Umarmung. »Wo ist sie?«

»Komm!«

Gabi kletterte den Abhang wieder hoch und wies Erwin den Weg zum Leichnam seiner Mutter.

28. September, abends, Hotel Alpenrosenhof, Empfang

Vera registrierte die Erleichterung der Wirtin, als sie zusammen mit Anna triefnass den Empfangsbereich des Hotels betrat.

»Seid's nass geworden?«

»Ja, waschelnass. Ist die Sauna angeheizt? Wir sind durchgefroren bis auf die Knochen.«

»Das schafft's grad noch vor dem Abendessen.« Die Wirtin lächelte die beiden Frauen an. »Übrigens kommt morgen der Sauna-Italienmeister in unseren Spa-Bereich. Den solltet ihr nicht verpassen. Dem seine Aufgüsse sind die reinste Show.«

»Wann steigt denn die Show?«

»Ab morgens um zehn bis zehn Uhr abends.«

»Dann werden wir uns das sicher gönnen. Oder, Vera?« Anna wandte sich ihrer Freundin zu, die begeistert nickte.

»Sicher. Vormittags muss ich noch mal rauf zu meinem Dichter. Da fällt mir ein … Ich habe total vergessen, ihn wegen der Lesung zu fragen.« Sie schlug sich an die Stirn. »Das hole ich morgen nach.«

»Lassen'S nur bleiben.« Die Miene der Wirtin hatte sich abgekühlt. »Muss nicht sein. Und morgen sollten'S besser wirklich zu Hause bleiben. Im Hotel, mein ich. Es ist ganz schlimmes Wetter vorhergesagt. Kalt und Niederschlag und … Nebel. Besser, ihr bleibt's hier und lasst's euch vom Sauna-Italienmeister verwöhnen.«

Vera hob bedauernd die Schultern. »Ich muss leider doch noch einmal hoch. Lässt sich nicht ändern.«

»Und unser Patroziniumsfest ist auch.« Die Wirtin ließ nicht locker. »Nach der heiligen Messe gibt's einen Umzug mit Musikkapelle und Schützen – alles in der Tracht. Und danach geht's auf dem Fest lustig her. Da wird zum Tanz aufgespielt und die Bäuerinnen haben leckere Speisen vorbereitet. Das wollt ihr nicht verpassen.«

Langsam ärgerte sich Vera. Was hatte diese Wirtin nur? Ihre Litanei wirkte beinahe, als wolle sie ihr mit allen Mitteln ihr Vorhaben austreiben. So schlecht dachte sie über den Dichter? Unverbindlich lächelte sie die Frau an. »Wir werden sehen, worauf wir morgen Lust haben. Und jetzt sehen wir besser zu, dass wir aus den nassen Klamotten kommen, sonst holen wir uns noch den Tod.«

Anna war offenbar derselben Meinung. Sie zog Vera zum Fahrstuhl und bevor sich dessen Türen schlossen, sahen sie noch, wie die Wirtin sich bekreuzigte.

»Die benimmt sich seltsam, oder?«

»Jep.« Anna zupfte an ihren nassen Haaren. »Das macht die Isolation aus den Menschen. Die Leute hier sind so weit weg von der Zivilisation, dass sie ganz kirre im Kopf werden.«

Vera fand das Argument wenig überzeugend. Egal wie abgeschieden das Hotel auch lag, als Gastwirtin kam die Frau in Kontakt mit vielen Menschen. Nein, da steckte etwas anderes dahinter, und die Journalistin in ihr wollte wissen, was das war. Kurzerhand fasste sie einen Entschluss. »Weißt du was? Ich zieh mir jetzt was Trockenes an und dann fühle ich der Wirtin auf den Zahn.«

»Warum?« Anna machte eine wegwerfende Geste. »Ich würde da nicht so viel Federlesens drum machen. Die spinnt halt. Und ich werde mir jetzt ganz sicher die Dusche und das Dampfbad gönnen. Das hat absoluten Vorrang.«

»Mach du nur.« Vera lächelte ihre Freundin an. »Ich komme bald nach.«

Im Zimmer schlüpfte sie tatsächlich nur aus ihren Klamotten und in den flauschigen Bademantel, dann machte sie sich auf, um mit der Wirtin zu sprechen. Im Fahrstuhl überlegte sie sich eine Strategie.

»Braucht's noch was? Fehlt was?«, fragte die Wirtin, als Vera wieder am Empfangstresen stand.

»Nein. Ich wollte was fragen. Ich hoffe, es klingt nicht blöd. Also … Ich habe den Eindruck, es ist Ihnen nicht recht, dass ich zu Herrn Schneider auf den Einödhof gegangen bin.«

»Und noch weniger recht ist es mir, dass Sie morgen wieder da raufgehen wollen.«

Vera nickte. »Dann habe ich das richtig verstanden. Ich frage mich nur, wieso? Was haben Sie gegen Herrn Schneider?« Mit Mühe rang sich Vera ein Lächeln ab und begegnete der Wirtin mit offenem Blick. »Ich meine, es sind ja nicht nur Sie. Auch die Carabiniera hat seltsam reagiert, als ich ihr gesagt habe, dass ich das Interview mit ihm führen möchte. Und der Herr im Dorfladen hatte auch kein gutes Wort übrig. Was hat Herr Schneider Ihnen getan, dass Sie ihn so … verachten … oder vielleicht sogar fürchten?«

Die Wirtin kaute nervös auf ihrer Unterlippe herum. Vera wartete, sagte nichts. Ihre Strategie war nicht wirklich ausgefeilt, brachte die Wirtin jedoch dazu, endlich mit der Sprache herauszurücken. »Getan hat er *mir* gar nix. Aber …« Sie unterbrach sich, schien zu überlegen und dann endlich »Ach was! Ich sag's Ihnen. Nicht, dass ich mir danach Vorwürfe mach. Sie scheinen ja auf Gedeih und Verderb zu ihm hochzuwollen. Und das morgen …«

»Das war mein Plan, ja. Was ist daran falsch?«

»Morgen ist Michaelistag.«

Vera hatte ihre Aufgaben gemacht. Nicht umsonst kam der Erzengel mehrmals in Wilhelm Schneiders Gedicht vor. »*Da entbrannte im Himmel ein Kampf; Michael und seine Engel erhoben sich, um mit dem Drachen zu kämpfen. Der Drache und seine Engel kämpften, aber sie hielten nicht stand und sie verloren ihren Platz im Himmel.* Bla, bla, bla … Offenbarung des Johannes. Ich weiß. Aber was hat das mit Schneider zu tun? Und vor allem, was sollte mich daran hindern, morgen zu ihm zu gehen?«

»Weil morgen jemand sterben wird.«

Veras Herzschlag beschleunigte sich. »Wer?«

»Das weiß niemand. Aber jemand wird sterben. Wie im vergangenen Jahr. Und dem Jahr davor. Und vor drei Jahren. Und wenn man dem Carabiniere glauben darf – und das tue ich –, dann sind in den Jahren davor auch Frauen gestorben. In Graz. Immer Frauen. Immer am Michaelistag.«

Die Erwähnung der Stadt, aus der Vera stammte, wirkte wie ein kalter Guss auf sie. Dabei hätte es sie nicht überraschen sollen. Schneider hatte ihr nicht verschwiegen, dass er dort gelebt hatte. Und dann war da seine Bemerkung gewesen, seine Drohung: *Wer sich mit mir abgibt, muss sterben.*

Sie erinnerte sich daran, wie der Dichter vom Tod der Schülerin erzählt hatte, vom Tod seiner Frau und seiner Schwester. Aber dass diese Frauen alle am gleichen Tag gestorben waren, hatte er verschwiegen. Und er hatte mit keinem Wort erwähnt, dass noch weitere Frauen den Tod gefunden hatten. Warum?

Angst kroch durch Veras Adern und sie hasste sich dafür. Dafür, dass sie dem Gerede der Leute Glauben schenkte, obwohl sie es besser wusste. Dass sie am Ende nicht besser war als die Tratschweiber des Dorfes. Nein, so wollte sie nicht sein, nicht mit dem Finger auf diesen Mann zeigen. Sie wollte an seine Unschuld glauben, an seine Texte, aus denen Reue sprach.

Und wenn das alles gelogen ist? Eine Masche, um dich nach Rabenstein und zu ihm auf den Einödhof zu locken, damit er leichtes Spiel hat mit dir? Die leise Stimme war zu einem eindringlichen Flüstern geworden, das in Veras Kopf widerhallte und rationales Denken unmöglich machte. Wie durch einen Nebel bekam sie die Worte der Wirtin mit, die sich immer noch über Veras Vorhaben aufregte.

»Und morgen ist wieder Michaeli und jede hier hat Angst, dass sie die Nächste ist, die tot in der Schlucht gefunden wird. Nur ihr geht wie die Lämmer zur Schlachtbank rauf zu ihm …«

»Aber wieso denken Sie denn, dass er dafür verantwortlich ist?« Ihre Stimme hörte sich jämmerlich an, das wusste sie.

»Weil es immer Frauen waren, die mit ihm zu tun hatten. Seine Schwester, dann Rita, die sich um ihn gekümmert hat, letztes Jahr die Ladstätter Lies, die ihm die Post bis auf den Hof gebracht hat und wohl ein bissl verliebt in ihn war. Und jetzt Sie. Sie sind sogar aus Graz gekommen, um mit ihm zu reden. Das kann kein gutes Zeichen sein.«

»Sie glauben doch nicht, dass er mich aus Graz hergelockt hat, um mich zu töten?« Obwohl Vera schon selbst die Ahnung beschlichen hatte, wollte sie es einfach nicht glauben. »Das ist doch lächerlich.«

»Nein, das ist naiv. Hier ist keine mehr so blöd, dass sie sich morgen auch nur in die Nähe des Einödhofs trauen würd.«

Aha! Naiv und blöd war sie also? Zu all den Zweifeln stieg jetzt der Trotz in Vera hoch. Auch wenn ihr Vorhaben in den Augen der Dorfbevölkerung vielleicht waghalsig wirkte, weil hier offensichtlich alle der festen Überzeugung waren, dass Schneider ein Mörder war, musste sie sich noch lange nicht beschimpfen lassen.

»Und dann sucht er sich wahllos aus irgendeiner Zeitung eine Journalistin und lockt sie in dieses Kaff, richtig? Was, wenn ich nicht gekommen wäre?«

Die Wirtin zuckte die Schultern. »Ich weiß nicht. Dann müsste eine von uns dran glauben?«

»Das ist doch …« Vera fehlten die Worte, aber dann funktionierte ihr Verstand wieder. »Aha! Dann müssten Sie doch dankbar sein, wenn ich morgen zum Einsiedler gehe und mich quasi selbst opfere.« Wütend wie sie war, hätte sie am liebsten die Hochglanzflyer vom Hoteltresen gefegt. »Haben Sie eigentlich Beweise oder zerreißen Sie sich nur einfach gern das Maul – so aus reiner Langeweile?«

Die Wirtin fummelte verlegen an ihrem Dirndl. »Nein.«

»Und trotzdem machen Sie mit bei dieser Hexenjagd? Glauben Sie nicht, dass die Polizei Schneider längst verhaftet hätte, wenn er wirklich ein Mörder wäre?«

»Die Polizei!« Entrüstung schwang in ihrem Ausruf mit. »Der Idiot Alfred und die Walsche? Wenn die ihren Grips zusammenlegen, reicht's grad dafür, am Morgen die Carabinieri-Station aufzusperren.«

»Oh, jetzt ist die Polizei also auch noch blöd«, erwiderte Vera schnippisch. »Dass es keinen Beweis dafür gibt, dass Schneider die Frauen getötet hat, könnte natürlich nicht der Grund dafür sein. Klar! Am Ende sind einfach nur alle dumm – außer Sie.«

»Ich weiß, was ich weiß.«

»Sie wissen gar nichts! Sie behandeln einen Menschen wie einen Mörder, obwohl er im Zweifel gar nichts getan hat. Sie sprechen den Behörden ihre Kompetenz ab und haben keine Ahnung, wie sehr dieser Mann darunter leidet, dass er alle verloren hat, die ihm lieb und teuer waren, und was es bedeutet, mutterseelenallein zu sein, weil ein ganzes Dorf ihn ausschließt.«

»Und wenn er's war?«

»Und wenn er's nicht war?« Die letzte Frage schrie Vera der Wirtin regelrecht ins Gesicht. Sie hasste dieses kleingeistige Denken. Hyänen wie diese Wirtin waren schuld daran, dass Menschen in Depressionen verfielen, über Selbstmord nachdachten, weil es für sie keinen anderen Ausweg gab, sich von der Hatz auf Basis irgendwelcher dummen Vorurteile zu befreien. Leute wie diese Wirtin waren an der Verzweiflung ihres Vaters schuld gewesen. Der Wunsch in Vera wurde übermächtig, dieser selbstgerechten Frau einen Spiegel vorzuhalten, damit sie in ihre eigene hässliche Fratze schauen konnte. Doch bevor sie ihr Handeln bereute, wandte sich Vera ab und flüchtete zu Anna in die Sauna.

28. September, abends, Zirmer-Hof

Gabi und Erwin saßen sich gegenüber und schwiegen sich an. Es war die Zeit des Abendessens, das bis gestern noch ihre Schwiegermutter gekocht hatte. Heute blieb die Küche kalt, denn die Zirmerin würde nie mehr am Herd stehen und eines ihrer geliebten Arme-Leute-Essen anrühren. Es hatte auch keiner von ihnen Hunger. Zu viel Unausgesprochenes stand zwischen den beiden, zu präsent war der Tod der Alten.

Die Emailleuhr an der Stubenwand tickte im immer gleichen Rhythmus, dreimal schwach, das vierte Mal eine Nuance stärker. In Gabis Kopf formierte sich die Melodie des Trauermarsches von Chopin.

»Wir hätten ihr nicht mit dem Heim drohen dürfen«, sagte Erwin zum wohl hundertsten Mal.

»Wir haben es zu ihrer Sicherheit getan.« Auch Gabi hatte den Satz schon wiederholt gesagt.

»Warum hat sie uns nicht vertraut? Wir hätten sie doch nach dem Michaelistag zurückgeholt.«

»Sie hat niemandem vertraut, das weißt du. Am wenigsten uns.«

»Dir, Gabi. Dir hat sie nicht vertraut.«

»Ja, mir.« Gabi wehrte sich nicht gegen die Anschuldigung. Sie erwähnte auch nicht, dass Erwin es gewesen war, der sich aus der Verantwortung gestohlen und es ihr überlassen hatte, seine Mutter von ihrem gemeinsamen Entschluss in Kenntnis zu setzen. Obwohl er womöglich die richtigen Worte gefunden hätte. Schließlich war er der Sohn. Dass die Zirmerin ihr nicht vertraut hatte, entsprach der Wahrheit, nur lag das vor allem an der Zirmerin – nicht an Gabi.

»Wieso ist sie bloß abgehauen?«

Auch darauf antwortete Gabi mit demselben wohlüberlegten Satz wie auch mehrfach zuvor. »Weil sie sich nicht einsperren lassen wollte. Deiner Mutter war ihre Eigenständigkeit wichtig.«

»Aber warum hat sie uns nicht vertraut?«

Gabi seufzte. Und wieder waren sie an demselben Punkt angekommen. Seit Stunden drehte sich ihr Gespräch im Kreis. Am liebsten wäre Gabi aufgesprungen, hätte ihren Mann geschüttelt und gesagt, wie sehr sie seine Mutter gehasst hatte. Stattdessen aber bemühte sie sich um die nötige Pietät und legte ihrem Mann beschwichtigend eine Hand auf den Unterarm. »Wir sollten aufhören, uns Gedanken darüber zu machen, Erwin. Das ändert nichts mehr.«

»Du bist froh, dass du sie los bist.«

»Nein, bin ich nicht, Erwin. Ich habe es gehasst, wie sie mit mir umgegangen ist, dass sie kein gutes Haar an mir gelassen hat, aber ich bin nicht froh, dass sie gestorben ist. Wie sie gestorben ist. Sie war deine Mutter.«

»Dann finde ihren Mörder!«

»Das werde ich.«

Für einen Moment verhakten sich ihre Blicke ineinander, in denen dieselbe Frage stand: Hast du sie getötet?

Denn egal, wie sehr sie einander im Wald ihr gegenseitiges Vertrauen beteuert hatten, ein Rest dieses Misstrauens war geblieben.

Umso mehr, als Erwin bei der Befragung durch den Ermittlungsleiter des Landeskommandos nur unzusammenhängend herumgestottert hatte. Gabi konnte es verstehen. Der Schock über den Tod seiner Mutter und die ziellose Suche nach ihr hatten in Erwins Erinnerung alles durcheinandergeworfen, ihr selbst ging es ähnlich. Wäre nicht Alfred an ihrer Seite gewesen, hätte sie kaum ein durchgängiges Bild ihres Tagesablaufs zeichnen können. Umso erleichterter war sie gewesen, als Alfred beinahe minütlich hatte dokumentieren können, wo sie sich seit dem Morgen aufgehalten hatte.

Sobald die Rechtsmedizin den Todeszeitpunkt feststellte, war sie aus dem Schneider. Nicht so Erwin. Als nächster Angehöriger stand er ganz oben auf der Verdächtigenliste. Die Auseinandersetzung zwischen ihm und seiner Mutter wegen der dreitägigen Überstellung ins Heim kam erschwerend hinzu. Es hatte Gabis ganze Überzeugungskraft gebraucht, damit er nicht in Untersuchungshaft kam, sondern mit ihr nach Hause durfte. Was sich jetzt allerdings als anstrengend erwies, denn Erwins Gedanken kreisten nur um dieses eine Thema. Was ebenfalls verständlich war, Gabi jedoch den letzten Nerv kostete.

»Wir sollten uns ums Begräbnis kümmern«, sagte sie leise.

»Ja«, meinte er. »Ich versteh nur nicht, warum sie hat abhauen müssen.«

28. September, nachts, Wald unterm Einödhof

Noch lange nachdem die beiden Frauen talwärts verschwunden waren, hatte Schneider ihnen nachgeschaut. Ein weiteres Auto der Carabinieri war auf den Hof gefahren, dann ein ziviles Fahrzeug, später ein Leichenwagen. Etwas musste passiert sein. Nur was?

Schneider war die naheliegenden Möglichkeiten durchgegangen. Die alte Zirmer hatte bei ihrer Flucht durch den Wald einen Schlaganfall erlitten. Ein übereifriger Wanderer war gestürzt und hatte sich das Genick gebrochen. Noch eine weitere Möglichkeit hatte sich in seine Gedanken gestohlen, doch er wagte nicht, seiner Hoffnung nachzugeben. Stattdessen hatte er weiter in den Regen hinausgeschaut, der stärker wurde, hatte die Einsatzkräfte beobachtet, die in den Wald rannten und irgendwann mit einer Bahre wieder herauskamen. Gefolgt von der Carabiniera, die von ihrem Kollegen gestützt worden war.

Die Dunkelheit machte es kaum möglich, mehr zu erkennen. Wer war die Tote?

Auf die Antwort brauchte er jedoch nicht lange warten. Ein Beamter, den er nicht kannte, umrundete das Haus und gleich darauf klopfte es an der Tür.

»Posso?«

»Ich spreche kein Italienisch.«

Die Miene des Carabiniere verdüsterte sich, doch er

fuhr in deutscher Sprache fort: »Es hat eine Tote gegeben. Man sagte mir, sie sei Ihre Nachbarin gewesen. Vom Zirmer-Hof. Katharina Unterberger.«

»Die Zirmerin ist tot?«

Der Beamte antwortete nicht direkt. »Sie haben den Kollegen gegenüber geäußert, dass Sie Frau Unterberger heute gesehen haben?«

»Ja, am Vormittag. Sie ist mir im Wald begegnet.«

»Wie spät war es da?«

»Gegen halb neun?«

Der Beamte nickte, als habe er genau diese Antwort erwartet. »Was hatten Sie zu der Zeit im Wald verloren?«

»Es ist mein Wald. Muss ich mich da rechtfertigen?«

»Nein. Es wundert mich nur.«

»Warum?«, entgegnete Schneider, erwartete aber keinen triften Grund. »Jemand schlich da unten herum, also wollte ich nachsehen.«

Die Augenbrauen des Beamten wanderten nach oben. »Jemand schleicht durch Ihren Wald?«

»Das habe ich gerade gesagt.«

»Wer?«

»Das weiß ich nicht. Aber vielleicht hat Ihr Kollege den Schleicher mit seiner Wildkamera eingefangen.«

»Eine Wildkamera? Wo?«

Schneider verkniff sich ein Grinsen, als er auf die Kiefernschonung zeigte, wo der kleine schwarze Kasten im Dunkel der Nacht nicht zu sehen war. »Fragen Sie Alfred Lantschner. Die Kamera ist genau auf meinen Hof gerichtet. Übrigens ohne mein Einverständnis.«

»Ich werde den Kollegen fragen.« Verwirrung stand

in sein Gesicht geschrieben. »Wieso … wieso bringt der auf Ihrem Grund eine Kamera an?«

»Das müssen Sie schon Ihren Kollegen fragen.« Schneider hoffte inständig, dass die Wildkamera mehr eingefangen hatte als seinen Gang in den Wald.

»Heute Nachmittag waren Sie die ganze Zeit über auf dem Hof?«

»Seit 14:30 Uhr sogar mit Zeugen, aber das wird Ihnen der Kollege Lantschner sicherlich schon gesagt haben. Ich hatte ein Interview mit Vera Profanter. Sie ist Journalistin beim Wochenblatt in Graz. Soweit ich weiß, wohnt sie derzeit im Alpenrosenhof.«

»Und Sie haben das Interview nie unterbrochen und sind mal kurz in den Wald gegangen, um zu kontrollieren, ob da jemand herumschleicht?«

Schneider beherrschte sich und blieb kooperativ. »Nein, ich war die ganze Zeit über hier. Das werden Ihnen die Aufnahmen der Wildtierkamera bestätigen.«

»Aha! Im Alpenrosenhof, ja. Soweit Sie wissen.«

Die Fragerei des Beamten ging Schneider allmählich auf die Nerven. »Es ist nicht meine Aufgabe, etwas über die Journalistin herauszufinden, sondern umgekehrt.«

»Und sie war ab 14 Uhr bei Ihnen. Wie lange?«

»Ja, und ihre Freundin saß derweil auf der Bank vor dem Haus. Bis 16 Uhr etwa, als der Regen einsetzte. Die genaue Uhrzeit wird die Videoaufzeichnung der Wildtierkamera bestätigen.«

Der Beamte nickte wieder. »Halten Sie sich zu unserer Verfügung.«

»Ich bin hier.«

Nachdem er die Tür hinter dem Beamten geschlossen

hatte, wechselte Schneider wieder zu seinem Platz am Fenster. Er sah die Rücklichter der Einsatzwagen im Wald verschwinden, beobachtete, wie sich tiefschwarze Nacht über die Landschaft legte und wartete … Erst viel später huschte ein Lichtschein durch die Bäume und er hatte Gewissheit: Der Michaelismörder hatte sein Los noch nicht geworfen.

Vor fünf Jahren, Oktober, Polizeiwache Graz

»Ist Ihnen an der Schülerin Janine Moser etwas aufgefallen?« Der Beamte musterte Schneider kühl, der sich sofort verkrampfte. Er wusste, worauf sein Vernehmer anspielte. Ach nein, es war ja nur eine Befragung. Dennoch hatte er den Eindruck, verhört zu werden – wie der Verdächtige in einem Mordfall. Er wusste, dass es keinen Sinn hatte, irgendetwas zu leugnen. Trotzdem versuchte er es.

»Nein.«

Der Beamte betrachtete ihn eingehend. »Die Schülerin wurde vom Unterricht suspendiert?«

»Ja.« Schneider hielt die Luft an.

»Der Grund für die Suspendierung lautete: üble Nachrede?«

»Ja.«

»Die Schulleitung gab an, dass das mit Ihnen zusammenhing.«

Schneider stieß die angehaltene Luft mit einem Schwall aus. Die bisherigen Fragen waren Feststellungen gewesen. Der Beamte wusste alles. Warum also noch leugnen?

»Ja. Die Schülerin hat mich erpresst. Wenn ich ihr nicht bessere Noten gäbe, würde sie … würde sie aller Welt verkünden, dass ich … dass ich …« Er sah den Beamten flehend an.

»Dass Sie Janine Moser sexuell missbraucht hätten?«

Wieder eine Feststellung. Schneider senkte den Blick. »Ja.«

»Und? Haben Sie?«

»Nein!«

»Warum hat sich das Mädchen dann das Leben genommen?«

»Sie … sie … Ich weiß es nicht.«

Der Beamte blätterte in seinen Unterlagen. »Die Schülerin litt unter Depressionen. Wussten Sie *davon?*«

Schneider riss die Augen auf. »Nein!«

»Doch. Sie war zwei Jahre lang in Behandlung. Einmal sogar stationär. Das müssen Sie doch mitbekommen haben als ihr Lehrer.«

»Ich …« Schneider sparte sich die Ausrede, dass er die Schülerin zwei Stunden in der Woche gesehen hatte, und das auch erst seit dem vorigen Schuljahr. Denn ihm wurden immer die oberen Klassen zugewiesen, damit die Schüler optimal aufs Abitur vorbereitet wurden. Janine hatte er also nicht länger als ein Jahr gekannt. Trotzdem hätte er von den Depressionen wissen müssen. So etwas sah man doch, oder? »Das … tut mir leid.«

»Sie wussten nichts davon?«

Schneider schüttelte den Kopf.

»Und Janines Noten?«

»Die waren nicht besonders. Janine machte Fehler, die darauf hindeuteten, dass bei ihr die Basis fehlt. Einfachste Übersetzungsfehler. Sie erkannte nicht einmal den AcI…«

Der Beamte winkte ab. Wahrscheinlich hatte er keine Ahnung, was Schneider meinte.

»Gab es an Ihrer Schule Aufholkurse?«

»Natürlich, aber Janine hatte so viel aufzuholen, dass sie …«

»Hat Janine die Aufholkurse besucht?«

»Das … weiß ich nicht.« Schneider wurde klar, wie wenig er über diese Schülerin wusste und plötzlich drückte ihn sein schlechtes Gewissen. Er flüchtete sich allzu gern in die Rolle des bloßen Wissensvermittlers, hielt alles Persönliche außen vor, die Schüler auf Abstand. Er wollte nichts wissen von ihrem Privatleben, wollte auch von sich selbst nichts preisgeben. Lernen auf Distanz war ihm lieber als dieses freundschaftliche Vertrauensverhältnis, das vor allem die jungen Kollegen praktizierten. Die Schule war zum Lernen da. Erziehung war Sache der Eltern genau wie Maßnahmen, wenn die Schüler in Krisen abrutschten. Es war zu anstrengend, sich persönlich einzulassen und … es gab nur Ärger.

Schneider war nicht immer so gewesen. Früher hatte er sich für seine Schüler engagiert. Doch für welchen Lohn? Streit mit den Eltern, Prozessandrohungen, abfällige Bemerkungen vonseiten der Schüler, die ihn nach dem Schulabschluss oftmals nicht mal auf der Straße grüßten, und das, nachdem er sich während zig Überstunden für sie die sprichwörtlichen Beine ausgerissen hatte. Seine Aufgabe war klar, stand im Lehrplan, in den Rahmenrichtlinien: Wissensvermittlung, das kleine und große Latinum. Er hatte die Schüler dorthin zu bringen. Mehr nicht.

»Herr Schneider!« Die strenge Stimme des Beamten riss ihn aus seinen Gedanken.

»Ja?«

»Ob Sie nichts unternommen haben wegen Janines Noten?«

»Ich …« Hilflos ruderte Schneider mit den Händen durch die Luft. »Janine hätte mit ihren Lateinkenntnissen gar nicht bis in die Abiturklasse kommen dürfen. Es fehlte die Basis.«

»Und doch waren Sie es, der sie weiterkommen ließ.«

»Ja. Sie hat im vergangenen Schuljahr zwei Klausuren abgeliefert, die ich mit gut bewerten musste.«

»Musste?«

»Es war eindeutig, dass Janine gespickt hatte.«

»Eindeutig?«

»Na ja …«

»Das heißt, Sie hatten keine Beweise und haben die Klausuren daher besser benotet, als Janine Moser es in Ihren Augen verdient hatte?«

»Ja.«

»Jetzt ist sie tot. Hat sie das auch verdient?«

»Ja … Nein!« Also doch eine Vernehmung. Schneiders Kehle wurde enger. Die imaginäre Schlinge um seinen Hals zog sich zu. Warum ermittelte die Polizei, wenn es doch Selbstmord gewesen war? Weshalb all die Fragen, die ihn doch schon seit Wochen quälten? Ja, er fühlte sich schuldig. Er hatte Janine an die Brüste gefasst. Er war geil gewesen, hatte die Grenze überschritten und es dann so aussehen lassen, als wäre sie es gewesen, die …

Er hatte Iris vertraut, aber die hatte wohl alles nur noch schlimmer gemacht. Mit der Suspendierung vom Unterricht wegen des Vorwurfs der üblen Nachrede war sie zu weit gegangen. Und er hatte die Entscheidung der Direktion befürwortet, um den eigenen Hals zu retten. Wie erbärmlich!

»Ich kann Ihnen keinen Strick daraus drehen, Schneider, aber … wissen Sie, ich bin auch Vater. Ich würde mir für meine Kinder Lehrer wünschen, die in ihnen mehr sehen als Hirne, in die man Wissen hineinstopfen kann. Da sollten Sie mal darüber nachdenken.«

»Ich lasse mir immer gern von anderen Berufsgruppen erklären, wie ich meinen Job zu erledigen habe.« Schneider konterte in der üblich arroganten Weise, aber insgeheim gab er dem Polizisten recht. Er hatte mit seiner Feigheit Schuld auf sich geladen. Große Schuld. Und irgendwann würde er dafür büßen.

28. September, nachts, Alpenrosenhof, Zimmer 206

Vera hatte Anna in den Spa-Bereich folgen wollen, es sich dann aber doch anders überlegt. Sie warf sich aufs Bett und ließ in Gedanken das Gespräch mit der Wirtin noch einmal ablaufen. Was Schneider in seinem Gedicht auszudrücken vermochte, hatte sie heute eindrucksvoll vorgeführt bekommen. Die Wirtin hatte ihm den Stempel ›Mörder‹ aufgedrückt und fühlte sich dabei keinesfalls schlecht. Dass die Polizei dem Einsiedler nichts hatte nachweisen können, beeindruckte diese Frau ebenso wenig wie sein Alibi, an dem es offensichtlich nichts zu rütteln gab, sonst befände er sich jetzt nicht auf dem Einödhof, sondern hinter Gittern. Und die Wirtin war vermutlich nur eine Stimme von vielen hier im Dorf.

Veras Herz schmerzte, als sie an das Leid dachte, das dieser Mann durchmachte. Diese Einsamkeit, das Ausgeschlossensein, der Vorwurf, den er in den Augen der Einwohner von Rabenstein stets erkennen musste, wenn sie ihm begegneten, wahrscheinlich auch die Furcht. Sie machten ihn zum Täter, obwohl er durch den Verlust seiner Lieben doch eigentlich das Opfer war. So wie sie Schneider kennengelernt hatte, konnte er womöglich keiner Fliege etwas zuleide tun. Menschen machen Mörder …

Vera sprang auf und schnappte sich ihren Laptop.

Sie hatte ihre Schlagzeile gefunden. Schnell tippte sie die Überschrift des Artikels in ihren virtuellen Notizblock, denn wenn sie ihre Geistesblitze nicht sofort aufschrieb, versanken sie wieder in den Tiefen ihres Unterbewusstseins, wo sie kaum mehr auffindbar waren.

Zufrieden klappte sie den Laptop zu und ließ sich wieder zurück aufs Bett fallen. Ihre Gedanken wanderten zu Schneider, der einsam und allein auf seinem Hof saß – von der Zivilisation abgeschnitten und in dem Wissen, dass sie ihm den Tod der Alten anlasten würden. Der Carabiniere hatte sich zwar nicht eindeutig ausgedrückt, aber von Rechtsmedizin gesprochen, weshalb Vera auf dem Rückweg mit Anna eins und eins zusammengezählt hatte. Den Leuten im Dorf würde egal sein, dass Schneider nicht der Mörder sein konnte. Eine tote Frau im Wald, und das einen Tag vor Michaeli. Mehr brauchten Tratschtanten wie die Wirtin vermutlich nicht, um sich in ihrer Meinung bestärkt zu sehen und diesen armen Mann weiter anzufeinden.

Vera sah sie bereits vor sich mit Forken in der Hand, die er in seinem Gedicht beschrieben hatte. Fackeln, die ihren flackernden Schein über hasserfüllte Fratzen warfen, ihre zischelnden Worte … Und vor ihrem inneren Auge sah sie die Menge nicht in das müde Antlitz des Dichters starren, sondern in das ihres Vaters. Und plötzlich waren die Erinnerungen an früher wieder präsent. Die Polizisten im Wohnzimmer, die Verhandlung, dann – als er freigesprochen wurde –, die Hassbriefe, die in unregelmäßigen Abständen im Postkasten landeten. Hassbriefe mit Bildern des Jungen, der ihrem Vater vors Auto gelaufen war.

Heute wäre Jan sechs Jahre alt geworden. Wegen Ihnen darf er seinen Geburtstag nicht feiern.

Seinen ersten Schultag darf Jan nicht erleben wegen Ihnen.

Jan hat Fußball geliebt. Wegen Ihnen kann er nie wieder einen Ball ins Tor kicken.

Jede dieser Nachrichten hatte ihren Vater weiter in die Depression getrieben. Bis zu jenem Tag, als er aufgegeben hatte.

»Schlaftabletten«, hatte der Arzt gesagt.

Eine stumme Träne lief aus Veras Augenwinkel. Die Erinnerungen schmerzten immer noch, als hätte sie ihren Vater erst gestern im Bett gefunden. Und jetzt war Schneider derjenige, auf den die Menschen mit dem Finger zeigten. Damals war sie zu jung gewesen, hilflos und naiv. Aber heute war sie erwachsen und musste etwas tun.

Abrupt sprang Vera vom Bett, rannte zur Balkontür und riss sie auf. Das Rauschen des Regens empfing sie, feine Tröpfchen streichelten ihre Wangen. Sie atmete tief ein, dann aus, bis ihre Lungen geleert waren. Erst dann ließ sie wieder Luft einströmen und langsam beruhigte sich ihr wilder Herzschlag.

29. September, morgens, Einödhof

Schneider stand wie am Abend zuvor an seinem Fenster und blickte auf die Wiese vor dem Haus. Der Regen hatte sich in Schnee verwandelt, der in nassen Flocken vom Himmel fiel. Es war nicht ungewöhnlich für diese Jahreszeit, dass es schneite, und der Schnee war Schneider allemal lieber als dieser verdammte Regen. Außerdem hatte er noch etwas Gutes: Wer auch immer da draußen herumschlich, würde Spuren hinterlassen.

Allerdings fragte sich Schneider, ob die Journalistin bei Schnee auf den Berg kommen würde.

Nun, das würde sich bald herausstellen. Die Fortsetzung des Interviews war auf zehn Uhr festgesetzt. Wenn sie kam, war es gut. Wenn nicht … Ja, was, wenn sie nicht kam? Würde der Michaelismörder direkt im Alpenrosenhof zuschlagen und Vera Profanter nicht auf die übliche Weise töten? Oder würde er dieses Jahr auf seine Bluttat verzichten? Nein, er würde ein anderes Opfer auswählen. Schneider fühlte, wie die Anspannung in ihm stieg. Er hatte alles minutiös geplant, hatte monatelang recherchiert, sich vorbereitet und nun machte ihm womöglich das Wetter einen Strich durch die Rechnung?

Das durfte nicht sein.

Wütend starrte Schneider aus dem Fenster und

nahm plötzlich eine Bewegung zwischen den Bäumen wahr. In der nächsten Sekunde überkam ihn eine große Ruhe.

Er zog sein Mobiltelefon aus der Hosentasche und kontaktierte die Carabinieri-Station von Rabenstein.

29. September, morgens, Carabinieri-Station Rabenstein

»Carabinieri-Station Rabenstein?«

»Lantschner?«

Alfred wusste sofort, wen er da am anderen Ende der Leitung hatte. »Schneider.«

»Du willst deinen Mörder fangen?«

»Ich *werde* meinen Mörder fangen.«

»Heute?«

»Korrekt. Es wird keinen weiteren Mord mehr geben.«

»Dann wollen wir beide dasselbe.«

»Das wage ich zu bezweifeln.«

Eine längere Pause trat ein, bevor Schneider sprach. »Seid ihr heute wieder im Wald?«

»Worauf du Gift nehmen kannst.«

»Dann fahr bitte im Alpenrosenhof vorbei und biete der Journalistin an, sie mit auf die Alm zu nehmen.«

»Einen Teufel werde ich tun.«

»Ich bitte dich darum und … ich bitte dich auch darum, beim Interview dabei zu sein. Die ganze Zeit. Das ist besser als deine Fotofalle.«

Alfred zuckte ertappt zusammen. »Was hätte ich davon?«

»Sicherheit.«

Alfred überlegte. Ein Blick auf die Uhr sagte ihm, dass Gabi bald ins Büro kommen würde. Er wollte ihr anbieten, an diesem Tag den Telefondienst zu übernehmen. Jemand musste es tun und sie hatte nach dem Tod ihrer Schwiegermutter sicher tausend Dinge zu erledigen. Außerdem würde er sich besser fühlen, wenn er Gabi in der Sicherheit der Polizeistation wusste.

Er selbst hatte eigentlich die Kollegen unterstützen wollen, aber den mutmaßlichen Mörder von Rabenstein zu überwachen, war dann doch, wie in der ersten Reihe im Kino zu sitzen. Er gab sich einen Ruck. »Ich werde da sein. Wann?«

»10 Uhr. Mit der Journalistin.«

»Mit der Journalistin. Und ich werde dich den ganzen Tag über im Auge behalten.«

»Mach das.« Schneider klang gleichmütig, als könne ihn diese Drohung nicht aus der Ruhe bringen. Als wüsste er etwas, was Alfred nicht wusste. Dem Carabiniere rieselte ein Schauder über den Rücken. Was hatte dieser Scheißkerl da oben geplant?

29. September, morgens, Alpenrosenhof, Zimmer 206

Vera erwachte wieder lange vor ihrer Freundin, doch was sie durch die Balkontür sah, weckte in ihr nicht den Wunsch aufzustehen. Es goss wie aus Kübeln und zwischen den Regentropfen konnte sie immer wieder Schneeflocken ausmachen. Schneeflocken? Im September? Sie schüttelte sich und zog die warme Bettdecke über die Ohren. Bei so einem Wetter sollte man im Bett bleiben. Doch sie durfte nicht. Missmutig schaute sie auf ihr Handy. In nicht mal zwei Stunden musste sie auf dem Einödhof sein, und zwar zu Fuß – bei diesem Sauwetter. Sobald der Artikel fertig war, würde sie von ihrem Chef einen Bonus verlangen. Schmerzensgeld sozusagen.

Seufzend schwang sie die Beine aus dem Bett und schloss als Erstes die Balkontür. Anna und ihre Marotte, bei offenem Fenster schlafen zu müssen, würde sie nicht vermissen. Wehmütig dachte Vera an ihre gemütliche Wohnung und an Jakob. Er würde ihr jetzt heißen Kakao machen oder frischen Kaffee mit aufgeschäumter Milch. Nein, vermutlich würde er sie für verrückt erklären und zu sich ins Bett ziehen. Na ja, morgen war dieser Höllentrip vorbei. Dann könnte das Leben wieder in geordneten Bahnen verlaufen. Während Vera sich die Zähne putzte und warme Sachen anzog, dachte sie lächelnd daran, dass sie dieses

Abenteuer nicht so schnell vergessen würde. Der Gedanke und die Vorstellung, dass ihr Chef von ihrem Artikel begeistert wäre, motivierte sie.

Als sie fertig angezogen war, schlief Anna immer noch. Vera überlegte, ob sie ihre Freundin wecken sollte, entschied sich dann aber dagegen. Anna wollte Urlaub machen. Sie konnte nicht von ihr verlangen, ihre wohlverdiente Auszeit frierend auf einer Holzbank zu verbringen, nur weil Vera sich nicht traute, allein auf den Berg zu steigen. Und das war nur die halbe Wahrheit. Ja, sie musste sich trotz der wütenden Worte, die sie der Wirtin am Abend zuvor entgegengeschleudert hatte, ein mulmiges Gefühl eingestehen, das sich in ihrer Magengegend breitmachte.

Und dafür hasste Vera diese Wirtin und letztlich sich selbst.

Genauso funktionierten Gerüchte. Einer zischte hinter vorgehaltener Hand irgendeine böse Fantasie, der Nächste verkaufte sie als Wahrheit und schon glauben die Leute daran. Ein kleiner Funke, und eh man sich's versah, loderte da eine Flamme der Entrüstung, brannte der Hass und vernichtete die Wahrheit.

Obwohl Vera sich mit Händen und Füßen dagegen wehrte, sich von diesen Gerüchten anstecken zu lassen, war es doch passiert. Und ohne, dass sie es wollte, hallte eine Frage in ihrem Kopf: War der Dichter vielleicht doch ein Mörder?

Konnte es wirklich solche Zufälle geben, dass immer am selben Tag des Jahres eine Frau starb? Eine Frau aus Schneiders Umfeld!

Vera schüttelte den Kopf, während sie die Zimmertür hinter sich zuzog. Sie musste diese negativen Gedanken aus ihrem Hirn verbannen. Der Dichter würde merken, dass sie begann, den Gerüchten Glauben zu schenken. Und das durfte nicht sein. Als Journalistin war es ihr Job, unvoreingenommen zu sein, neutral, objektiv. Schneider brauchte jemanden, der seine Geschichte glaubte, der ihm half, das falsche Bild, das die Leute von ihm hatten, wieder geradezurücken.

Er ist unschuldig, dachte Vera. *Du hast bis jetzt an seine Unschuld geglaubt, also lass dich nicht von einer geschwätzigen Wirtin in die Irre leiten!*

Mit hoch erhobenem Haupt trat sie aus dem Fahrstuhl. Die Wirtin stand hinter dem Empfangstresen und telefonierte. Vera wollte soeben an ihr vorübergehen, kam aber nicht weit. »Frau Profanter? Ich habe hier eine Nachricht für Sie.«

Vera blieb stehen. »Eine Nachricht? Von wem?« Hoffnung keimte in ihr auf. Hatte Jakob sich etwa ins Auto gesetzt und war nach Rabenstein gekommen, um sie zu überraschen? Wartete er vielleicht im Frühstücksraum und würde mit ihr auf den Berg steigen, sie beschützen – vor wem auch immer?

»Die Carabinieri von Rabenstein. Sie sollen bitte nach dem Frühstück hier im Foyer warten.«

»Wieso das denn?« Vera runzelte irritiert die Stirn. »Ich kann doch gar nichts sagen zu dem Fall.«

»Welchem Fall?« In den Augen der Wirtin leuchtete Sensationsgier auf. »Was ist passiert?«

Doch Vera winkte ab. »Ach nichts. Ich hoffe nur, dass es nicht zu lange dauert. Ich habe einen Termin um zehn.«

»Mit …«

»Mit dem Dichter, genau. Wir müssen das Interview zu Ende bringen.«

Die Wirtin zischte durch die Zähne, sagte aber nichts dazu, sondern fragte lediglich: »Zum Frühstück Cappuccino wie gestern?«

»Ja, bitte.« Vera ging in den Frühstücksraum, belud ihren Teller mit all den Leckereien, die das Buffet bot, und setzte sich dann an den Tisch, wo sie tags zuvor mit Anna gefrühstückt hatte. Wieder mit dem Rücken zum Fenster. Von dem miesen Wetter würde sie noch mehr als genug sehen.

29. September, morgens, Wald unterm Einödhof

Ich stehe zwischen den Bäumen und sehe hoch zu dem kleinen weißen Gehöft. Ich weiß, dass er hinter einem der Fenster steht, den Wald nach einer Bewegung absucht, dass er sich fragt, ob er sich getäuscht hat und doch die alte Frau das Opfer des heutigen Michaelistags ist. Ich stelle mir vor, dass Hoffnung in ihm wächst. Die zarte Hoffnung, dass es doch nur Unfälle waren. Zufällig am selben Tag. Und dass das nichts mit dem zu tun haben kann, was er verbrochen hat. Mich berauscht der Gedanke, wie er zwischen Erleichterung und Angst hin und her schwankt, sich am Ende doch für die Sorge entscheidet und eine einzige Frage seinen Geist beherrscht: Wird der heilige Michael noch ein Opfer fordern?

Ich kenne die Antwort und wenn er mich zwischen den Bäumen sieht, weiß auch er Bescheid.

Sie wird sterben und Schneider kann nichts dagegen tun.

Was ich allerdings nicht eingeplant habe, ist der Wirbel, den der Tod der Alten verursacht hat. Als ich die Carabinieri entdeckte, die eindeutig auf der Suche nach ihr waren, habe ich mich dazu entschieden, ihnen die Leiche vor die Füße zu werfen. Ich hatte gehofft, dass sie ihre Suche damit aufgeben würden, doch seit den Morgenstunden wimmelt es im Wald von Uniformierten aller Farben. Damit habe ich mir mein eigenes Vorhaben erschwert.

Egal. Ich werde es schaffen.

Und dieses Katz-und-Maus-Spiel erhöht doch letztlich den Reiz.

Ein weiterer Streifenwagen taucht aus dem Wald auf und statt von meinem Posten zu verschwinden, warte ich, bis er vor dem Einödhof zum Stehen kommt und der Dorf-Carabiniere aussteigt. Will er Schneider befragen, verhören, verhaften?

Doch bevor ich zu einem innerlichen Jubelschrei ansetzen kann, öffnet sich die Beifahrertür.

Was soll das?

Ich balle die Fäuste.

Eine weitere Komplikation.

Aber diese miese Finte wird mich keinesfalls davon abbringen, mein Werk zu vollenden …

29. September, vormittags, Einödhof

Das Angebot des Carabiniere, sie zum Einödhof zu chauffieren, kam überraschend, aber nicht unwillkommen. Vera hatte gern eingewilligt, auch wenn ihr die Begründung reichlich seltsam vorkam. Der Carabiniere, der sich nun endlich als Alfred Lantschner vorgestellt hatte, war in den Frühstücksraum des Hotels marschiert und hatte gemeint, dass er sie quasi aus reiner Nächstenliebe mit auf den Berg nehmen wolle. Vera glaubte ihm kein Wort. Zum einen wirkte dieser Lantschner nicht wie ein Samariter, zum anderen ging sie davon aus, dass der knurrige Kerl ebenfalls zur Fraktion derer gehörte, die Schneider unter Verdacht hatten. Warum also diese Kooperation? Weshalb fuhr der Carabiniere Vera ausgerechnet zu dem Mann, der angeblich der Michaelismörder war?

Das ergab doch alles keinen Sinn. Oder war diese Geschichte möglicherweise komplexer, als sie annahm? Ging sie zu blauäugig an die Sache heran? Hatten die Leute mit ihren Vorwürfen doch recht und sie lief einem Mörder sehenden Auges ins Netz? Aber welche Rolle spielte dann Lantschner? War er ein Komplize, derjenige, der das Lamm zur Schlachtbank führte?

Gerade wieder fing sie einen Seitenblick von ihm auf, der ihre kruden Gedanken noch bestärkte. Als ein

Signalton ihres Telefons das Eintreffen einer neuen Nachricht ankündigte, schreckte sie zusammen. Es war Jakob.

Alles gut bei dir?

Ja. Bin auf dem Weg zum Interview.

Hattest du das nicht gestern?

Wir sind nicht fertig geworden.

Hat der alte Sack so viel zu erzählen?

Nenn ihn nicht so.
Er ist ein armer Mann. Ein einsamer Mann.

Alles klar. Sonst gut?

Na ja …

Nein?

Irgendwas ist seltsam hier.

Was?

Veras Finger verharrte über der Tastatur, dann gab sie sich einen Ruck. Sie musste zumindest Jakob gegenüber sagen, was für Gedanken ihr im Kopf herumgingen.

Ich weiß nicht. Bitte reg dich nicht auf, aber … er wird hier als Mörder gehandelt. Ich glaube es zwar nicht, aber die Dorfbewohner halten nicht mit ihrer Meinung zurück und … es ist irgendwie ansteckend. Na ja …

Im nächsten Moment ertönte der Klingelton ihres Handys. Na toll. Sie hätte wissen müssen, dass Jakob das nicht so einfach schlucken würde.

»Ich habe doch gesagt, du sollst dich nicht aufregen.«

»Spinnst du? Natürlich rege ich mich auf, wenn du so was sagst. Ein Mörder? Und du gehst da hoch? Bist du allein?« Jakobs Stimme klang unnatürlich schrill. Er machte sich Sorgen und auch diese Sorgen waren ansteckend.

Vera fühlte, wie ihr Herzschlag sich beschleunigte. Trotzdem versuchte sie, ihn zu beruhigen. »Gestern war Anna bei mir.«

»Und heute?«

»Heute … nicht.«

»Vera! Mach mich nicht verrückt!« Jakobs Stimme überschlug sich.

»Mach dir keine Sorgen, Jake! Ein Polizist fährt mich gerade hoch. Ich werde vorsichtig sein. Da oben wimmelt es von Carabinieri und überhaupt … Wieso sollte er sich gerade mich als Opfer aussuchen?« Vera war bewusst, wie schwach ihre Argumente klangen, und sie hätte sonst was dafür gegeben, wenn sie das Interview schon abgeschlossen hätte oder – noch besser – gar nicht erst nach Rabenstein gekommen wäre. Aber erstens war sie nun mal da und zweitens …

»Genau dagegen will ich doch ankämpfen, Jakob, dass ein Mensch wegen etwas verurteilt wird, was er womöglich nicht getan hat. Verstehst du mich denn nicht?«

»Das hilft deinem Vater auch nicht mehr, Vera!«

Sie schluckte. Jakob kannte sie gut. »Ich weiß. Aber ich muss es nun mal machen.«

Am anderen Ende der Leitung trat Schweigen ein. Endlich räusperte sich Jakob. »Dann schalte wenigstens die Tracking-Funktion ein.«

»Die Tracking-Funktion?«

»Ja, so kann ich sehen, wo du bist. Und wenn du auch nur ein kleines Stückchen vom Weg abweichst, dann …«

»Ja, Mutter.« Vera grinste schwach.

»Ich wünschte, du würdest ins Hotel zurückgehen.« So viel Sehnsucht lag in diesem einen Satz, dass es Vera vorkam, als wolle ihr das Herz brechen.

»Gegen Mittag bin ich wieder dort. Dann rufe ich dich an und erzähle dir alles, ja? Jetzt muss ich auflegen. Der Hof kommt in Sicht.«

»Ich liebe dich, Vera.« Jakob klang verzweifelt.

»Und ich liebe dich.« Sie tippte auf den roten Hörer und atmete tief durch.

»Da macht sich jemand Sorgen.« Ohne den Blick von dem holprigen Weg abzuwenden, fasste der Carabiniere das Gespräch treffend zusammen.

»Ja. Ich habe ihm erzählt, dass …«

»… dass Sie den Schneider für einen Mörder halten.«

»Ja.« Vera steckte ihr Telefon in die Jackentasche und schaute nach links zu Lantschner. »Halten Sie ihn auch für einen Mörder?«

Langsam nickte der Carabiniere. »Ja.« Er parkte den Wagen auf dem Einödhof und schaltete den Motor ab. »Und deswegen werde ich bei dem Interview anwesend sein. Falls Sie das stört, ist es mir scheißegal.«

Noch vor einem Tag hätte Vera vehement widersprochen. Sie wusste, dass Schneider in seinen Antworten gehemmt sein und das Gespräch unter Aufsicht viel verkrampfter und vielleicht auch weniger ehrlich ausfallen würde. Aber heute war ein anderer Tag und sie konnte noch so sehr dagegen ankämpfen, die Angst kroch unerbittlich in ihr hoch. Trotzdem wollte sie endlich wissen, was hier gespielt wurde. Noch war ihre Neugier größer als die Angst und Vera hoffte, dass es dabei blieb. »Nein, das stört mich nicht«, sagte sie daher und lächelte den Carabiniere freundlich an. »Überhaupt nicht. Aber Sie müssen mir versprechen, dass Sie sich nicht einmischen.«

»Ich werde still und stumm in einer Ecke sitzen und zuhören«, versprach Lantschner. »Und dann werde ich Sie wieder zurück ins Hotel bringen.«

»Danke.«

Vera blieb noch einen Moment sitzen, während der Polizist ausstieg. Ihr Verstand rebellierte, brüllte in ihr, dass sie verflucht noch mal im Streifenwagen sitzen bleiben und den Carabiniere bitten sollte, sofort zurück ins Hotel zu fahren. Aber ihr Bauch respektive das Teufelchen auf ihrer Schulter wollte unbedingt das Rabensteiner Rätsel lösen und die Geheimnisse des Dichters lüften.

Ihr Bauch siegte. Vera stieg aus und folgte Lantschner um die Hausecke. Noch bevor sie klopfen konnte, öffnete sich die Tür und der Einsiedler stand mit unbewegter Miene in der Öffnung. Er zeigte mit keiner Regung, dass er über den Polizeischutz überrascht war, was Vera wunderte. Noch mehr wunderte sie sich, als Schneider dem Carabiniere anders als am Tag zuvor eine Tasse Kaffee anbot und der das Angebot höflich annahm.

Wie sollte sie den plötzlichen Stimmungswechsel deuten? War die abweisende Haltung gestern gespielt oder die heutige Höflichkeit nur Theater? Zwei Männer, die sich so offensichtlich hassten, konnten nicht über Nacht Freunde werden. Vera setzte sich auf denselben Stuhl wie am Tag zuvor und wartete, dass der Einsiedler den Kaffee brachte. Sie nahm sich vor, wachsam zu sein und gleichzeitig das Interview bestmöglich zu beenden. Ein schwieriges Unterfangen, wenn man die Umstände bedachte. Aber was sollte sie tun? Kreischend aus dem Haus laufen und schlimmstenfalls dem wahren Mörder direkt in die Arme? Was, wenn es mehr als nur einen Mörder gab und diese Männer alle unter einer Decke steckten? Was, wenn sie einfach nur verrückt wurde?

Vera legte ihr Diktiergerät wieder auf den Tisch, öffnete ihren Laptop und stellte ihn daneben. Die vertrauten Geräte gaben ihr ein winziges Stück Sicherheit. Sie senkte den Blick, schloss ein paar Sekunden die Augen und zwang sich zur Ruhe. Alles, was sie jetzt brauchte, war der richtige Fokus. Professionalität!

Hinter ihr knarrte es. Der Carabiniere hatte sich auf einen Schaukelstuhl vor dem Ofen platziert. Damit hatte Vera ihn nicht im Blick, was sie angenehm fand. Doch der Dichter würde sich die ganze Zeit über von ihm beobachtet fühlen oder aber mit dem Polizisten Blicke tauschen können, die sie wiederum nicht mitbekam. Das war keinesfalls optimal. Seufzend wechselte sie den Platz und kam sich vor wie auf dem Präsentierteller.

»Können Sie nicht …?« Vera machte eine wedelnde Geste, als würde sie ein lästiges Insekt verscheuchen wollen. Doch der Carabiniere blieb bei seinem Versprechen.

»Ich bleibe im Raum. Aber wissen Sie was?« Er klopfte suchend auf seinen Jackentaschen herum und zog ein Paar Kopfhörer heraus, die er in sein Handy stöpselt. »Ich werde einen Podcast hören. Gut?«

Vera nickte. Das war ein Kompromiss.

In dem Moment trat der Dichter mit einem Holzbrett voller Kaffeetassen durch die Tür, erkannte, dass sie den Platz gewechselt hatte, und erriet wohl auch den Grund, denn er verzog die Lippen zu einem kaum merkbaren Lächeln. Er stellte das Brett ab, brachte dem Carabiniere eine Tasse, dann ließ er sich auf dem freien Stuhl nieder. »Was möchten Sie wissen?«

29. September, vormittags, Alpenrosenhof, Zimmer 206

Es war beinahe zehn Uhr, als Anna endlich erwachte. Sie wusste nicht wieso, aber hier auf dem Berg schlief sie so tief und fest wie sonst nie. Ein Blick aus dem Fenster sagte ihr, dass das Wetter sich nicht gebessert hatte. Im Gegenteil. Es schüttete wie aus Kübeln. Ein Urlaub, wie man ihn sich wünschte …

Ihr Blick wanderte zu dem Platz neben ihr im Bett. Er war leer und erst in dem Moment fiel ihr wieder ein, dass Vera um zehn Uhr diesen Interviewtermin hatte. Vermutlich war sie bereits auf dem Einödhof. Anna verzog das Gesicht. Wenn ihre Freundin bei dem Wetter auf den Berg gelaufen war, musste ihr Enthusiasmus riesig sein.

Während sie sich für das Frühstück anzog, überlegte Anna, was sie tun sollte, bis Vera zurückkam. Ab zehn sollte dieser Sauna-Italienmeister im Spa-Bereich die Hotelgäste verwöhnen, das wäre eine Option. Allerdings würde Vera durchgefroren zurückkommen und sicher gern in die Sauna. Zudem würde sich Anna schlecht fühlen, wenn sie gemütlich schwitzte, während ihre Freundin da oben auf dem Berg vor Kälte bibberte. Dann fiel ihr ein, dass die Wirtin etwas von einem Fest gesagt hatte. Auch wenn das Wetter nicht sehr einladend war, der Festbereich wäre sicher überdacht und sie hatte Lust auf Südtiroler Köstlichkeiten, die dort sicher angeboten würden. Ja, das klang nach einem guten Plan.

29. September, vormittags, Carabinieri-Station Rabenstein

Gabi saß allein in der Carabinieri-Station und wartete. Worauf wusste sie selbst nicht.

Falsch.

Sie wusste es. Sie wartete darauf, dass jemand anrief, um einen Toten zu melden.

Es war Michaeli.

Die Marescialla hatte weder ihren Computer hochgefahren noch ihre Jacke ausgezogen. Sie saß in ihrem Bürosessel und starrte aus dem Fenster. Auch wenn ihre Untätigkeit passiv wirkte, war sie startbereit.

Die Prozession zu Ehren des Schutzpatrons war wegen des starken Regens abgesagt worden, trotzdem pilgerten die Menschen in Grüppchen zur Festwiese. Eine Prozession von Regenschirmen …

Sie war froh, dass Alfred auf die Idee gekommen war, die Journalistin zu begleiten und Schneider im Blick zu behalten, auch wenn sie immer noch nicht glauben konnte, dass er für die Morde verantwortlich war. Die Morde …

Ein zynisches Lächeln stahl sich auf ihr Gesicht. Bisher war sie stets darauf bedacht gewesen, von Unfällen zu sprechen, doch mit dem Tod ihrer Schwiegermutter hatte sich offensichtlich etwas in ihrem Denken verändert. Obwohl die Zirmer-Kattl kein Opfer des Michaelismörders sein konnte, und zwar aus zwei Gründen: Sie hatte keine Beziehung zum Einsiedler und war einen Tag zu früh ermordet worden. Ja, ermordet. Der Rechtsmediziner hatte Würgemale festgestellt und als Todeszeitpunkt den Vormittag angegeben. Also war sie vor dem Sturz vom Felsen schon etwa fünf Stunden tot gewesen. Insofern kam der Einsiedler als Täter durchaus infrage. Doch er konnte die Alte den beiden Carabinieri unmöglich vor die Füße geworfen haben. Denn zu dem Zeitpunkt saß er mit dieser Journalistin in seinem Haus. Entweder hatten sie es mit mehreren Tätern zu tun oder aber der Michaelismörder wollte, dass Schneider nicht länger unter Verdacht stand. Warum?

Gabi überlegte, was geschehen wäre, hätten sie und Alfred die Leiche bereits auf dem Hinweg gefunden. Sie hätten Schneider verdächtigt, hätten ihn mit auf die Wache zur Vernehmung genommen, möglicherweise über Nacht dortbehalten oder auch länger – je nachdem, was die Staatsanwaltschaft verfügt hätte. Und dann wären die Rabensteiner glücklich gewesen, hätten sich in Sicherheit gewähnt … Doch wäre das für diesen Irren, der jedes Jahr um dieselbe Zeit einen Mord beging, nicht einfacher … oder aber ein Fehler im System? Musste die Zirmerin deshalb sterben, weil sie den wahren Mörder erkannt hatte? War ihr Tod möglicherweise gar nicht beabsichtigt gewesen? Aber warum hatte ihr Mörder dann nicht versucht, seine Spuren zu verwischen, wie er das auch bei den anderen drei Frauen getan hatte? War es ihm egal? Wurde er daran gehindert?

Gabi raufte sich die Haare. Was zum Teufel war in diesem Jahr anders als in den Jahren davor?

29. September vormittags, Festplatz Rabenstein

Anna trat unter die Überdachung des Festplatzes und schüttelte den Regenschirm aus, den sie sich im Hotel geliehen hatte. Es war voll unter dem großzügigen Dach und an den Kassen standen in langen Schlangen Menschen in den farbenfrohen Trachten.

»Wo hast denn deine Freundin gelassen?« Eine Männerstimme ließ Anna herumfahren. Es war der nette Verkäufer aus dem Dorfladen.

»Die ist zu ihrem Dichter hoch.«

»Zu Schneider? Auf den Einödhof? Heute?!«

War er blasser geworden?

Anna nickte verwirrt. »Ja?«

Ohne ein weiteres Wort wandte sich der Mann ab, zwängte sich durch die Feiernden und Anna verlor ihn aus den Augen. Ein merkwürdiger Kerl.

Doch sie machte sich keine Gedanken um den verschrobenen Kauz, schließlich war sie hier in den Bergen und die beschränkte Sicht schlug den Menschen wohl aufs Gemüt.

Neugierig schaute sie sich um. Auf den ersten Blick wirkte das Fest wie eine fröhliche Veranstaltung, auf der die Menschen dem Dauerregen trotzten. Doch als Anna genauer hinschaute, sah sie die Anspannung in den Gesichtern der vermeintlich Feiernden. Schnelle Blicke, mit denen sie sich offenbar vergewisserten, dass ihre Liebsten in der Nähe waren. Männer, die die Hände ihrer Partnerinnen nicht losließen, nicht einmal, um die Zeche zu bezahlen. Eine spürbare Nervosität lag über der Menge, die so gar nicht zu dem festlichen Anstrich passen wollte.

Anna mischte sich unter die Leute und spitzte ihre Ohren. Eine Weile konnte sie nur belanglose Plaudereien aufschnappen. Erst als sie an dem improvisierten Tresen auf ihre Bestellung wartete, hörte sie etwas, das möglicherweise Antwort auf ihre Fragen gab. Zwei Frauen tuschelten direkt vor ihr in der Schlange.

»Hast du gehört? Die Zirmerin?«

»Dabei war sie noch so gut drauf.«

»Wenn dich einer um die Ecke bringt, ist es egal, wie fit du bist.«

»Schrecklich, oder? Ich mein, dass so etwas passiert … Bei uns! Rabenstein ist ja nicht etwa in New York oder so.«

»Meinst, das war er jetzt?«

»Der Michaelismord?«

Die Frau rechts nickte bedeutungsvoll und warf einen Blick in die Runde, wobei sie Anna bemerkte, eine Fremde. Sofort wechselten die Frauen das Thema, nahmen ihre bestellten Getränke vom Tresen und liefen weiter.

»Und Sie?«, fragte die Barfrau.

Anna hatte keine Ahnung, was sie bestellen sollte. Spontan entschied sie sich für ein Bier. Die Dame hinter dem Tresen zapfte ungefragt ein Helles und taxierte Anna mit der typischen Intensität einer Landfrau, die genau wusste, wer zur Dorfgemeinschaft gehörte und wer nicht.

Als Städterin hatte Anna gewisse Vorstellungen, was die Voreingenommenheit der Leute aus einem Kaff wie Rabenstein gegenüber Fremden betraf. Entweder blockten sie ab wie die beiden Frauen oder waren froh über einen Impuls von draußen, um nicht ausschließlich im eigenen Saft zu schmoren. Anna verließ sich auf Letzteres und fragte freiheraus: »Habe ich das gerade richtig verstanden, hier ist ein Mord passiert?«

Die Barfrau beugte sich über den Tresen und raunte ihr zu: »Nicht nur einer.«

Anna spürte, wie sich ihre Nackenhärchen aufstellten. »Wie meinen Sie das?«

»In den letzten drei Jahren ist immer an Michaeli eine Frau gestorben. Es hat jedes Mal so ausgesehen wie ein Unfall, aber wenn Sie mich fragen, waren es vertuschte Morde. Und gestern ist wieder eine von uns gestorben. Eine Bäuerin. Und man sagt, diesmal war es definitiv kein Unfall.«

»Sondern Mord«, kombinierte Anna und dachte an ihre Freundin, die mit dem fragwürdigen Dichter allein hoch oben auf dem Berg war.

»Die Frage ist, ob das der Michaelismord war oder …«

»… oder ob heute noch jemand sterben muss.«, beendete Anna den Satz und hörte ihren viel zu hohen Puls in den Ohren rauschen. Mit einer schockierenden Gewissheit wusste sie plötzlich, dass Vera in Gefahr war. Sie wandte sich um und lief hektisch durch die Menge.

»Hey, Ihr Bier!«, hörte sie die Frau hinter dem Tresen rufen. »Tut mir leid, ich muss los«, rief sie zurück und drängelte sich weiter durch die Menge. Nur mühsam kam sie voran und bedauerte, nicht länger bleiben zu können. Die Strauben rochen wirklich lecker. Kunstvoll geflochtener Hefeteig, der in heißem Fett gebacken und dann mit Staubzucker und Preiselbeermarmelade serviert wurde. Doch jetzt war nicht die Zeit für diese Leckerei. Sie musste Vera retten.

Als sie den Ausgang des Festzeltes fast erreicht hatte, machte Anna ein bekanntes Gesicht in der Menge aus. Wie war das möglich?

29. September, vormittags, Einödhof

Seit einer guten halben Stunde saß Alfred auf dem Schaukelstuhl und verfolgte heimlich das Interview. Die Hörer, die er demonstrativ aus seiner Tasche gezogen hatte, steckten zwar in seinen Ohren, doch den angekündigten Podcast hatte er nicht eingeschaltet. Er war zu gespannt darauf, ob Schneider bei der Wahrheit bliebe, wenn er die Fragen der Journalistin beantwortete oder ob er von dem abwich, was er nach den sogenannten Unfällen während der jeweiligen Vernehmung gesagt hatte. Doch Alfred wurde enttäuscht. Schneider wich mit keinem Jota davon ab, was er damals zu Protokoll gegeben hatte. Er erzählte, wie einsam er nach dem Tod seiner Schwester gewesen war, wie rührend sich Rita, die beste Freundin seiner Schwester und Alfreds Frau, um ihn gekümmert hatte. Er erzählte von den langen Gesprächen mit ihr draußen auf der Bank und wie ihr Ehemann falsche Schlüsse gezogen und ihnen ein Verhältnis unterstellt hatte, weil Rita so oft von zu Hause weg und bei ihm auf dem Einödhof gewesen war.

Alfred durchlebte bei Schneiders Worten die letzten Wochen vor Ritas Tod noch einmal. Er sah ihr erhitztes Gesicht, als er ihr unterstellte, dem Einsiedler zu viel Aufmerksamkeit zu schenken. Er sah die Ungläubigkeit in ihrem Gesicht, dann die Verletztheit und fühlte erneut, wie er darunter gelitten hatte, weil sie sich ihm gegenüber immer mehr verschloss. Sie hatte sein Misstrauen mit Gleichgültigkeit bestraft. Er fühlte das schlechte Gewissen in sich hochsteigen und wie es von seiner Eifersucht überboten wurde. Und dann sah Alfred seine geliebte Rita in der Schlucht liegen und in seinem Hals bildete sich der altbekannte Kloß, der es ihm unmöglich machte, gleichmäßig zu atmen und so zu tun, als höre er irgendeinen Podcast.

»Dabei hat sie nichts weiter getan, als mir Trost zu spenden.« Der Einsiedler machte eine Pause. Alfred konnte ihn zwar nicht sehen, glaubte aber, dass Schneider nur für ihn gesprochen hatte.

»Und dann ist auch sie gestorben?«

»Man hat Ihnen von mir erzählt, nicht wahr?«

Instinktiv zog Alfred den Kopf ein und starrte unbeteiligt aus dem Fenster.

»Die Wirtin im Hotel hat mich … gewarnt.« Das letzte Wort flüsterte die junge Frau nur noch. Alfred ahnte, dass es der Journalistin unangenehm war, so direkt gefragt zu werden.

»Aber trotzdem sind Sie hier«, bohrte Schneider weiter.

»Ja. Ich bin hier, weil ich die Wahrheit erfahren will und weil ich nicht möchte, dass Sie zu Unrecht beschuldigt werden.«

»Woher wissen Sie, dass ich zu Unrecht beschuldigt werde?«

»Ihr Gedicht.« Alfred hörte Papier rascheln. Es kostete ihn sämtliche Überwindung, nicht hinüber zum Tisch zu sehen. Stattdessen starrte er stur geradeaus und lauschte. »Darin ist so viel Leid und

Einsamkeit … Ich kann mir gut vorstellen, wie es in Ihnen aussieht und ich … ich möchte nicht, dass Sie daran zugrunde gehen.«

Alfred wusste nichts über das erwähnte Gedicht, erkannte jedoch, dass es da etwas geben musste, was die junge Frau mit Schneider verband. Auch sie kannte dieses Leid, von dem sie sprach, und die Einsamkeit.

Für eine Weile blieb es still. Alfred wurde langsam ungeduldig. Aber dann zerstörte ein polyfoner Rufton den endlos erscheinenden Moment.

»Meine Freundin. Ich werde mich nachher bei ihr melden.« Die Journalistin räusperte sich verlegen. »Verzeihen Sie bitte die Unterbrechung. Also, Rita starb ebenfalls. Wieder am 29. September unter den gleichen Bedingungen?«

»Ja«, brummte Schneider. »Auch sie hat sich angeblich selbst in den Tod gestürzt. Sie lag in einer Schlucht nicht weit von hier. Genau wie meine Schwester und nach ihr die Ladstätter Lies.«

29. September, vormittags, Forststraße unterm Einödhof

Seit Anna die schrecklichen Gerüchte über die tote Frau gehört hatte, stand sie unter Strom. Was, wenn ihre Freundin dem Killer geradewegs in die Arme gelaufen war? Im Gehen versuchte sie, Vera zu erreichen, doch obwohl sie es zweimal hintereinander läuten ließ, ging ihre Freundin nicht ans Telefon. Natürlich! Vera hatte ihr Handy sicher auf lautlos gestellt, um bei dem Interview nicht gestört zu werden.

Was sollte sie machen? Sie überlegte, sich an den netten Carabiniere von gestern zu wenden. Aber was sollte sie sagen, dass sie Angst um ihre Freundin hatte, weil die möglicherweise ein Rendezvous mit dem Killer hatte? Der Carabiniere lebte in diesem Dorf. Die Gerüchte waren ihm gewiss nicht fremd; er wusste sicher, was die Tratschweiber dem Einsiedler unterstellten. Trotzdem hatte er nichts gegen ihn unternommen, vielleicht nichts unternehmen können.

Annas Gedanken galoppierten weiter. Vielleicht hatte der Mörder es aber immer so geschickt angestellt, dass man ihm nichts nachweisen konnte. Vermutlich hatte er seine Spuren gut verwischt, sich bombensichere Alibis besorgt und ins Fäustchen gelacht, als er rotzfrech dabei zusah, wie die Köpfe der Carabinieri bei dem Versuch qualmten, ihm den Mord anzuhängen. Und nun hatte er ein neues Opfer auf den Einödhof gelockt und Vera war ihm bereitwillig in die Falle gegangen. Wie eine Motte war sie ins Licht geflogen. Verdammt!

Anna wurde übel, als sie erkannte, dass der Einsiedler diese Aktion von langer Hand geplant haben musste. Er musste recherchiert haben. Es war sicher ein Leichtes für ihn gewesen, herauszufinden, dass Vera sich für Menschen einsetzte, die unschuldig ins Gerede gekommen waren. Dann hatte er sie mit diesem verdammten Gedicht auf sich aufmerksam gemacht.

Moment! Anna blieb stehen. Wie hatte der Dichter wissen können, dass Vera ein Porträt machen würde? So gut konnte er sie doch nicht kennen, oder? War er etwa so weit gegangen, in ihrer Vergangenheit zu graben? Wusste er von Veras Vater? Von dem Unfall, den Depressionen? Nur dann machte diese Aktion Sinn, denn Vera hatte nie einen der anderen Autoren porträtiert, deren Gedichte in den *Literarischen Seiten* erschienen waren. Je länger Anna darüber nachdachte, desto logischer erschien ihr, dass der Dichter mehr von Vera wusste, als sie auch nur ahnte. Und dass seine Zuschriften an die Zeitung Bestandteil seines ausgeklügelten Spiels waren, mit denen er sie zu sich auf den Hof hatte locken wollen, um sie … Anna wagte es nicht, den Gedanken zu Ende zu denken.

Inzwischen befand sie sich auf dem Steig, der steil bergan zur Forststraße führte. Hastig eilte sie weiter. Sie achtete nicht auf den Regen, nicht auf die Rinnsale, die von ihren Haaren in den Ausschnitt ihrer Jacke liefen, nicht auf das Stechen in ihrer Lunge, nicht auf das Rauschen in ihren Ohren, weil ihr Herz überproportional schnell schlug. Sie musste Vera warnen. Sie musste ihre Freundin beschützen. Wenn sie zu zweit wären, würde der Dichter es nicht wagen, sie zu …

Entschlossen trat sie auf den Forstweg und plötzlich war da wieder das bekannte Gesicht aus der Menschenmenge im Festzelt.

»Du? Zum Glück!«, sagte sie erleichtert und verstand nur eine Sekunde später die Welt nicht mehr.

29. September, vormittags, Einödhof

Es war still im Raum. Weder der Dichter sagte etwas noch Alfred Lantschner, der unbeteiligt mit seinen Kopfhörern in den Ohren auf dem Schaukelstuhl saß. Vera war froh über die Stille, denn sie konnte keinen einzigen zusammenhängenden Gedanken fassen. Was der Dichter eben erzählt hatte, war zu schrecklich. Fünf tote Frauen säumten seinen Weg, bevölkerten seine Gedanken. Fünf Frauen, deren Schicksale sich mit seinem verbunden hatten. Und er glaubte, für seine Schuld büßen zu müssen.

In der Stube war es düster geworden. Das Tageslicht drang kaum noch durch den dichten Nebel, der die Welt da draußen auf surreale Weise abschirmte. Jedoch hatte niemand das Bedürfnis, in der Stube das Licht einzuschalten. Die Stille war nicht länger wohltuend, sondern erdrückend. Das einzige Geräusch kaum vom Schaukelstuhl, der leise knarzte.

»Aber wer hat die Frauen ermordet?« Obwohl ihre Frage nicht mehr als ein Flüstern war, klang es fehl am Platz und viel zu laut in dieser seltsamen Stille.

Der Dichter erwachte aus seiner Trance. »Fragen Sie ihn!« Er deutete mit dem Daumen auf den Carabiniere.

Wieder knarzte der Schaukelstuhl. Veras Blick wanderte zu Lantschner.

Der schüttelte den Kopf. »Der Rechtsmediziner konnte keine Fremdeinwirkung feststellen. Die drei Frauen, die in Rabenstein gestorben sind, kamen aktenkundig durch einen Unfall ums Leben.«

Vera konnte seinem Tonfall entnehmen, dass er dem Urteil der Rechtsmedizin nicht glaubte und seine eigenen Theorien hatte. Doch bevor sie fragen konnte, fuhr er schon fort: »Bis auf die Zirmerin. Die Frau, die gestern gestorben ist. Sie hatte Würgemale am Hals und ist erst Stunden nach ihrem Tod den Felsen hinuntergestürzt worden.«

»Die gleiche Methode. Aber ist es auch derselbe Mörder?«

»Das wissen wir noch nicht. Wenn es derselbe ist, wird er unvorsichtig. Bisher sah es immer so aus, als wäre es ein Unfall gewesen. Bei der Zirmerin nicht.«

»Die Frau ist aber auch nicht am 29. September ermordet worden«, gab Vera zu bedenken und registrierte beiläufig, dass Alfred Lantschner immer noch seine Kopfhörer in den Ohren hatte.

Der Carabiniere nickte. »Daher mutmaßen wir, dass es sich bei der Zirmer-Kattl nicht um das Michaelisopfer handelt.«

»Also denken Sie, dass da heute noch ein Mord passiert?«

Wieder nickte der Carabiniere, sagte aber nichts.

»Und deswegen sind Sie hier, oder?«, hakte Vera nach. »Weil Sie denken, dass Herr Schneider der Mörder ist, obwohl Sie ihm all die Jahre nichts nachweisen konnten. Einfach, weil er der Fremde ist und zurückgezogen auf einem Hof lebt. Das ist natürlich allemal bequemer, als einen Menschen zu verdächtigen, mit dem man seit Jahren Tür an Tür lebt oder zur Schule gegangen ist, nicht wahr?«

Vera merkte, dass sie sich in Rage redete. Da war sie wieder: Die Ungerechtigkeit, die Bösartigkeit, mit der Menschen den Stab über andere brachen – ohne Beweise, einfach weil es praktisch war.

»Wissen Sie was? Ich habe genug von Ihrer Heuchelei und dem bigotten Getue in diesem Kaff. Sie sind alle … schlechte Menschen. Jawohl, genau das sind Sie.« Wütend wandte sich Vera an den Dichter. »Herr Schneider, ich bedanke mich für das Interview. Ich weiß, dass Sie unschuldig sind. Auch am Tod dieser Schülerin. Menschen mit Depressionen sieht man ihre Krankheit oft nicht an. Glauben Sie mir, ich kann ein Lied davon singen.«

Schneider wiegte den Kopf, als wolle er ihr widersprechen.

»Nein, sagen Sie nichts! Ich habe alles, was ich brauche.« Sie schaltete das Diktiergerät aus und sammelte ihre sieben Sachen ein. »Das Porträt schicke ich Ihnen zu, bevor es veröffentlicht wird. Sollte etwas drinstehen, was nicht den Tatsachen entspricht, melden Sie sich bitte. Das Honorar für das Abdrucken des Gedichts senden wir Ihnen als Verrechnungsscheck per Post. Ich … bedanke mich.« Beherzt streckte sie ihm die Hand entgegen.

Schneider ergriff sie und stand auf. »Ich bedanke mich für Ihre Zeit, liebe Frau Profanter. Und ich wünsche Ihnen … Glück.«

»Danke.« Vera sah zu dem Carabiniere, der im Begriff war, sich aus dem Schaukelstuhl hochzustemmen. »Bleiben Sie, wo Sie sind. Ich komme allein ins Tal.

Behalten Sie ruhig Herrn Schneider im Auge. Ich denke, er wird nichts dagegen haben, wenn Sie ihm zu einem Alibi verhelfen, während da draußen irgendwo ein Killer herumläuft.«

»Aber der Regen …«

»Ich bin nicht aus Zucker.« Auch wenn es Vera davor graute, allein zurück ins Tal zu laufen, war ihr das allemal lieber, als den Dienst dieses halbseidenen Carabiniere in Anspruch zu nehmen. Von wegen Podcast! Der Kerl hatte doch die ganze Zeit zugehört. Da bevorzugte sie lieber einen ehrlichen Marsch durch den Regen statt die Verlogenheit dieses Heuchlers. Er hatte sie doch nur begleitet, um Schneider auszuspionieren. Nein, mit so einem wollte sie nicht in einem Auto sitzen.

Ohne ein weiteres Wort zog Vera ihre Regenjacke über und verließ das Haus. Bevor sie in den strömenden Regen trat, wollte sie Anna zurückrufen. Doch kaum strich sie über das Display ihres Handys, blinkte dort eine merkwürdige Meldung auf.

Fremdes Netzwerk gefunden. Verbinden?

Das war interessant. Sie klickte auf Ja und die Liste der verfügbaren Netzwerke erschien. Eines war der Hotspot eines Handys mit der Bezeichnung *Lantschner.A*. Warum der Carabiniere ihn eingeschaltet hatte, erschloss sich Vera nicht. Doch ihre Aufmerksamkeit galt auch dem zweiten Netzwerk. Ein WLAN mit dem Namen *Einödhof2909*.

Der Ort, das Datum!

Veras Herz begann zu rasen, als ihr klar wurde, dass nicht nur Alfred Lantschner sie belogen hatte.

29. September, mittags, Forststraße unterm Einödhof

Nichts läuft nach Plan. Zuerst die Alte, dann heute Morgen der Carabiniere und jetzt sie.

Warum läuft die Freundin wie ein kopfloses Huhn durch den Wald und stört mich? Kann ich nicht mal bei diesem Sauwetter davon ausgehen, allein zu sein?

Oder ist es Schicksal, dass mir dieses dumme Ding direkt vor die Füße läuft? Ist sie mein Plan B – jetzt, da mein eigentliches Opfer von diesem Bullen beschützt und durch die Gegend kutschiert wird?

Unschlüssig betrachte ich das Bündel zu meinen Füßen. Sie ist hübsch und noch am Leben. Ihr Brustkorb hebt und senkt sich. Ganz leicht nur, denn ihr Atem ist schwach. Ein dünner Faden, der sie am Leben hält, den ich aber mit einer sanften Berührung jederzeit durchtrennen kann.

Wenn sie mein heutiges Opfer wird, ist es noch nicht vorbei. Aber sie muss verschwinden, sie hat mich erkannt. Ich habe das Funkeln der Erkenntnis in ihren Augen gesehen. Doch sie wird diese Erkenntnis mit niemandem mehr teilen können. Wenn sie erwacht, wird ihr letzter Blick auf den Nebel gerichtet sein. Den Nebel, der über dem Abgrund hängt, der alles verschlingt, auch die furchterregende Tiefe …

Ihr Telefon vibriert. Wieder. Und wieder.

Ich vergewissere mich nicht, ob sie es ist, die ihre

Freundin anruft. Es ist egal. Mit ein paar Schritten bin ich auf meinem Beobachtungsposten und spähe zum Einödhof. Der Streifenwagen steht immer noch vor der Tür, das Interview läuft noch.

Ob Schneider ihr die Wahrheit über mich erzählt? In den vergangenen Jahren hätte er mich leicht ans Messer liefern können, und doch hat er geschwiegen.

Warum?

Das ist die einzige Frage, die ich ihm irgendwann stellen werde.

Warum hast du geschwiegen?

29. September, mittags, Einödhof

Die beiden Männer saßen einander gegenüber in der finsteren Stube. Die Haustür war längst ins Schloss gefallen.

Schneider starrte in seine Tasse auf dem Tisch, der Rest Kaffee darin war mittlerweile kalt. Draußen hörte er die Schritte der Journalistin auf dem Kies, die sich allmählich im Regen verloren. Vera Profanter lief ihrem Schicksal entgegen.

»Du lässt diese Frau einfach allein in den Wald gehen?«

»Ich bleibe lieber bei dir.«

Schneider schaute auf seine Armbanduhr. Zeit, aufzubrechen. Schwerfällig stemmte er sich hoch.

»Wo willst du hin?«

»Du wirst schon sehen.«

Im Hinausgehen schlüpfte Schneider in seine Lodenjacke, setzte den Filzhut auf. An der Haustür blieb er stehen und wartete wortlos darauf, dass Alfred ihm folgte. Dann zog er die Jacke zu und trat hinaus in den Regen.

»Schneider!«

Doch der Einsiedler ignorierte die Warnung in der Stimme des Carabiniere. Zügig schritt er aus, bog um die Ecke, ging am Streifenwagen vorbei, ohne Alfred Beachtung zu schenken.

Das nasskalte Wetter lud nicht zum Wandern ein und Schneider rannte förmlich Richtung Forststraße. Deshalb entschied Alfred Lantschner, dass er dem verrückten Einsiedler im Wagen folgen würde. Aufhalten konnte er ihn nicht, dafür gab es keinen triftigen Grund. Solange Schneider auf der Straße blieb, konnte Alfred ihn auch gemütlich im Auto verfolgen.

Die Frontscheibe beschlug sofort, als er sich eilig hinter das Lenkrad setzte. Fluchend drehte Lantschner die Heizung hoch, das Gebläse arbeitete auf Hochtouren. Wenn er nicht bald etwas sah, würde Schneider fort sein.

Vor fünf Jahren, 20. September, nachmittags, Graz, Bundesgymnasium, Kirchgasse, Flur

Janine hatte mich gebeten, vor der Klasse zu warten. Der Lateinlehrer hatte sie zu einer persönlichen Sprechstunde gebeten und sie hatte Angst vor ihm.

Ich kannte ihre Erzählungen darüber, wie er auf ihr herumhackte, wie er ihre vermeintlich ungenügenden Leistungen vor der Klasse herausposaunte, sogar vor verächtlichen Bemerkungen über Janines Erscheinungsbild nicht Halt machte.

Auch wenn ich wusste, wie sehr sie litt, dass sie vor Klassenarbeiten in Latein tagelang nichts hinunterbrachte und nicht schlief, war ich ihm auf eine egoistische Art dankbar, denn Schneider war der Grund dafür, dass Janine und ich ein Paar waren. Sie hatte einen Nachhilfelehrer gesucht und meinen Aushang gesehen. Ich hatte mich sofort in ihre rehbraunen Augen verliebt, in ihr schüchternes Lächeln, und gleich nach der ersten Stunde hatte ich sie darum gebeten, mit mir auszugehen. Einen Monat später waren wir ein Paar und ihre Lateinnoten leider immer noch mies.

Dass Schneider sie zu einer persönlichen Sprechstunde bat, konnte daher nichts Gutes bedeuten, und ich verstand, dass Janine mich als Sicherheit in Reichweite wissen wollte. Ich fühlte mich geehrt, denn sie hatte mich zu ihrem Beschützer erwählt. Und so stand ich mit stolzgeschwellter Brust auf dem Flur und hörte jedes Wort mit, das drinnen gesprochen wurde.

Als sie entrüstet »Herr Schneider!« ausstieß, sprang ich auf und betrat den Klassenraum. Der Anblick versetzte mich in eine Art Schockstarre. Schneider und Janine standen sich gegenüber, er hatte sie am Oberarm gepackt und zu sich herangezogen. Sein Daumen strich über ihre Schulter.

»Hör auf, Janine!« In Schneiders Blick stand ein gieriger Glanz, er leckte sich über die Lippen, als wäre er drauf und dran, einen Leckerbissen zu vernaschen.

Janine wehrte sich, doch gegen die Kraft dieses Mannes kam sie nicht an. »Ich habe nichts getan! Sie haben doch …«

»Nein, es war ein Versehen. Du bist in dem Moment, als ich … Du weißt genau, was du hier tust. Aber es wird dir nichts bringen.«

Was Schneider sagte und was er tat, korrelierte in keiner Weise. Der Kerl hatte einen Ständer! Mit geiferndem Blick zog er Janine noch näher. »Janine«, keuchte dieser alte Sack, tätschelte ihre Brüste, rieb über ihre Nippel und packte dann zu, als wäre Janine eine Hure. Ich hätte kotzen mögen, doch stand ich immer noch da wie gelähmt.

»Nein! Hilfe! Bitte lassen Sie mich! Ich will das

nicht! Hiiilfe!« Ihr Schrei weckte mich endlich aus der Starre. Mit einem heroischen Brüllen stürmte ich auf die beiden zu und riss seine dreckigen Hände von ihr. Über meine Augen legte sich ein roter Schleier, ich versetzte dem Wichser einen Stoß, dass er an die Tafel prallte, und schrie ihn an, dass er ein Schwein sei, ein dreckiges Schwein. Ich weiß gar nicht, wie oft ich das schrie, bevor ich Janine aus der Reichweite dieses widerlichen alten Sacks zog.

Erst draußen auf der Gasse ließ ich ihr Handgelenk los und rammte meine Faust gegen eine Mauer, um mich abzureagieren. Allmählich verebbte die Wut. Dann bemerkte ich, dass sie weinte. »Ninni?«

Janine wurde von Schluchzern geschüttelt. So sehr, dass sie nicht sprechen konnte. Ihr Handgelenk war gerötet. Auch ich hatte ihr wehgetan.

»Ninni … geht's?«

Sie schüttelte nur den Kopf.

Ich schloss meine Arme um sie, wollte ihr Geborgenheit vermitteln, zeigen, dass sie nicht allein war, dass ich zu ihr hielt, sie beschützte und … Ich hatte sie beschützt, ging mir in diesem Moment auf. Ich hatte sie vor ihrem geilen Lehrer beschützt, der sich gewiss nicht damit zufriedengegeben hätte, ihre Brüste zu begrapschen. Ich, ein Student im dritten Semester, hatte einen erwachsenen Lehrer besiegt, der übergriffig geworden war.

»Dem hab ich's gezeigt, wie?«

Janines Schluchzen verstärkte sich und als es auch nach längerer Zeit nicht aufhören wollte, merkte ich, dass da noch etwas war. »Was, Janine? Was ist?«

Wieder schüttelte sie den Kopf.

»Erzähl's mir, Janine!«

Intuitiv verstand ich, dass es da etwas gab, worüber sie nicht gern sprach. Ich hob behutsam ihr Kinn, sodass sie mir in die Augen sehen musste. »Was ist es, Janine?«

Ihr Blick war so schmerzerfüllt, dass es mir das Herz zerriss.

»Hat es mit diesem Wichser zu tun?«

Sie nickte.

»Hat er dich schon einmal bedrängt?«

Gepeinigt schloss sie die Augen.

»Er hat dich schon einmal bedrängt.« Wieder schob sich der rote Schleier vor meine Augen und alles in mir drängte danach, zurück in diese Klasse zu rennen und diesem Drecksack die Fresse zu polieren. Doch ich hielt mich zurück. Es war wichtiger, für Janine da zu sein. »Was hat er getan?«

»Er hat mich … er hat …« Der Rest ging in Schluchzern unter.

»Er hat dich schon einmal begrapscht?« Ich wartete auf eine Antwort, doch es kam keine. »Ist es das, Janine? Oder ist es schlimmer?«

»Schlimmer.«

Ich stieß einen wütenden Schrei aus. »Was hat er getan? Ich bringe ihn um!«

Janine erwiderte nichts. Ich packte sie an den Schultern. »Sag es mir! Ich muss es wissen. Hat er dich gefickt?«

Mit tränennassem Gesicht sah sie mich an. »Lass ihn!«, sagte sie. »Am Ende werden doch alle nur ihm glauben.«

Das war mir Bestätigung genug. Dieses geile alte

Arschloch hatte Janine vergewaltigt, sie gefickt. Ein Lehrer! Er hatte seine Machtposition und die miese Lage einer Schülerin ausgenutzt, mit seinen öffentlichen Tiraden über ihre schlechten Noten noch forciert, um sich dann auf sie zu stürzen wie ein Monster.

Rasend vor Wut rammte ich meine Faust erneut gegen die Mauer. Ich wollte sie dem dreckigen Schwein in die Visage drücken, ihn verprügeln, ihn vernichten, bis nichts mehr von seiner Arroganz übrig war.

Doch Janine hielt mich zurück.

Und dann fing es an zu regnen.

29. September, mittags, Forststraße unterm Einödhof

Veras Herz flatterte wie ein verängstigter Vogel. Wie dumm sie doch war! Sämtliche krampfhaft zurechtgelegten Argumente, mit denen sie die Unschuld des Dichters hatte begründen wollen, waren zu einem Häufchen Nichts zusammengefallen.

Er hatte Internet!

Er hatte gelogen!

Ich verlasse den Einödhof nie und leider habe ich auch schlechte Nachrichten, was die Telefonverbindung angeht. Ich bin nicht im Besitz eines solchen Geräts. Auch über einen Internetanschluss verfüge ich nicht.

So hatte es in seinem Brief gestanden. Nie im Traum wäre sie auf die Idee gekommen, dass jemand sie wegen so etwas anlügen würde.

Er hatte es getan, um sie zu sich auf den Einödhof zu locken. Das war ihr jetzt klar. Und mit dieser Gewissheit stellte Vera alles infrage, was der Dichter gesagt hatte. Nichts entsprach der Wahrheit. Das Märchen von den bösen Menschen, die mit den Fingern auf ihn zeigten, ihn für etwas beschuldigten, was er nicht getan hatte. Die rührselige Story von fünf Frauenleichen, die das Schicksal ihm quasi vor die Füße geworfen hatte. Alles gelogen!

Und sie war nur allzu bereit gewesen, ihm zu glauben. Naiv und dumm. Ja, das war sie. Naiv und dumm! Als Journalistin hätte sie doch wissen müssen, dass jede Medaille zwei Seiten hat, jede Geschichte ins Gegenteil verkehrt werden kann. Warum nur hatte sie lediglich die eine Seite sehen wollen?

Vera biss die Zähne zusammen und stapfte weiter. Weg, nur schnell weg von diesem gottverfluchten Einödhof, von diesem manipulativen Möchte-gern-Dichter, der sich jetzt wohl ins Fäustchen lachte … oder sich ärgerte, weil der Carabiniere seine Taktik durchschaut und ihn zurückgehalten hatte.

Sie blieb stehen. Der Carabiniere hatte sie gerettet. Wenn sie den heutigen Tag überlebte, dann nur, weil er sich ihr aufgedrängt hatte.

Vera stöhnte. Noch vor ein paar Minuten war Alfred Lantschner für sie ein Störenfried gewesen. Beinahe hätte sie darauf bestanden, dass er den Raum verließ, das Haus, den Hof. Was dann wohl geschehen wäre?

Ihr Herz pochte noch schneller. In ihrer Blauäugigkeit hatte sie sich selbst einer großen Gefahr ausgeliefert, hatte alle Warnungen in den Wind geschlagen, die Wirtin für ihre Bösartigkeit verflucht, über die Andeutungen des Verkäufers im Dorfladen den Kopf geschüttelt und in ihrer grenzenlosen Arroganz sämtliche Bewohner des Dorfes für verrückt gehalten, für dumm. Aber sie war die dümmste Närrin von allen!

Es wurde Zeit, von hier zu verschwinden. Sobald sie zurück im Hotel war, würde sie ihre Sachen packen und mit Anna zurück nach Graz fahren. Zurück in ihr altes Leben, zurück zu Jake. Er fehlte ihr. Gerade jetzt, da sie sich selbst so sehr hasste. Sie wollte von Jake umarmt, getröstet werden, wollte von ihm hören, dass er verstand, warum sie sich so auf die Unschuld des Dichters versteift und ausnahmslos seine Geschichte geglaubt hatte. Jake würde ihr sagen, dass sie nicht dumm war. Er würde ihr Kakao kochen und sie trotzdem lieben – mit all ihren Fehlern.

Veras Tränen vermischten sich mit dem Regen. Wie sie ihn hasste! Den Regen, den Nebel, den Wald … das ewige Grau dieses unwirtlichen Ortes.

Der Tod hängt in der Luft.

Sie wusste nicht, warum ihr plötzlich diese Zeile aus dem Gedicht des falschen Dichters einfiel.

Doch.

Sie wusste es.

Dieses verdammte Grau machte sie depressiv. Diese verdammte Stille ließ sie an den Tod denken.

Ein Schauder ließ Vera frösteln, der nicht von dem nasskalten Wetter herrührte. Sie musste diese trüben, selbstzerstörerischen Gedanken loswerden. Die Panik, die mit gierigen Fingern nach ihr griff. Das hier war ein Wald, ein ganz normaler Wald, ohne Giftschlangen, ohne Raubtiere. Nur Bäume, nur Regen. Wovor sollte sie sich fürchten?

Vor dem Michaelismörder! Er liegt auf der Lauer und wartet auf sein nächstes Opfer. Er wartet auf dich!

Vera wischte die Tränen fort, ignorierte das Stimmchen, das ihre Angst in Worte fasste. Es gab keinen Mörder. Es war nichts bewiesen. Schneider hatte ein Alibi für jeden gottverdammten 29. September. Es waren Unfälle gewesen.

Tragische Unfälle, dumme Zufälle. Mehr nicht!

»Unfälle«, wiederholte Vera laut, um sich selbst zu überzeugen, doch ihre Stimme klang viel zu schwach, drang nur mühsam durch den Nebel.

»Lasst mich doch alle in Ruhe!«, rief sie lauter, meinte aber letztlich sich selbst. Ihre Gedanken drehten sich im Kreis, machten ihr Angst. War es so ihrem Vater ergangen, konnte auch er die Stimme nicht abstellen?

In ihrem Kopf dröhnte ein einziges Wort: TOD!

Wieder und immer wieder, bis Vera mit einer wütenden Handbewegung die Stimme zum Schweigen brachte.

»I wanna marry a Lighthouse keeper«, brüllte sie in die Stille des Waldes.

Warum fiel ihr gerade dieses Lied ein? Vielleicht wegen des Nebels. Es war auch egal. Sie musste nur mit derselben quakenden Stimme wie Erika Eigen singen, um das Gedankenkarussell anzuhalten. Vera sang und schritt zügig aus … die Forststraße entlang, weiter durch den Wald. Noch etwa zwanzig Minuten, dann würde sie Rabenstein erreichen.

Ein Knacken im Unterholz ließ sie zusammenfahren. Vera schloss den Mund und lauschte in die Stille. Bereit zur Flucht sah sie den Abhang hinauf. Doch da war nichts. Nichts als die nassen Stämme der Kiefern, an deren Ästen Baumflechten wie die Bärte alter Männer hingen. Dazwischen Nebelschwaden und dahinter … die Schafweide vom Einödhof. Im Haus war es dunkel. Ob die beiden Männer wohl immer noch in der Stube hockten – ohne ein Wort, ohne Licht?

Vielleicht hatte der Einsiedler in der Zwischenzeit auch den Carabiniere überwältigt und war auf dem

Weg hierher. Zu ihr. Um … Wieder knackte es im Unterholz. Veras Herz schlug viel zu schnell, ihr Atem ging stoßweise. Viel zu laut … er übertönte jedes Geräusch. Sie hielt die Luft an, horchte, atmete einmal schnell ein, dann wieder aus, horchte wieder. Nichts. Was oder wer auch immer diesen Ast zum Knacken gebracht hatte, war jetzt still.

Leise ging sie weiter, horchte um sich und warf aufmerksame Blicke in alle Richtungen. Das Knacken wiederholte sich nicht, dafür drang ein anderes Geräusch aus dem Wald. Ein Rauschen. Als Vera sich umwandte, sah sie den Regen. Wie ein mächtiges Monster kam er auf sie zu, eine Wand aus Regen. Das Rauschen ging über in ein bedrohliches Prasseln, das näherkam, immer näher …

Vera rannte los, passierte den Felsvorsprung, die Kapuze schützend über ihr Haar gezogen. Die Straße war kaum noch zu sehen, nahezu blind setzte sie einen Fuß vor den anderen. Nur fort von hier, weiter Richtung Tal. Sie kannte mittlerweile die Wegmarken. Rechts die verkrüppelte Zwillingskiefer, links kam gleich nach dem Felsen, der wie ein Hinkelstein aussah, der erste furchtbare Abgrund. Hinter einer grasbewachsenen Böschung ging es steil nach unten. Vera rannte auf den Hinkelstein zu, erkannte den morschen Balken, der den Abgrund notdürftig sicherte, und dann … streikten ihre Muskeln. Obwohl ihr Verstand schrie, sie solle weiterlaufen, bremste Vera scharf ab.

Wie aus dem Nichts war eine Gestalt vor ihr aufgetaucht. Adrenalin flutete ihren Kreislauf. Der Regen prasselte auf sie nieder, eine Böe riss ihr die Kapuze vom Kopf. Es war nicht Schneider, der dort stand, nicht Alfred Lantschner. Es musste ein Geist sein, eine Materialisierung ihres sehnlichsten Wunsches.

»Jake?«

Vera fühlte keine Kälte mehr, hatte nicht länger Angst vor dem Wald, dem Mörder, dem Regen. Alles, was sie in diesem seltsamen Moment empfand, war pures Entsetzen darüber, dass sie verrückt geworden sein könnte. Die Gestalt vor ihr konnte nur ein Trugbild sein. Ihre Sehnsucht nach Jakob, ihr Wunsch nach Sicherheit, nach Schutz vor der ungreifbaren Bedrohung hatte in ihrem wirren Verstand ein Fantasiegebilde entstehen lassen. Jakob konnte nicht hier sein. Er war doch mit Phil und June in diesem Wellnesshotel … weit weg von hier.

»Ja, ich«, sagte er und schenkte ihr dieses unverkennbare Lächeln, das nur ihr gehörte und das sie so sehr liebte.

Trugbild hin oder her – Vera flog ihm mit einem Schluchzer in die Arme, genoss es, wie er sie an sich drückte, genoss seine Wärme und die Sicherheit. Vergessen war der Wald, die unheimliche Stille, der Nebel und all die Lügen des Dichters.

Nur sie und Jakob waren hier.

Warum eigentlich, wie war das möglich, woher wusste Jakob, dass Vera hier im Nirgendwo sein würde?

Sie kuschelte sich an ihn, obwohl seine Kleidung genauso klitschnass war wie ihre. »Wie kommst du hierher?« Vera hielt den Kopf geduckt, zu sehr fürchtete sie die Antwort.

»Anna« Jakobs Stimme brummte in ihrem Ohr, das sie energisch gegen seine Brust presste.

»Dieses Miststück«, sagte sie erleichtert. »Warum hat Anna mir nichts gesagt?«

»Weil es eine Überraschung sein sollte, die weit weniger Spaß gemacht hätte, wenn du vorbereitet gewesen wärst.«

»Von wegen Spaß! Mir wäre beinahe das Herz stehen geblieben, als du da plötzlich wie aus dem Nichts aufgetaucht bist. Wie hast du das gemacht?«

Jakob hob den Arm und zeigte zum Hinkelstein. »Da geht's ganz schön tief runter. Hast du das gesehen?«

Vera hob den Blick, kauerte sich aber immer noch fest an Jakob, als könnte der Regen sie ohne seinen Halt fortspülen. »Da unten wurde die Schwester vom Dichter gefunden. Tot. Ebenso die Frau vom Carabiniere und die Postbotin aus Rabenstein.«

»Echt?« Jakob schob Vera von sich und ging die paar Schritte bis zum Rand des Abgrunds. Mit einer Hand stützte er sich an dem Hinkelstein ab, während er sich weit über den morschen Balken beugte.

Ein Knacken im Wald ließ Vera herumfahren.

»Was ist?«

»Nichts.« Vera wollte nicht, dass er über sie lachte, über ihre unbegründeten Ängste. Trotzdem hielt sie den Blick unverwandt auf den Wald geheftet. »Lass uns ins Hotel gehen.«

»Du hast Angst.«

»Wenn ich ehrlich sein soll: Ja.« Vera riss ihren Blick vom Wald los und ging auf Jakob zu. »Der Dichter hat mich reingelegt.«

»Wie?«

Vera hob die Schultern. »Er hat Internet. Wir hätten

über Skype das Interview machen können und ich hätte nicht hierherkommen müssen.«

»Aber das ist nicht alles, oder?« Jakob verschränkte die Arme, eine Spur zu selbstgerecht.

Vera wollte ihm alles erzählen, überlegte es sich dann aber anders. »Doch, das ist alles.«

Das Bild ihres Vaters war in ihren Gedanken erschienen, gramgebeugt, gebrochen, zerstört. Ein Toter, dessen Herz nur noch aus einem Grund schlug: um sein Leid zu verlängern.

In dem Moment, als die Erinnerung an ihren Vater aufblitzte, wollte ihr nicht mehr das über die Lippen, was sie hatte sagen wollen.

Dass sie sich den Reihen derer angeschlossen hatte, die mit dem Finger auf den Dichter zeigten, ihn zum Mörder machten – für ein Verbrechen, das er vielleicht gar nicht begangen hatte. Sie konnte es einfach nicht mehr.

»Lass uns ins Hotel gehen«, wiederholte Vera, doch Jakob rührte sich nicht vom Fleck. Er stand mit verschränkten Armen am Hinkelstein und betrachtete sie aufmerksam. Prüfend.

»Komm schon, mir ist kalt!«

»Nein. Lass mich dich noch einmal umarmen.« Jakob machte einen Schritt auf sie zu, schloss sie in seine Arme. »Ein letztes Mal.«

Vom Berg her ertönte Motorengeräusch. Vera wollte sich aus Jakobs Umklammerung winden. Warum ein letztes Mal, was meinte er?

Umständlich drehte sie den Kopf, wollte loslaufen, um zu sehen, woher das Motorengeräusch kam, ob das der Carabiniere war, der mit dem Auto talwärts fuhr. Er sollte sie mitnehmen. Das alles hier war doch verrückt!

Doch Jakob hielt sie fest.

»Lass mich!« Sie stemmte sich mit beiden Händen gegen seine Brust. »Jakob, bitte! Der Carabiniere …«

In dem Moment machte Jakob mit ihr in den Armen eine Drehung, ließ sie los und sie taumelte zurück.

»Was …« In ihrer Kniekehle spürte sie das Holz der Straßenbegrenzung. Viel zu niedrig, dachte sie noch. Dann fühlte sie den Stoß gegen ihre Schulter, der sie nach hinten kippen ließ.

»Jake!«

Der morsche Balken gab nach. Vera verlor den Halt und fiel.

29. September, mittags

Forststraße unterm Einödhof

Was für ein Bild! Die Angst in ihren Augen, die Erkenntnis. Oh, dieses Bild werde ich wohl nie vergessen. Gern würde ich mich länger an diesem Anblick laben, wie sie fällt … in den Abgrund … Mein Werk ist vollbracht. Ich fühle Triumph, der jedoch vom sich nähernden Motorengeräusch gestört wird.

Hat dieser dumme Dorfbulle also doch Verdacht geschöpft. Ein Streifenwagen fährt auf mich zu, davor läuft mein Feind, den Blick fest auf mich gerichtet. Okay, Schneider hat die Polizei am Ende zu mir geführt, aber der alte Mann war zu langsam.

»Jake! Hilf mir!«

Was? Was zur Hölle soll das?

Als ich mich an den Resten des zerborstenen Holzbalkens festhalte und über den Abgrund beuge, sehe ich, wie sich dieses Miststück unter Aufbietung aller Kräfte an einem Alpenrosenbusch festklammert. Das Gesicht verzerrt vor Angst, blass, die Augen riesig.

Ich antworte nicht, wünsche mir nur, dass sie endlich in die Tiefe stürzt.

»Jake, bitte! Warum?«

In dem Moment legt sich eine schwere Hand auf meine Schulter und ich drehe mich erschrocken um.

29. September, mittags, Forststraße unterhalb des Einödhofs

Er war zu spät, hatte zu lange gewartet, die Zeit falsch eingeschätzt. Sie würde sterben!

Die letzten Meter war er gerannt, als Vera Profanter durch den morschen Holzbalken krachte, hilflos mit den Armen ruderte und dann im grauen Nichts verschwand.

Schneider fühlte, wie eine eisige Faust sein Herz umschloss. Er konnte nicht nach unten sehen, als er dem jungen Mann seine Hand auf die Schulter legte und ihn zurückriss.

»Halten Sie durch!«, hörte er Alfred rufen, der aus dem Wagen gesprungen und ihm nachgeeilt war. Aus dem Augenwinkel beobachtete er den Carabiniere, wie dieser zum Auto rannte und irgendetwas aus dem Kofferraum holte. Mit festem Griff zog er den jungen Mann vom Abgrund fort. Er war stark und wehrte sich, aber Schneider ließ nicht locker.

»Halten Sie durch!«, rief Alfred noch einmal. Im Laufen entwirrte er einen Gurt, führte Schlaufen um seinen Körper. Karabiner klickten. Lantschner knotete das mitgebrachte Seil zu einer Schlinge, die er um den Felsklotz warf und festzurrte. »Wenden Sie das Gesicht ab!«, rief er nach unten. Also lebte Vera noch. Das war gut. Sehr gut!

Alfred schwang sich über den zerbrochenen Balken

und bald darauf verschwand sein Kopf unterhalb der Straße.

Schneider wartete. Der junge Mann im Schwitzkasten wehrte sich und brüllte. Lange würde er ihn nicht mehr halten können.

Dann tauchte hinter dem Balken Lantschners Kopf wieder auf, gleich danach die Journalistin.

Schneider atmete erleichtert auf und lockerte nur für eine Sekunde den Griff um den Hals des jungen Mannes. Dieser erkannte seine Chance und stürmte los, rannte direkt auf Vera Profanter und den Carabiniere zu.

Schneider erstarrte, die Hand nach dem Kerl ausgestreckt, der vor fünf Jahren sein Leben zerstört hatte. Sollte es heute tatsächlich enden?

Er sah den entsetzten Blick der jungen Frau, bevor sie die Augen vor dem verschloss, was nun passieren würde.

29. September, mittags, Forststraße unterhalb des Einödhofs

Der Verrückte brüllte wütend und rannte wie ein Berserker auf ihn zu. Alfred Lantschner zog hektisch am Seil der Bergsteigerausrüstung, stemmte sich mit beiden Beinen in den Hang. Die Journalistin in seinen Armen kreischte. Er machte sich bereit für den Zusammenstoß, für das Ende. Alfreds letzter Gedanke galt seiner Frau Rita, die ihm in seiner Fantasie aufmunternd zulächelte. Gleich würde er bei ihr sein.

Doch der junge Mann stürzte sich nicht auf ihn, wie er erwartet hatte, sondern setzte zu einem Sprung über die defekte Straßenbegrenzung an, stieß sich am morschen Balken ab, der träge knackte und dann … war es still.

Lantschner wurde bewusst, dass der Regen aufgehört hatte. Das leise Wimmern der Journalistin und sein eigenes Keuchen waren die einzigen Geräusche. Kein Brüllen mehr, kein Wind.

Mit letzter Kraft zog sich Lantschner hoch, schwang ein Bein über die Böschung und ließ die Journalistin behutsam zu Boden gleiten. »Kümmern Sie sich um das arme Mädel«, sagte er knapp zu Schneider. »Da unten liegt noch eine Frau. Rufen Sie die Bergrettung, schnell!«

Lantschner wartete die Reaktion des Einsiedlers nicht ab, sondern kletterte erneut den Abhang hinunter.

29. September,

Forststraße unterhalb des Einödhofs

Veras Magen rebellierte, sie erbrach sich und keuchte erschöpft. Das alles war zu viel für sie.

Jake, der plötzlich wie aus dem Boden gewachsen vor ihr gestanden hatte.

Jake, der sie umarmt, ihr ein trügerisches Gefühl von Sicherheit vermittelt hatte.

Jake, ihr Jake, der sie in den Abgrund gestoßen hatte.

Jake, der über ihren Kopf hinweggesprungen war … mitten hinein ins Nichts.

Das schreckliche Gefühl der Leere unter ihren Füßen war noch immer präsent. Sie zitterte, fühlte sich ohnmächtig. Tausend Fragen rasten durch ihren Verstand, der so furchtbar müde war.

Warum? Warum hatte Jake sie töten wollen? Was hatte er hier zu suchen? Wieso wollte er sterben?

Wieder würgte Vera. Der Brechreiz trieb ihr die Tränen in die Augen. Tränen der Trauer, der Fassungslosigkeit, des Trotzes. Sie schluchzte, würgte, rotzte, erbrach sich, weinte … Sie hatte keine Kontrolle mehr über ihren Körper.

»Lassen Sie's raus.«

Jemand streichelte sanft ihren Rücken. Sie musste den Kopf nicht heben, um zu wissen, dass es der Dichter war. Der Dichter, dem sie vertraut hatte, der sie belogen hatte und ihren Glauben in den Grundfesten erschüttert. Scham und Wut mischten sich in die Leere, wirbelten ihr Innerstes durcheinander. Wieder würgte sie.

»Lassen Sie alles raus.« Die Hand streichelte weiter über ihren Rücken, in großen, beruhigenden Kreisen. Dann fühlte Vera, wie sich zwei Arme um sie legten und ihr bebender Körper an eine starke Brust gezogen wurde. Der Geruch nach nasser Schafwolle stieg ihr in die Nase und von der Brust ging ein tiefes Brummen aus, das ihre Nerven beruhigte.

Träge schaute Vera zu, wie die Bergrettung eintraf und dem Carabiniere dabei half, eine Frau aus dem Abgrund zu ziehen. Eine blonde Frau. Anna? Sie war bei Bewusstsein, als die Bergretter sie auf die Trage verfrachteten. Erleichterung huschte über ihr schmutziges Gesicht, als sie Vera erkannte. »Du lebst«, flüsterte sie und schloss dankbar die Augen.

Vera löste sich aus der Umarmung des Einsiedlers, warf die Decke von sich, die ihr irgendwer über die klitschnasse Jacke gelegt hatte.

»Anna!«

Ihre Freundin hob den Kopf. »Die Leute … Ich … wollte dich warnen.«

Vera drückte behutsam Annas eiskalte Hand. »Und wärst beinahe gestorben.«

»Ja.«

»Der Dichter …«

»… ist unschuldig.«

»Die Leute sagen was anderes.«

»Die Leute reden Blödsinn. Wie immer.«

»Ja.« Anna ließ ihren Kopf zurück auf die Trage sinken. »War … Jake der Michaelismörder?«

»Ich weiß es nicht.« Annas Frage versetzte Vera einen Stich. Sie wollte das Stimmchen ignorieren, das ihr die Antwort zuflüsterte. Es gelang ihr nicht.

Jake hatte sie von ihrer Reise nach Rabenstein abhalten wollen.

Jake hatte sich hier offenbar gut ausgekannt.

Jake war jedes Jahr um dieselbe Zeit ins Wellness-Wochenende gefahren. Immer Ende September. Und immer mit Phil, der ihm das restliche Jahr über egal war.

Vera fühlte, wie das Zittern zurückkam.

»Aber … warum?«

Ja, warum. Vera wusste es nicht. Sie sah zum Einsiedler hinüber, der ihr Gespräch mit Anna aus seinen dunklen Augen verfolgt hatte. Kannte er die Antwort? Als würde Schneider erraten, was in ihrem Kopf vor sich ging, nickte er.

»Wir müssten jetzt los«, sagte einer der Männer von der Bergrettung. »Ihre Freundin wird ins Landeskrankenhaus gebracht.«

Der Carabiniere schwenkte ein Handy. »Das hat unten gelegen. Gehört es Ihnen?« Als Anna nickte, trat er zur Trage und drückte es ihr in die Hand. »Gute Besserung!«

»Danke.«

Die Männer schoben Anna in den Rettungswagen und fuhren los.

Vera fühlte sich wie erschlagen. Sie sehnte sich nach einer heißen Dusche und etwas Warmem zu essen. Doch zuvor brauchte sie Antworten.

29. September, nachmittags, Einödhof

Zu dritt saßen sie in der Stube des Einödhofs und klammerten sich an ihre heißen Teetassen. Keiner sprach ein Wort.

Erst das Läuten eines Telefons riss sie aus dem nachdenklichen Schweigen.

Der Carabiniere zückte sein Handy und schaltete den Lautsprecher ein. »Gabi?«

»Alfred, was ist da oben bei euch los? Ein Mann ist in die Tiefe gesprungen? Eine Frau verletzt? Und warum muss ich das von der Bergrettung erfahren? Wo zur Hölle steckst du?«

Lantschner seufzte. »Ich rufe dich zurück.«

»Alfred!«

Doch der Carabiniere hatte schon aufgelegt. Er schaltete das Telefon ab. Dann richtete er sich auf und sah dem Einsiedler in die Augen. »Ich muss dich vernehmen, Schneider.«

»So so! Dann erzähle ich wohl besser alles von Anfang an.«

Lantschner kramte nach einem Notizblock in der Innentasche seiner Jacke. »Möchten Sie vielleicht draußen warten?« Er schaute Vera auffordernd an, die sich anstandslos vom Stuhl erhob.

»Nein. Sie bleibt. Sie muss wissen …«

Der Carabiniere knurrte etwas Unverständliches.

Dann seufzte er ein weiteres Mal. »Gut, bleiben Sie. Und du erzähl! Diesmal alles hübsch der Reihe nach.«

Schneider schloss die Augen und lehnte sich zurück. »Vor fünf Jahren gab es an meiner Schule einen Vorfall.« In der folgenden halben Stunde erzählte er von Janine und ging dabei mit sich selbst hart ins Gericht. »Ich weiß nicht, wie das passieren konnte. Bis dahin habe ich nie eine Schülerin unsittlich berührt, nicht mal einen Gedanken daran verschwendet, aber Janine … Ich will nicht sagen, dass sie es provoziert hat, denn auch dann war es meine Schuld. Weshalb ihr Freund jedoch diesen Vorfall zum Anlass nahm, sich an mir auf diese perfide Weise zu rächen, bleibt mir schleierhaft. Jakob war damals wütend, was ich verstehen konnte. Aber …«

Vera hob die Hand, um Schneider zu unterbrechen. »Jakob Gruber? Mein Jake?«

Der Dichter nickte. »Er riss sie an diesem Nachmittag von mir weg, später drohte er mir, sich an die Presse zu wenden. Deshalb ging ich zur Direktorin, die Janine dann vom Unterricht suspendierte Einen Tag später war sie tot. In der Schule brodelten die Gerüchte, dass ich sie umgebracht hätte, um meinen Hals zu retten. Aber Janine hatte sich im Gespräch mit der Direktorin selbst die Schuld für den Vorfall gegeben und wollte freiwillig die Schule wechseln. Deshalb verstand ich nicht, weshalb sie von dieser Brücke gesprungen ist.« Schneider machte eine Pause, trank schluckweise seinen Tee, bevor er weitersprach. »Die Polizei in Graz ermittelte. Ich wurde befragt. Dabei kam heraus, dass
Janine psychische Probleme hatte. Niemand um sie

herum hat geahnt, dass es ihr schlecht ging, weder ihre Eltern noch … ihr Freund.«

»Jake.«

Schneider nickte. »Er muss furchtbar darunter gelitten haben, dass seine Freundin sich nicht mal ihm anvertraut hat, und in seinem Leid hat er wohl …«

»… einen Schuldigen gesucht. Und ihn in dem Lateinlehrer gefunden, der seine Freundin begrapscht hatte.« Lantschner suchte im Gesicht des Einsiedlers nach einer Bestätigung für seine Theorie.

»Ja. Anders kann ich es mir jedenfalls nicht erklären. Warum sonst hätte meine Frau auf den Tag ein Jahr später von derselben Brücke springen sollen?« Schneider fuhr sich mit den Händen übers Gesicht. »Derselbe Tag, derselbe Ort. So viel Zufall kann es nicht geben. Auf dem Begräbnis erschien auch Jakob Gruber, aber damals stellte ich noch keine Verbindung her.« Er trank noch einen Schluck Tee, sammelte sich für das, was er gleich sagen würde. »Die Polizei ging wieder von einem Freitod aus und die Gerüchteküche brodelte weiter. Man tuschelte darüber, dass ich nicht nur Janine, sondern auch meine Frau missbraucht und in die Verzweiflung getrieben hätte. Schüler, Kollegen, Eltern … alle zeigten sie mit Fingern auf mich. Und als meine Schwester mir anbot, bei ihr unterzutauchen, ergriff ich den rettenden Strohhalm und floh.«

»Verständlich«, brummte Lantschner.

Vera brachte kein Wort heraus. Sie ahnte, worauf der Einsiedler hinauswollte. Atemlos hörte sie weiter zu.

»Hier auf dem Einödhof fand ich meinen Frieden. Ich, der in Graz jede Kunstausstellung besucht und regelmäßig im Restaurant gegessen hatte, begnügte mich plötzlich mit dem Anblick sich wiegender Kiefern vor dem Abendrot. Das Blöken der Schafe war mir lieber als klassische Konzerte. Statt auf Lesungen zu gehen, begann ich selbst mit dem Schreiben. Es war, als heile die Natur meine Wunden, als wecke die Einsamkeit nie geahnte Potenziale.«

»Und dann ist deine Schwester gestorben.« Der Carabiniere riss Schneider aus seinem Traum von einer heilen Welt.

»Ja. Dann war Gerlinde tot. Und wieder sah alles nach einem Unfall aus. Auch für mich. Anfangs. Aber irgendwann realisierte ich, dass es schon wieder der 29. September war. Nein, nicht irgendwann, sondern beim Begräbnis meiner Schwester, als Jakob Gruber auftauchte.«

Vera konnte kaum glauben, was sie hörte. Jake, ihr warmherziger und fürsorglicher Jake, war also nicht nur ein durchgeknallter Rächer und eiskalter Mörder, sondern darüber hinaus hatte er auch die Kaltschnäuzigkeit besessen, bei der Beerdigung seines zweiten Opfers aufzutauchen?

»Als ich ihn unter den Trauergästen entdeckte, wurde mir klar, dass weder meine Frau noch Gerlinde eines natürlichen Todes gestorben waren. Jakob Gruber hatte sie getötet – jeweils am 29. September, dem Tag, als Janine von der Brücke sprang.«

»Warum hast du nichts gesagt, Schneider? Du hättest Ritas Tod verhindern können!«, gab Lantschner zähneknirschend zu bedenken.

»Ich … ich weiß es nicht. Vielleicht, weil ich geglaubt habe, dass sein Rachefeldzug mit Gerlindes Tod zu Ende und meine Schuld beglichen ist.«

Lantschner knallte seine flache Hand auf den Tisch. »Aber dieser Mistkerl hat weiter getötet. Meine Rita musste sterben, weil du das Maul gehalten hast.«

»Und das tut mir leid. Ich … ich habe nicht damit gerechnet. Meine Frau war tot, meine Schwester … und damit alle, die mir nahestanden. Ich ahnte nicht, dass er weitermachen würde.«

»Aber er hat weitergemacht!« Lantschner brüllte jetzt. Vera verstand seine Reaktion und plötzlich schämte sie sich. Jahrelang hatte sie an der Seite eines Mörders verbracht, ohne auch nur das Geringste zu ahnen. Was war sie nur für ein schlechter Mensch, was für eine schlechte Journalistin? Jake muss voller Hass gewesen sein. Auch ihr gegenüber, denn letztlich wollte er sie töten. Warum hatte sie nichts bemerkt?

»Ja, er tötete deine Frau und er tötete die Briefträgerin, die an diesem Tag zufällig den Berg hochkam, um mir die Post zu bringen. Und an diesem Tag schwor ich mir, ihm das Handwerk zu legen.« Schneiders Stimme wurde ebenfalls lauter. »Ich begann zu recherchieren. Fand heraus, wie er hieß, wo er wohnte, was er arbeitete, dass er eine Freundin hatte.« Um Entschuldigung bittend sah er zu Vera, deren Herz jetzt in ihrer Kehle flatterte. »Eine Freundin, die für das Wochenblatt arbeitete. Und ein Plan reifte in mir. Ich wollte diese Freundin zu mir locken, als Köder benutzen. Sie sollte die Frau sein, die dieses Michaelisfest mit mir verbrachte, die Frau, die sein Opfer sein musste, falls er sein Muster beibehielt. Ich wollte ihn auf frischer Tat ertappen, stellen und ausliefern. Ich habe Sie benutzt, Vera, und das tut mir aufrichtig leid.«

»Sie wollten mich opfern?« Vera spürte, wie

das Zittern erneut ihren Körper beherrschte. Sie umklammerte die Teetasse, obwohl sie bereits leer war.

»Ich habe gehofft, dass er es nicht über sich bringen würde, dass er im Grunde seiner Seele kein Mörder war, sondern eine verlorene Seele, vom Hass getrieben. Dass er verstehen könnte, dass alles miteinander ein Missverständnis war. Doch ich täuschte mich. Der Vorfall damals hat das Böse in ihm geweckt. Jakob Gruber war ein kaltblütiger Killer.«

Vera schloss die Augen, in denen sich Tränen sammelten. Ihre Muskeln verkrampften sich bei der Erinnerung, wie Jake versucht hatte, sie zu töten. Sein irres Grinsen, als sie gefallen war und sich an den Strauch geklammert hatte. Der Dichter hatte recht, Jakob Gruber war ein eiskalter Killer gewesen. Er hatte Anna den Hang hinuntergestoßen und auch ihren Tod gewollt. Wer sagte eigentlich, dass er bei dieser Janine damals nicht das Gleiche getan hatte?

»Vera, es tut mir leid. Ich wusste keinen anderen Rat.«

Sie erwiderte nichts. Das Zittern hatte die Kontrolle übernommen.

Schneider wandte sich an Lantschner. »Hättet ihr mir geglaubt, wenn ich mit dieser Geschichte zu euch gekommen wäre?«

Lantschner krümmte sich unter dem unausgesprochenen Vorwurf. »Wir wären dem nachgegangen«, sagte er leise, aber jeder am Tisch wusste, dass aus ihm die pure Verlegenheit sprach.

»Klar! Ihr hättet die Kollegen in Graz eingeschaltet, damit die Jakob Gruber überprüfen. Einen jungen Mann, den euer vermeintlicher Mörder mal eben aus dem Hut gezaubert hat. Nein, Alfred. Für euch stand doch felsenfest, dass nur ich der Täter sein konnte. Denn mit meiner Wiederkehr begannen die seltsamen Todesfälle in Rabenstein.«

Lantschner senkte den Blick. »Vermutlich.«

»Deshalb musste ich es selbst in die Hand nehmen.«

Keiner sagte darauf ein Wort.

Draußen ertönte das feine Bimmeln der Schafsglöckchen. Die Wiese lag im Sonnenschein, nur die nassen Grashalme erinnerten daran, dass es vor Kurzem noch geregnet hatte.

30. September, vormittags, Hotel Alpenrosenhof

»Ich werde den Boden küssen, wenn wir wieder in Graz sind.« Anna war dabei, ihren Koffer zu packen. Am Abend war sie aus dem Krankenhaus entlassen worden, nachdem die Ärzte festgestellt hatten, dass sie bis auf den Schock und einige Prellungen unversehrt war. Anna nannte es Glück im Unglück. Vera nannte es ein Wunder. In der Nacht hatte sie kaum geschlafen. Zu viel war geschehen, zu viel kaputtgegangen. Mit einem lachenden und einem weinenden Auge würde sich Vera an dieses Wochenende in Rabenstein erinnern. Beinahe wäre sie gestorben. Doch sie hatte überlebt.

»Herrje! Den hätte ich beinahe vergessen.« Anna klappte ihren Koffer zu und hielt ein Kuvert hoch. »Den hier hat mir dein Scheißkerl gestern gegeben, bevor wir aufgebrochen sind. Ich sollte ihn dir erst nach dem 29. September geben. Eigentlich dachte ich, er habe geplant, dich zu überraschen. Du weißt schon … Dass hier drin so was stehen würde wie ›Schau aus dem Fenster‹ und dann stünde er da draußen. Aber so was wird es wohl nicht sein … Soll ich ihn wegwerfen?«

Verwirrt nahm Vera den Umschlag entgegen und riss ihn auf.

Liebe Vera, heute ist der 29. September. Michaelistag. Ich weiß noch nicht, wie dieser Tag für dich enden wird, aber falls du überlebst, möchte ich dir Folgendes sagen: Du trägst die Schuld, denn du hast diesem dreckigen Schwein geglaubt. Wärst du in Graz geblieben, statt deinem Dichter hinterherzurennen, würde ich heute Abend nach Hause kommen und unser Leben ginge weiter wie bisher. Sorglos und rein. Ich hätte mein Geheimnis weiter vor dir verborgen und dich geliebt. Aber du hast diese Liebe zerstört und damit unsere Zukunft. Vielleicht ist es besser so. Denke nicht allzu oft an mich. Ich bin, wo ich sein will. Bei Ninni.

Die letzten Worte las Vera durch einen Tränenschleier. Anna nahm ihr den Brief aus der Hand und überflog Jakobs Zeilen. Dann ließ sie das Blatt achtlos fallen und umarmte ihre Freundin. Ohne etwas zu sagen. Lange Zeit standen die beiden Frauen so, während draußen die Sonnenstrahlen den Talboden eroberten und Myriaden Regentropfen auf den Zweigen der Kiefern funkelten wie zahllose Diamanten, die im Licht erstrahlten. Ein knallblauer Herbsthimmel spannte sich über das Tal. Postkartenwetter.

Epilog

»Wir sind da.« Vera schaltete den Motor ab und augenblicklich senkte sich die unvergleichliche Stille des Berges auf sie. »Komm!«

Sie stieg aus dem Wagen, umrundete ihn und öffnete die Beifahrertür. »Komm, Papa!«

Ihr Vater hatte auf der Fahrt von Graz hierher kaum zehn Worte gesagt. Apathisch hatte er in seinem Autosessel gesessen und der vorüberziehenden Landschaft keine Aufmerksamkeit geschenkt. Auch jetzt war er nicht imstande, den herrlichen Ausblick zu genießen. Aber das würde sich hoffentlich ändern.

»Papa?« Vera streckte ihm die Hand hin und eine Welle der Erleichterung durchfuhr sie, als ihr Vater sie ergriff und sich schwerfällig aus dem Auto bemühte. »Ist es nicht wunderschön hier?«

Als ihr Vater aufrecht stand, wandte sich Vera um und ließ den Blick über das Panorama gleiten. Auf der Weide grasten wie beim letzten Mal Schafe, dahinter standen die mächtigen Kiefern, die sich in der sanften Frühlingsbrise wiegten. Und noch weiter hinten leuchteten schneebedeckte Berggipfel von der strahlenden Sonne in goldenes Licht getaucht.

Vera drehte sich zu ihrem Vater um. »Ist es nicht wunderschön?«, wiederholte sie.

Er hob pflichtschuldig den Blick, ließ ihn über das Panorama gleiten, nickte. Doch Vera erkannte, dass die Schönheit der Natur sein Herz nicht erreichte.

Noch nicht.

»Komm, Papa!« Wieder streckte sie die Hand aus, dann zog sie ihn um das Haus herum zu der grünen Holztür, die in dem Moment aufschwang, als sie anklopfen wollte.

»Herr Schneider«, sagte sie.

»Frau Profanter.« Er lächelte. Dann wanderte sein Blick zu ihrem Vater. »Herr Profanter? Kommen Sie rein.«

Schneider trat zurück. Vera schob ihren Vater durch die Tür.

»Ich hole das Gepäck«, rief sie und rannte zurück zum Auto. Aus dem Kofferraum holte sie zwei kleine Koffer, dazu den Laptop ihres Vaters, der auf dem Rücksitz des Wagens lag. Schwer bepackt ging sie ins Haus. »Ich bringe alles hoch!« Auf dem Weg zur Treppe schaute sie in die dunkel getäfelte Stube, wo ihr Vater und der Dichter am Tisch saßen und sich anschwiegen.

Sie schleppte die Koffer ins obere Geschoss, räumte die Sachen ihres Vaters in einen Schrank, legte seinen Pyjama auf das Bett, darauf ein Buch, von dem sie wusste, dass es die Stimmung ihres Vaters nicht weiter trüben würde. Dann stellte sie sich vor das Fenster und genoss die Aussicht. Seit Schneider erzählt hatte, wie die Natur – oder die Einsamkeit – hier oben auf dem Berg ihn geheilt hatte, hoffte Vera, dass ihres Vaters Herz einen besseren Grund finden würde, weiterzuschlagen. Als sie Schneider letztes Weihnachten ein Päckchen mit selbst gebackenen Plätzchen geschickt und in einem Brief darauf angesprochen hatte, war er sofort einverstanden gewesen. Er hatte wohl das Bedürfnis, einiges wiedergutzumachen.

Ein zartes Rosa lag über den Bergspitzen, auf der Wiese blühten die ersten Schneeglöckchen und ein Gefühl der Hoffnung überkam Vera. Hoffnung für ihren Vater. Hoffnung für den Dichter. Hoffnung für sie selbst.

Nur schwer trennte sie sich von dem Ausblick. Sie verließ das Zimmer und schlich leise die Treppe hinunter. Unten schaute sie in die Stube, wo ihr Vater mit dem Rücken zur Tür saß. Sie nickte Schneider zu, der ihr Nicken mit einem Lächeln erwiderte.

Draußen atmete Vera die würzige Bergluft ein. Dann stieg sie in ihr Auto und ließ es langsam die Forststraße hinunterruckeln. Langsam und entspannt. Am Felsen, der an einen Hinkelstein erinnerte, parkte sie den Wagen, stieg aus und trat an die Straßenbegrenzung. Neue Leitplanken in Hüfthöhe waren in der Zwischenzeit angebracht worden. Der Abgrund dahinter war derselbe.

»Leb wohl, Jakob!«, flüsterte sie in die Stille. Ein letztes Mal gestattete sich Vera, an diesen düsteren 29. September zu denken und wie Jake über sie hinweg in den Tod gesprungen war. Dann blinzelte sie in die Frühlingssonne. Es war an der Zeit, ihr Leben neu zu ordnen.

Wenig später kam sie an ihrem eigenen Rückzugsort an. Ein uraltes Häuschen aus Naturstein erbaut, die Wände unverputzt. Es stand zwischen hohen Kiefern am Talboden, in der Nähe des Bachs ganz allein für sich. Auch Vera hatte sich für die Natur und die Einsamkeit entschieden, wenngleich nicht auf Dauer. Sie parkte das Auto in einem maroden Schuppen direkt neben dem Häuschen. An der angegebenen Stelle hinter einem Balken hing der Schlüssel, mit dem sie die dicke Bohlentür öffnete. Dahinter empfing sie ein freundlicher Raum, der mit hellem Holz getäfelt war. Küche, Esszimmer und Wohnstube in einem. Das Schlafzimmer lag unter dem Dach und war mit einer Hennentrittleiter erreichbar. Für die nächsten Monate würde dieses Kleinod ihr Refugium sein.

Veras Chef hatte für ihr Anliegen Verständnis gezeigt, als er erfuhr, was sie durchgemacht hatte, und ihr ein Sabbatical von einem halben Jahr gewährt. »Aber danach kommst du wieder zu uns, damit das klar ist«, hatte Wurzer gesagt und Vera musste es ihm versprechen.

Und jetzt war sie an jenem Ort, an den sie eigentlich nie mehr wieder hatte zurückkehren wollen.

Vera stellte ihre Koffer ab, schaute sich um, setzte sich an den Stubentisch und ließ die Aussicht durch das Fenster auf den Talschluss auf sich wirken, ebenso wie den harzigen Geruch des Häuschens und die Ruhe.

Dann legte sie ihren Laptop auf den Tisch, setzte sich davor und klappte ihn auf. Sie hatte eine Geschichte zu schreiben. Mit zwei Klicks rief sie ihr Textbearbeitungsprogramm auf. Ein weißes Blatt erschien und Vera schrieb:

Fahles Grau kriecht über den Berg auf mich zu. Bald wird die Regenwand mich erreicht haben …

Nachwort

Liebe Leserin, lieber Leser!

Ich bedanke mich dafür, dass du mich auf dieses weitere Buchabenteuer begleitet hast – diesmal in ein Genre, von dem ich einmal behauptet habe, es nie schreiben zu können.

Tja, man soll niemals »Nie« sagen …

Trotzdem wäre ich von selbst wohl nicht auf die Idee gekommen, so etwas zu schreiben. Hätte nicht der Leiter des wunderbaren Empire Verlags, Thomas Seidl, eines Tages gefragt, ob ich nicht Lust hätte, mal eine Geschichte zu einem Pitch zu schreiben, den er mir vorgibt. Mein erster Gedanke war zwar ein leises »Mäh« – schließlich bin ich als Autorin stolz auf meine Kreativität –, aber ich hab mich trotzdem drauf eingelassen. Du weißt nie, was passiert, wenn sich dir Unvorhergesehenes in den Weg stellt. Und tatsächlich hat mich Thomas mit diesem Auftrag aus meiner Komfortzone herausgeholt, mir erlaubt, neue Wege zu gehen und mich auszuprobieren und … es hat Spaß gemacht. Es hat Spaß gemacht, die Geschichte zu dem Pitch zu plotten, und es hat noch mehr Spaß gemacht, meiner Vera auf die Spur zu kommen oder besser: Mit ihr zusammen einem alten Geheimnis auf die Spur zu kommen.

Also danke dafür, lieber Thomas! Dafür, dass du mich forderst und förderst und mich so einbindest in den ganzen Entstehungsprozess der Bücher. Danke auch dem ganzen Team des Empire Verlags, meiner Lektorin, die wunderbare Mari März eingeschlossen. Ich habe wirklich viel gelernt bei der Überarbeitung des lektorierten Manuskripts und so was finde ich immer super!

Einem anderen Thomas danke ich auch von ganzem Herzen: Meinem Lieblingsmenschen, der jedes meiner Bücher liest, noch im rohesten Rohstadium, mir seine ungeschminkte Meinung sagt, auf Fehlersuche geht und mich gleichzeitig bestärkt und entlastet und einfach so hinter mir steht, dass ich nicht umfallen kann. Danke – jedes der Bücher, auf denen mein Name draufsteht, ist auch immer dein Werk.

Weil's grad passt: Danke meiner Familie, dass ihr eure mörderische Mutter, Schwägerin oder Schwiegertochter nicht nur ertragt, sondern auch noch mitfiebert und mich bei Lesungen usw. unterstützt. Ihr seid so lieb!

Danke auch meinen lieben Autorenfreundinnen Drea Summer und Ariana Lambert für ihr tägliches Guten Morgen und fürs Dasein, wann immer ich meinen Frust rauslassen möchte. Danke für das konstruktive Feedback und die prompte Antwort auf Fragen wie »Wie zersetzt ist eine Leiche, die für vier Wochen in einem Abwasserkanal liegt?« Ja, wir könnten auch über das Wetter reden oder Kochrezepte austauschen, aber warum sollten wir das, wenn wir so exotische Themen auch absprechen können? Danke euch fürs Mitfiebern und Mitfreuen und für euer professionelles Feedback! Um das »Mörderische Kleeblatt« vollzumachen, das in den Weihnachtskrimis rund um Lorenz

Lovis vorkommt, nehme ich hier auch gleich die liebe Bianca dazu. Auch sie liest viele meiner Manuskripte im Rohformat, schreibt Rezensionen, tritt mir in den Hintern, wenn ich nicht in die Gänge komme, um eine Blogtour zu organisieren (sie ist neben ihrem Job als Autorenflüsterin auch noch Bloggerin) und und und … Was ich dir schon lange sagen wollte: Ich liebe deine Sprachnachrichten! Wenn ihr ihren Blog lesen wollt: Ihr findet sie unter @pimpysbuecherwelt auf Instagram und unter »Die Bücherecke rund ums Murgtal« auf Facebook.

Hier ist die richtige Stelle, um euch Bloggerinnen und Bloggern zu danken. Ohne euch würden viele Bücher nicht in die Regale der Leserinnen und Leser gelangen. Vielen, vielen Dank, dass ihr kleinen Verlagen und Selfpublishern eine Plattform gebt, auf der man sich über die Bestsellerlisten hinaus wertvolle Buchtipps holen kann!

Keinen Blog führt Annalisa, dafür aber den Titel »die beste Freundin der Autorin«. Sie hört sich meine überbordenden Berichte an, macht in Brixen Mundwerbung für meine Lesungen, begleitet mich zu Buchmessen und Lesungsterminen und ist immer für mich da, wenn ich sie brauche. So eine Freundin wünsche ich jedem Autor!

Liebe Leserin, lieber Leser! Jetzt liegt das Buch in eurer Hand und wenn ihr nicht so neugierig seid wie ich und das Nachwort zuerst lest (das tue ich nämlich immer), habt ihr mich bereits auf dieser Reise begleitet. Ich freue mich wie immer, wenn ihr mir sagt, wie euch die Geschichte gefallen hat – natürlich gern durch eine Rezension, aber auch sehr gern überall, wo ihr mich treffen könnt: auf Social Media oder per Mail. Vielleicht habt ihr auch Lust, meine Krimipost zu abonnieren und immer über meine Neuerscheinungen auf dem Laufenden zu bleiben bzw. etwas über meine Protagonisten und mich zu erfahren. Auf meiner Website www.heiditroi.me findet ihr den Link zum Abo.

Ich bedanke mich bei euch fürs Lesen und hoffe, ich habe euch gut unterhalten können!

Hoffentlich bis bald,
Eure Heidi

Krimipost?

Weitere Veröffentlichungen

Marterlmord – Ein Geheimnis, eine Mordserie, ein schweigendes Dorf

Empire-Verlag, August 2022

»Wie unsichtbare Masken tragen sie ihre Gleichgültigkeit vor sich her, mustern mich beinahe feindselig, als hätte ich ihr Unglück zu verantworten. Da ist sie wieder, diese Mauer.«

Maresciallo Pietro Carminati wird in ein kleines Dorf in einem engen Tal versetzt. Vierzig Jahre lang war dort Ruhe, aber bereits am Tag seiner Ankunft liegt der Dorfsäufer Sepp tot im Bach. Alles sieht nach einem Unfall aus. Doch als tags drauf ein Bauer an ein Marterl geflochten tot aufgefunden wird, ist klar: Ein Mörder treibt sein Unwesen im Tal. Mithilfe des Pfarrers der kleinen Gemeinde versucht Carminati Licht in das Dunkel zu bringen, doch mit wem er auch redet, er stößt auf eine Mauer des Schweigens. Und dann passiert der nächste Mord.

Handelt es sich um religiös motivierte Bluttaten? Was hat es mit dem plötzlichen Verschwinden des Bauern vom Moarhof auf sich? Und wieso liegt bei allen Toten dieses Sträußchen Vergissmeinnicht?

Carminati versucht, den Fall zu lösen, doch auch sein Leben gerät aus den Fugen.